HOW TO LIVE

나이 든 어른에게 듣는 행복하게 나이 드는 법

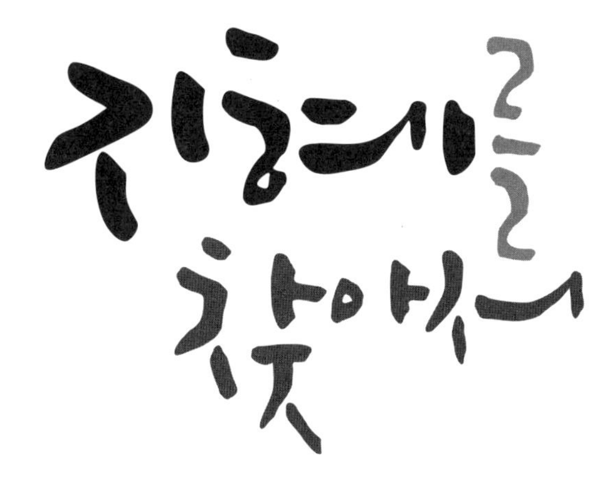

헨리 앨포드 지음 | **유중** 옮김

디오네

추천의 글

이 책은 논픽션 분야에서 올해 최고의 책 가운데 하나로 뽑혔다.

-『퍼블리셔 위클리Publishers Weekly』

『지혜를 찾아서』를 자칫 간결하게 표현한 경구들과 삶의 교훈으로만 가득 차 있는 걸로 잘못 받아들일 수 있다. 하지만 이 책은 그런 바람을 잘 절제하면서 실질적으로 이롭게 할 지혜를 전해 주고 있다는 인상을 깊이 받았다.

-『타임Time』

헨리 앨포드는 지혜를 얻기 위해서 그 사람이 유명하든 혹은 평범하든 상관없이 나이 드신 어른들을 찾아가 대화하고 진지하게 연구하여 놀라운 성과를 거둔 첫 번째 사람이라 할 수 있다.

-「유에스에이 투데이USA Today」

앨포드는 소크라테스와 같은 호사가好事家이다. 소크라테스가 이미 너무 오래돼 다시 활용하는 데 시대에 뒤떨어진다는 느낌이 든다면, 앨포드야말로 당신에게 좋은 철학자인 셈이다.

-『뉴스위크Newsweek』

『지혜를 찾아서』에는 재치와 위트가 있고, 좋은 글들이 가득하다. 또한 그 글 속에는 순간순간 저자의 지혜가 은근히 녹아나 있다.

-『뉴욕 타임스 북 리뷰New York Times Book Review』

『지혜를 찾아서』를 통해 드러난 헨리 앨포드의 날카로운 재치와 지적인 영특함은 오스카 와일드Oscar Wilde(아일랜드 시인)와 피터 벤츨리Peter Benchley(영화 「조스」의 원작자)와 비길 만하고, 그의 삶에 대한 열정과 깊은 도량이 이 책 속에 스며들어 있다.

-『베니티 페어Vanity Fair』

그가 인터뷰한 사람들 가운데는 유명한 사람들도 있다. 그러나 가장 인상적인 삶의 토대를 끊임없이 제공한 사람들은 이름이 거의 알려지지 않은 평범한 사람들이었다.

-『퍼블리셔 위클리Publishers Weekly』

생각이 깊은 46세 작가는 할머니들이 좋아할 만한 사람처럼 보인다. 그는 아주 재미있고 우스운 농담으로 우리를 즐겁게 해 주고 있기 때문이다. 『지혜를 찾아서』는 앨포드의 따스함과 재치 넘치는 음성이 동시에 담겨 있는 아주 색다른 종류의 책이며, 70세가 넘은 사람들과의 대화와 소통을 통해 지혜에 대한 의문을 진지하게 풀어 나가고 있다.

-『타임 아웃 뉴욕Time Out New York』

어떤 나이대의 사람들이라도 『지혜를 찾아서』를 읽으며 보낸 시간을 결코 후회하지 않을 것이다. 이 책은 수많은 사람들과의 인터뷰를 통해 지혜가 무엇인지를 면밀히 관찰하였고, 또한 백미러로 뒤를 보듯이 앞서간 사람들이 걸었던 길을 찾아 나선 한 중년 남자의 여행을 기록하였다. 『지혜를 찾아서』는 이 둘 다를 성공적으로 마쳤다.

-「로스앤젤레스 타임스Los Angeles Times」

앨포드의 가장 탁월한 발견은 나이 드신 어른들이 젊은 사람들과 다르지 않다는 것이다. 나이 드신 어른들은 지혜만 갖추고 있는 것이 아니라 지혜가 아닌 것, 즉 반짝이는 유머와 용기와 우아함을 갖추고 있다.

-「크리스천 사이언스 모니터Christian Science Monitor」

『지혜를 찾아서』는 의미 있고 중요한 주제를 다루고 있지만, 그 주제를 지나치게 심각하게 다루지는 않았다. 자칫 무겁게 갈 수 있는 주제들을 앨포드가 유머라는 매개체를 통해 가능한 한 재미있게 이야기를 끌고 나갔기 때문이다. 앨포드는 인터뷰 상대를 대할 때도 존경과 품위와 애정을 가지고 대했다. 이 책은 정말로 희귀한 책으로, 읽고 싶은 호기심을 자극할 뿐만 아니라 읽고 난 후에도 진한 여운이 쉽게 사그라들지 않을 것이다.

-「새크라멘토 북 리뷰Sacramento Book Review」

인생의 교훈에 대해서 자기보다 나이 많은 사람들에게 물어본 적이 없다는 것은 슬픈 일이다. 앨포드는 그렇지 않았다. 이 책에서 그가 했던 여러 가지 것 중에서 가장 중요한 일은 우리가 앞으로 어떻게 살아가야 할지 스스로에게 물어보도록 용기를 주었다는 것이다.

-「밴쿠버 선Vancouver Sun」

이 책은 '회고 및 조언', 즉 옛 것을 되돌아보고 지혜를 얻을 수 있는 온고지신溫故知新과 같은 가이드 북이다.

-「가디언Guardian」

매우 무모한 계획을 유쾌하게 달성한 헨리 앨포드는 미국 최고의 작가들 가운데 한 사람이기도 하다. 그는 『지혜를 찾아서』를 통해 나이 드신 어른들로부터 인생의 교훈을 배우기 위해 진지한 시도를 하였다.

-「롤리 뉴스 앤드 옵서버Raleigh News & Observer」

『지혜를 찾아서』는 통찰력과 노하우가 쌓인 나이 드신 어른들의 마음과 영혼을 들여다보고 있다. 이 책은 또한 산들바람이 부는 것처럼 감미롭지만 싱겁지 않고, 대화를 나누지만 수다스럽지 않고, 박식하지만 현학적이지 않다.

-「마이애미 선 포스트Miami Sun Post」

아주 호감이 가고, 아주 지혜로운 책이다. 마법을 부리듯 우리가 바라고 희망하는 것을 이루게 하고 쏜살같은 행복의 순간들을 어떻게 붙잡을지를 가르쳐 주는 책이다.

-「뉴올리언스 타임스 피카윤New Orleans Times Picayune」

객관적인 호기심, 유머러스한 활기, 학자적인 성실함을 엿볼 수 있다.

-「키르커스 리뷰Kirkus Reviews」

재미있는 글을 쓰는 작가들이라 하더라도 실제로는 그렇지 않은 사람들이 많다. 하지만 헨리는 실제로도 그렇다. 이 책의 내용 역시 재미있을 뿐만 아니라 실제로도 인생을 재미있게 살도록 이끄는 묘미가 있다. 『지혜를 찾아서』는 실제로 (평범하든 유명하든) 미국의 나이 드신 어른들로부터 지혜를 뽑아내고 있다. 헨리의 설명은 처음에는 감미로운 사랑 이야기 같다가 말미에는 경직된 척추를 지압으로 풀어 원기를 되찾게 해 주는 것 같은 시원한 느낌을 갖도록 한다.

-「살롱 닷컴Salon.com」

어떻게 사랑할지를 독자들에게 말해 주는 대신에 그는 스스로를 듣는 입장에 서게 한다. 독자들과 함께 사람들의 말을 엿듣고 독자들로 하여금 그렇게 연구한 과실을 거두게 한다. 앨포드는 말투, 어휘 선택, 대화, 그리고 기교의 대가이다. 필독서로 머뭇거리지 않고 추천한다.

-『라이브러리 저널Library Journal』

야릇하면서도 사랑스럽게도 앨포드는 실제로 현명해질 수 있는 지혜에 대해서 책 하나를 쓰는 것 이상을 뛰어넘어 섰다.

- 『암살 여행Assassination Vacation』의 저자, 사라 바우웰Sarah Vowell

지혜처럼 어마어마하고 파악하기 힘든 주제를 솔직하게 말할 만큼 재능 있고 열성적인 작가들은 그리 많지 않다. 앨포드는 둘 다를 갖추고 있다. 그것에 대해 감사한다. 항상 솔직하고, 경우에 따라서는 콧구멍이 벌렁거릴 정도로 재미가 있다. 『지혜를 찾아서』는 대담하게 붙인 그 제목에 걸맞게 실제로도 전혀 부끄럽지가 않다. 이 책은 지혜롭고 마음을 너그럽게 해 주는 책이다. 마지막 책장을 넘긴 후에도 한참 동안을 그 여운에 젖어 있도록 하는 책이다. 이 책은 나이 드신 어른이나 나이가 들면서 어떻게 살아야 할지 생각하는 사람들이라면 반드시 읽어야 할 책이다.

- 『행복의 지도The Geography of Bliss』의 저자, 에릭 와이너Eric Weiner

대부분의 우리는 나이가 들면서 더욱더 지혜로워지기 위해 노력하지도 않고, 의지도 없고, 시간도 들이려고 하지 않는다. 헨리 앨포드는 그 문을 활짝 열어 놓았다. 이 책은 이렇게 외치고 있다. "그 문을 통과해 걸어 보라!"

- 『내가 그때 알았더라면If I only Knew Then…』의 저자, 찰스 그로딘Charles Grodin

감사의 글

존 카프에게 감사한다. 그저 의례적으로 말하는 것이 아니다.

또 감사드리고 싶은 사람들이 있다. 조나단 라지어 의장, 내 친구인 그레그 빌레피큐와 제스 테일러, 노인성 편집증을 앓고 있는 아이메 벨과 말로 포라스, 로라 마모르와 스튜어트 엠리히, 낸시 그레이엄과 켄 버드, 로리 에반스, 제니 와이즈 버그, 캐리 골드스타인, 네이트 그레이, 티모시 멘넬, 타레스 미치, 콜린 쉐퍼드. 셔플보드 게임장에서 만나 뵙겠습니다.

차 례

제1부

어떻게 지혜를 찾을 것인가

〈편집자 주〉

본문에 나오는 원서의 책 제목은 우리나라에 번역되어 있는 경우에는 번역 도서명을 따랐으며, 아직 우리나라에 번역되어 있지 않은 경우에는 도서명을 그대로 직역해서 표기하였습니다.

01

나이 든 어른들에게 묻고 또 묻다

흔히 "나이 드신 어른들은 현명하다"고들 말한다.

그렇다고 해서 이 말이 어느 날 갑자기 시詩를 읊기 시작하더니 그 시에 흠뻑 빠져 먹이를 찾아 방 안 곳곳을 샅샅이 냄새 맡으며 돌아다니는 배고픈 강아지처럼, 그 시의 의미에 대해 골똘히 생각하며 거실 여기저기를 돌아다니는 칠십 줄에 접어든 노인을 지칭한다는 의미는 아닐 것이다. 그것보다는 나이가 들수록 삶의 경험이 훨씬 풍부해지고, 이러한 경험이 많을수록 사람들이 가져다 쓸 수 있는 정보의 양도 훨씬 더 크다는 의미일 것이다.

즉 30세에도 그런 현명한 사람들이 없다는 것은 아니지만, 80세의 나이 드신 어른이 인생에 대해 중요한 무엇인가를 알고 있을 가능성이 훨씬 더 크다는 의미이다.

우리 인간은 아이를 낳고도 남은 평균수명이 아주 긴, 몇 안 되는 종 가운데 하나이다.

그 이유가 뭘까?

아마도 그것은 노인이 되어서도 다른 사람들에게 제공할 수 있는 무언가를 가지고 있기 때문이 아니겠는가.

어떤 측면에서 보면, 매해마다 나는 인생에 대해 깨달은 것이 하나씩은 있어 왔던 것 같다. 보통은 작은 깨달음들이었지만 말이다. 한 가지 예를 들면, 몇 년 전에 친구들을 위해서 빵을 만든 적이 있었는데, 그 친구들에게 가져다주려고 여러 가지 빵들 중에서 베이글(도넛같이 생긴 딱딱한 빵)을 골라내 조심스럽게 갈색 종이봉투에 집어넣었다. 하지만 두 시간 후에 나는 아주아주 엄청난 현실과 맞닥뜨렸다. 블루베리 베이글이 아니라 마늘 베이글을 담은 봉투를 가져왔던 것이다! 나는 이때 '마지막 순간까지 반드시 확인을 해야 한다'라는 삶의 작은 깨달음을 얻었다.

물론 더 큰 깨달음을 얻는 경우도 있다. 때때로 그 깨달음이 '인생이나 인간에 대한 진리'처럼 다가와 새삼스럽게 깜짝 놀랄 때가 있다(여기서 말하는 '인생이나 인간에 대한 진리'는 전문가들이나 이해할 수 있는 양자역학 같은 것이 아니라 '지혜'라는 측면에서 말하는 것이다). 이러한 깨달음은 자연 법칙처럼 보편적이라 진부하다고 해도 좋을 정도이지만 정신이 번쩍 들도록 한다. 예를 들어 자기주장이 너무 강해 다른 사람들의 감정을 자주 상하게 하는 아주 솔직한 친구와 오랫동안 어려운 관계를 겪고 나서 깨달은 것은 우리들에게 가장 큰 힘은 솔직함이고, 그 대응 또한 솔직함이라는 사실이었다.

그러나 또 다른 지혜도 있는데, 어떤 행동에 대해 결과를 예견하는 능력이 바로 그것이다. 이러한 종류의 지혜는 참혹한 실패를 경험하지 않고는 나오지 않는, 결코 쉽지 않은 것이다. 추론적 결과를 예견하는 능력은 인생이나 인간에 대한 진리와는 다르게 젊었을 때 형성되기도 하지만, 그러나 나이 드신 사람들에 있어서 그것은 하나의 기능과도 같은 것이다. 예를 들어 A 다음에 B가 오면 그다음에 C가 오리라는 것은 젊은 사람이나 나이 드신 어른이나 다 아는 사실이지만, 새벽 2시가 되면 불면증에 걸린 80세 노인이 속옷 차림으로 부엌 싱크대 앞에 서 있을 가능성이 크다는 사실은 나이 드신 어른들만이 알 수 있는 지혜이다.

이렇게 비논리적 결과를 예견하는 능력은 노력 없이 발휘되는 것이 아니다. 예일대학의 외과교수 셔윈 눌랜드Sherwin Nuland는 『사람은 어떻게 나이 드는가The Art of Aging』에서 이렇게 말하고 있다. "인간은 삶의 후반기에도 끊임없이 발전할 수 있는 능력을 부여받은 유일한 동물이다. 그리고 이러한 능력은 자신은 그렇지 않다고 보는 생각을 버리기만 한다면 누구나 발현 가능하다."

96세까지 살았던 작사가이자 작곡가인 유비 블레이크Eubie Blake는 "내가 이렇게 오래 살 줄 알았다면, 내 몸을 더 잘 돌보았을 텐데"라는 말을 남기기도 했다.

나이 듦과 깨달음에 대한 내 논리 전개 방식을 보면서, 어떤 독자들은 '헨리는 90세가 45세에 비해 두 배 더 지혜롭다고 믿고 있군'이라고 생각할지도 모르겠다. 그러나 그렇지 않다. 왜냐하면 인간은 망각의 동물이기도 하기 때문이다. 자연 감소는 자연스러운 현상이다. 가치 있는 정보가 방어벽의 틈새를 통해 빠져나가듯, 땀이 이불과 베갯잇에 스며들듯, 그리고 아침에 수증기가 증발하듯이 지혜 또한 나이가 들면서 자연스럽게 빠져나간다.

그렇지만 나는 지혜의 정보들이 어둠 속으로 빠져나가기 전에 어느 정도는 조절할 수 있고, 붙잡을 수 있다고 본다.

지혜는 여러 가지 모양을 띠고 있으며, 변형되거나 때때로 지혜 아닌 것들과 섞여 있기도 하다. 그래서 지혜를 파악하기란 쉽지 않다.

그러나 지혜가 아무리 파악하기 어렵더라도 한 가지는 확실하다. 70세가 되면 이런 불확실성의 장막들이 부서진다는 것이다. 그래서 '인생 칠십'부터는 깨달음과 성과에 대해 수확을 거두는 시기라고 할 수 있다. 이렇게 말하는 타당한 이유는 다양하다. 어떤 사람들은 "은퇴란 드디어 철학적 명상에 잠기는 시간을 가질 수 있는 시점"이라고 말하기도 한다. 죽음에 가까워지는 사람일수록 더욱더 그런 결론에 이르는데, 로마의 정치가인 키케로는 "인생이란 드라마의 다른 장면들을 훌륭하게 전개했던 자연이 마지막 장면을 서투른 극작가처럼 소훌히 했으리라고 생각하지 않는다"라고 했다.

우리는 70세 이후의 인생 — 육체적 질병 외에도 — 을 단조롭고 흐릿하고 거의 정지된 상태로 생각하는 경향이 있다. 즉 점차 바깥출입을 못 하게 되면서 뜨개질이나 반려견 키우기 같은 작은 일에만 몰두하리라고 생각한다. 그러나 많은 사람들에게서 보듯이, 결코 그렇지 않다. 그랜마 모제스Grandma Moses(미국의 국민화가)는 70대에 이르러 그림을 그리기 시작했고, 미켈란젤로는 거의 90세에 이르러 론다니니의 조각상 피에타를 완성했으며, 벤저민 프랭클린Benjamin Franklin은 81세에 미국 헌법의 기초를 다지는 데 공헌했다. 또한 골다 메이어Golda Mabovitz는 70세에 이스라엘 총리가 되었고, 넬슨 만델라Nelson Mandela는 71세에 남아프리카공화국의 대통령이 되었다.

이처럼 새로운 계획을 구상하거나 직업 또는 삶을 완전히 새롭게 바꾸지는 못하더라도, 나이 든 많은 사람들은 오랫동안 몸담았던 직업이나 삶의 조건들에 변화를 주고 있다. 예를 들어 자신의 결혼생활에 대해 다시 생각해 본다거나 혹은 글을 쓰거나 그림을 그리는 데 변화를 주기도 한다. 한편으로는 이런 행위는 철부지들이나 하는 짓이라며 아직도 그런 티를 벗지 못했다고 놀리는 사람들에게 다시는 관용을 베풀지 않겠다고 결심하기도 한다.

87세의 빌리 그레이엄Billy Graham 목사는 지난날 편파적일 수 있는 정치적인 설교도 거리낌 없이 했던 사람이었다. 하지만 지금의 그는 순전히 하늘의 이야기만을 전하는 사람으로 변신하였다. 정치적으로 민감한 줄기세포 연구에 대한 의견이나 세계 지도자들에 대해 평가해 달라는 요구를 모두 거절하고 있는 것이다. 그러면서 그는 이렇게 말한다. "나이가 들수록 영원한 삶의 문제들이 더 중요하다."

나이 드신 사람들의 깨달음이 무엇이든 — 그 깨달음이 자신에게만 적용되는 것이든 혹은 더욱더 보편적인 섭리를 띠든 — 이런 정신적인 성과들이 항상 쉽게 얻어지는 것은 아니다. 그 깨달음에 이르는 길들이 그릇된 방향으로 흘러 순탄치만은 않을 때도 있다. 다시 말해서 어떤 과정을 거치느냐에 따라서 그 깨달음에 대해 의심하거나 정신적으로 몸부림치는 시기를 겪을 때도 있는 것이다.

물론 나이 드신 어른이 더 현명하다는 생각에 반대하는 사람도 있다. 에블린 워Evelyn Waugh(영국의 소설가)는 "지혜는 각자가 모은 것을 한데로 모아 놓은 것이다. 그러나 그것들 대부분이 시간이 지남에 따라 줄어들어 마지막 남은 한 닢의 동전과 같다는 말이 오히려 진실된 말이라고 하고 싶다"라고 했다.

뉴욕주립대학의 저명한 명예 교수인 존 미첨John Meacham은 「지혜의 손실The Loss of Wisdom」이라는 에세이를 썼는데, 그 글을 통해 그는 "나이 드신 어른이 더 현명하다는 것은 신화다"라고 주장했다. 미첨은 그 근거를 두 가지로 들고 있는데, 첫째로 열심히 일하면서 희생을 강요당하는 젊은 사람들 입장에서 언젠가는 자신들도 나이가 들면 그러한 재능이 당연히 나타날 거라고 믿고 싶어 하기 때문이고, 둘째로 나이 든 사람들이 그 신화를 영속시키는 것은 능력과 지위를 잃어버린 노인을 차별하고 있는 사회 속에서 젊은 사람들은 알 수 없는 삶의 과정을 통해 나이 든 사람만이 이뤄 낸 몇 가지 자질들을 가지고 있다고 믿도록 하고 싶어 하기 때문이라고 했다.

미첨이 가장 자주 인용하는 지혜의 사례 — 성경에 나오는 진짜 어머니를 가려내기 위해서 아이를 둘로 나누라는 결정 — 는 솔로몬 왕이 젊었을 때 일어났던 사건이다. 오히려 솔로몬은 나이가 들어서 방탕하고 사치스러운 생활을 위해 과중한 세금을 매기고 폭압정치를 했으며 수많은 이방 여자들에 빠져 자신의 신을 멀리 했다.

그런가 하면 워싱턴대학 심슨 센터의 인문학 지도교수인 캐슬린 우드워드Kathleen Woodward는 다른 견해를 취했다. 그녀의 요점은 나이 든 사람들이 현명하지 않다는 것은 아니지만, "나이 드신 어른이 더 현명하다"는 찬사가 사회적 진보에는 오히려 걸림돌이 된다는 것이다. 그녀는 자신의 에세이 「지혜에 대항하여 : 분노와 노화의 사회정치학Against Wisdom : The Social Politics of Anger and Aging」에서, "지혜에 대한 모라토리엄을 선언할 때이다"라고 주장했다. 우드워드는 "지혜의 기준에 부응하는 것은 적절한 분노를 발산하는 것을 억제시킴으로써 파괴적인 결과를 가져올 수 있다"라고 지적했다.

그녀는 나이 드신 분들의 분노가 없었더라면 여성 운동과 같은 특정한 진보적인 사회 변화가 일어나지 않았을 것이라고 말하는 것이다. 지혜가 노인들의 탈참여이론을 정당화시키고 있다고 주장하면서, 우드워드는 "나이가 들수록 세상과 떨어져 평온함과 고요함, 그리고 무심함을 누리는 것이 지혜라고 말한다. 하지만 진짜 그런가? 나는 오히려 '그 반대'라고 느끼고 있다"(글로리아 스타이넴Gloria Steinem)와 "60세는 다시 화를 내야 하는 나이이다"(저메인 그리어Germaine Greer) 등의 말을 인용했다.

하지만 "나이 드신 어른들은 현명하다"는 말이 의학적으로도 전혀 근거가 없는 것은 아니다. 1970년대에는 마음이 생명체의 일부분이

아니라 단순히 뇌의 일부분으로 간주되었으나, 점점 신경과학에 대한 연구가 활발해짐에 따라 최근에는 마음과 뇌가 노화에 아주 강력하게 영향을 미치는 것으로 드러나고 있다. 눌랜드는 『사람은 어떻게 나이 드는가』에서 “마음을 단순히 뇌가 하는 하나의 기능이라고만 인식하는 것은 더 이상 타당하지 않다. 마음은 몸과 환경에 대해 우리가 어떻게 인식하느냐에 따라 상당히 영향을 받는 것으로 생각해야 한다”고 주장했다.

의학적으로 보면, 우리가 사용하는 뇌는 겨우 5퍼센트에 불구하고 그나마도 40세 이후부터는 10년 주기로 용량이 줄어든다고 한다. 다만 건강하게 나이 드는 사람은 상대적으로 활발한 뇌세포 수가 조금씩 줄어든다. 신경과학의 관점에서 보면, 나이가 들수록 무엇을 배우는 데 있어 시간이 더 오래 걸리고, 창의적인 사고와 기억력, 문제 해결 능력 등이 감소한다고 한다. 하지만 눌랜드는 “정보를 완전히 이해하는 능력과 경험으로부터 나오는 능력은 나이가 들더라도 눈에 띄게 변하지 않는다”라고 말한다. 일부 사람들의 의견에 따르면, 오히려 그런 능력은 향상된다고도 한다.

뉴욕대학 신경학 교수인 엘코논 골드버그Elkhonon Goldberg는 자신의 책인 『지혜의 역설The wisdom paradox』에 ‘나이가 들수록 패턴 인식이 더욱더 좋아진다’라고 썼다. 그는 “사람은 나이가 들수록 인지한 표본의 개수가 더 많이 축적된다. 그래서 무엇을 결정할 때 문제 해결 방식보다는 오히려 패턴 인식의 방식을 선택하는 것이다"라고 말했다.

이러한 패턴 인식은 소위 포괄적인 기억을 그 바탕으로 하고 있다. 골드버그는 포괄적 기억의 메커니즘에 대해 이렇게 예를 든다. "나이가 들면 누군가의 이름을 떠올리려고 해도 도저히 생각나지 않을 때가 있는데, 그러나 그 사람이 방 안으로 들어가는 순간에 이름이 생생하게 떠오르게 되는 경우가 종종 있다. 이런 일이 일어나는 것은 뇌가 시각적인 요소(얼굴)와 청각적인 요소(이름) 두 개를 연결시켜 네트워크를 형성했기에 가능한 일임에 틀림없다." 그러면서 골드버그는 "이 두 종류의 정보가 서로 다른 피질 영역(얼굴 정보는 두정엽, 이름 정보는 측두엽)에 존재하다가, 어느 순간 서로를 끌어당겨 하나로 엮이게 되는 것이다"라고 말했다.

골드버그는 또한 지난 수십 년간의 실험을 통해 직관의 힘과 그 중요성에 대해서도 설명했다. 그는 20세기 지도자들 — 레이건의 알츠하이머병, 히틀러의 기억 감퇴와 파킨슨병, 스탈린과 레닌의 다발경색성치매, 마오쩌둥의 근위축성측색경화증(루게릭병의 일종), 처칠과 대처의 발작, 브레즈네프의 노망 — 에게 발현된 다양한 뇌의 질병들을 나열하면서 "이렇게 신경학적으로 퇴행했음에도 불구하고 무엇이 그들을 비범하고 뛰어난 일을 할 수 있게 만들었을까?"라고 질문한다. 그러면서 골드버그는 "이전에 풍부하게 개발된 패턴 인식 장치가 그들로 하여금 새로운 상황과 문제, 그리고 도전들을 아주 친숙한 것들인 양 광범위하게 받아들일 수 있도록 했던 것이다"라고 말한다.

나는 신경과학자는 아니지만, 마흔다섯의 나이에도 내 자신이 지닌 직관의 힘을 확실히 입증할 수 있다. 예를 들면, 한 번의 친분 관계만으로도 오랫동안 친구 사이가 될지 금세 알아내는 직관이 지난 몇 년 전보다 훨씬 더 정확해졌다. 그리고 이제는 영화 포스터의 특징적인 일부분 — 크게 확대한 만년필 한 자루 — 만을 보고서도 그것이 내가 보고 싶어 하는 영화 「그 작가의 생The life of the writer」이라는 것을 직관적으로 알아차린다. 그 영화는 노 젓는 배를 타고 대서양을 건너는 듯한 느낌이 나는, 은은한 낭만이 묻어나는 영화이다.

패턴을 인식하는 능력이 증가함에 따라 어쩔 수 없이 기억상실의 위험도 동시에 그만큼 늘어난다. 이런 기억상실 때문에 나의 프로젝트를 재촉시켜야 한다는 것이 오히려 나에게는 희망적인 일이다. 만약 각 사람을 하나의 지식 저장소라고 한다면 — 아프리카어를 구사하는 사람의 죽음은 마치 도서관 하나가 불타는 것과 같다 — 앞으로 남은 내 생애 동안 이런 분들을 만나 그 안에 담겨 있는 지식을 빌리려고 한다. 마치 도서관에 있는 책을 통해 지식을 쌓듯이 그들로부터 지혜를 끄집어내려는 것이다.

이러한 내 태도는 임무 — 지혜가 무엇인지 충분히 연구하는 것 — 를 충실히 수행하지 않은 채 쉽게 잇속만 차리려는 것이 아닌가 하는 생각이 들게 할 수도 있다. 그리고 어쩌면 나의 이 지혜 프로젝트가 더욱더 이기적인 요소가 있다고도 말할 수 있는데, 내 자신이 늙으면 어떤 모습일지 그들을 통해 미리보기를 하려는 속셈도 있기 때문이다.

나에게는 나보다 나이 많은 형제자매가 3명 있는데, 그들은 나에게 좋은 본보기가 되어 왔다. 즉 그들이 경우에 따라 어떻게 말하고 행동하는지가 나에게는 좋은 사례들이 되었던 것이다. 아마 나이 드신 어른들과의 만남도 이와 비슷하리라 예측할 수 있다. 만약 당신이 더 나이 들기 전에 지혜 있는 어른들을 통해 앞으로 살아가는 데 유리한 점과 나쁜 점을 미리 파악한다면, 유리한 점은 즐거이 드러내거나 확대시키려고 할 것이고, 나쁜 점은 멀리하거나 억누르려고 할 것이다. 레오나르도 다 빈치는 "나이 드신 어른은 음식에 대한 지혜를 터득하고 있다. 만약 이를 인정하고 미리 염두에 둔다면, 당신은 젊었을 때부터 지혜롭게 음식을 대할 것이다. 그리고 그런 영양 섭취를 지속한다면 당신은 노후에도 당연히 건강을 유지할 것이다"라고 말하기도 하였다.

많은 사람들과 마찬가지로 나도 나이가 들면서 여러 가지 변화가 일어나고 있다. 나는 마흔세 살 때부터 머리가 희어지기 시작했는데, 그 후 거의 2년 동안 머리를 깎을 때마다 관자놀이 부분의 흰머리가 신경 쓰이고 조심스러웠다. 그리고 불쑥 새 집에서는 결코 살고 싶지 않다는 생각이 들었고, 처음으로 새로 산 셔츠를 입기 전에 열 번 내지 열한 번씩 세탁을 하는 버릇도 생겼다. 이렇게 변한 내 자신을 볼 때, 내 안에 또 다른 누군가가 있는 것 같은 느낌이 들었다. 나는 아직도 젊다고 여기며 나이 드는 것을 모른 척하며 살기를 원하면서도 왜 또 이렇게 오래된 것들을 좋아하는 걸까? 나는 여전히 나이가 들면서 인생이 나에게 일으킨 변화들 — 젊은 시절 날씬한 몸매를 유지했지만, 나이가 들면서 살이 쪘다 — 을 관망하고 있다. 그렇다면 과연 앞으로 일어날 일들에 대해서는 어떤 준비가 되어 있는 걸까?

이런 의문들을 해결하고자 나는 나이 드신 어른들을 인터뷰하기로 하고, 배울 점이 있다고 보이는 어른들과 함께 가능한 한 많은 시간을 보내기로 결정했다. 그들에게 지혜로운 깨달음에 대해서 물을 것이고, 그들이 그동안 인생에서 무엇을 배웠는지를 묻고, 또 물을 것이다. 그리고 만약 다음에 친구들을 위해 빵을 가져다줘야 한다면, 마늘 베이글만 종이백에 따로 담아야 할지 아니면 다른 베이글과 함께 담아야 할지도 물을 것이다.

이 책의 제목에 대해서도 간단히 말하고자 한다. 여기에 나오는 어른들의 지혜가 완벽하다는 뜻이 결코 아니다. 다만 인터뷰에 응해 준 나이 드신 어른들이 추천하고 있는 삶의 방식을 드러내 보이려고 하는 것일 뿐이다.

마크 트웨인은 이렇게 말했다. "삶의 지혜는 말할 때보다 오히려 들을 때 얻게 된다."

나 역시 여기서는 듣는 입장이다. 나이 드신 지혜로운 어른들은 도대체 어떻게 말할까?

02

지혜란 무엇인가

그때까지 지혜에 대한 내 나름의 확실한 견해가 없었다. 그래서 다른 사람들이 지혜에 대해 어떻게 정의 내렸는지 알아보는 것은 당연한 일이라 생각하고, 도서관을 찾아갔다.

지혜에 대한 많은 정의가 있었고, 이론은 이미 충분하다는 사실을 곧바로 깨달았다.

무하마드 알리Muhammand Ali는 "지혜란 당신이 지혜롭지 않을 수도 있다는 것을 아는 것이다"라고 했다.

새뮤얼 테일러 콜리지Samuel Taylor Coleridge(영국 시인 겸 평론가)

는 "비상식적인 정도의 상식을 우리는 지혜라 부른다"라고 했다.

발터 벤야민Walter Benjamin은 "실제적 삶의 재료로 짜여진 조언이 지혜이다"라고 했다.

시오도어 루스벨트Theodore Roosevelt는 "지혜의 10분의 9는 시간을 지혜롭게 사용하는 데 있다"라고 했다.

알베르트 아인슈타인Albert Einstein은 "영리한 사람은 문제를 풀지만, 지혜로운 사람은 문제를 피한다"라고 했다.

세네카Seneca는 "지혜로운 사람은 마지못해 하는 일은 아무것도 없다. 필요 때문에 하는 일은 강제를 뜻하는 것이기 때문에 지혜로운 사람은 필요와 상관없이 일한다"라고 했다.

크리슈나Krishna(힌두교 신화에 나오는 영웅신)는 『바가바드기타Bhagavadgītā』(힌두교 경전 중 하나)에서 "깨달음을 얻은 성자는 그가 한 모든 일의 결과에 대한 근심으로부터 자유로운 사람을 지혜로운 사람이라고 말한다"라고 했다.

윌리엄 블레이크William Blake(영국 시인 겸 화가)는 "과잉의 길은 지혜에 이르게 한다"라고 했다.

니콜라스 고메즈 다빌라Nicolas Gomez Davila(콜롬비아 작가 겸 사상가)는 "노인의 어리석음은 자신을 지혜롭다고 생각하는 것이다. 어른들의 어리석음은 자신을 경험자라 생각하는 것이고, 젊은이들의 어리석음은 자신이 천재라고 생각하는 것이다"라고 했다.

벤저민 프랭클린은 "인간은 자신의 지혜를 숨기지 못하는 어리석은 사람이다"라고 했다.

부처Buddha는 "어리석은 사람이 스스로 어리석은 줄 알면 그는 그만큼은 지혜로운 사람이다"라고 했다.

나이 드신 분들이 특별히 지혜롭다는 말들은 별로 없었다. 동양에서의 노인들에 대한 공경은 역사와 전통에 그 뿌리를 두고 있다. 도교에서 장수는 성인의 지위를 상징하고 있다. 브라만의 경전에는 영생불멸을 얻을 만큼 지혜로운 나이 드신 은자들에 대한 기록이 있다. 유교는 조상에 대한 숭배를 장려하는데, 이것은 이미 고인이 된 노인에 대한 공경이라 하더라도 이는 확실히 살아 있는 노인들에 대한 공경으로 이어지는 것과 깊은 관계가 있다.

노인들의 지혜는 특히 동양과 아프리카 문화권에서 숭배되는 것을 알 수 있다. 그리고 동아시아, 라틴 아메리카 원주민과 오스트레일리아 원주민도 마찬가지이다.

마사미 다카하시Masami Takahashi와 프라샨트 보르디아Prashant Bordia는 동양과 서양의 지혜에 대한 개념 차이에 대해 많은 연구를 진행해 왔다. 그들은 2000년에 흥미로운 실험을 실시하였는데, 네 그룹의 대학생들 — 미국인, 오스트레일리아인, 인도인, 일본인 — 에게

'현명한' '나이 든' '깨어 있는' '신중한' '경험이 있는' '직관적인' '많이 아는' 등 7개의 형용사들을 제시하고는 학생들로 하여금 지혜와 관련해 가장 서로 비슷하다고 생각되는 두 개의 형용사를 고르도록 하였다. 동양 학생들은 대부분 '신중한'과 '현명한'을 선택하였고, 반면에 서양 학생들은 '현명한'과 '많이 아는' 혹은 '현명한'과 '경험이 있는'을 선택하였다.

다카하시는 이러한 결과에 대해 "서양에서의 지혜는 하나의 결과물이기에 분석적이고, 논리적인 개념과 상관이 있다"고 설명했다. 반면에 동양에서의 지혜 개념은 신중함과 자기 억제와 같은 질적인 가치에 더 가깝다고 하면서 "동양에서의 지혜는 탐구 그 자체이다"라고 말했다.

일반적으로 과학기술이 더욱더 첨단화될수록 나이 드신 분들의 지혜는 더욱더 쓸모없게 되고, 메가바이트와 인공지능이 돈이 되는 세상에서 전통을 이어 가고 문화적인 맥락을 이어 가는 기술들은 그 가치가 떨어진다고 인식되게 마련이다.

그러나 만약 당신이 지혜로운 사람으로 성공하는 인생을 살고 싶다면, 주위를 지혜의 숲으로 둘러싸도록 하라. 나 또한 가능한 한 나이 드신 분들을 인터뷰한 기사들을 많이 읽으려고 노력했다. 80세 노인 80명과 인터뷰한 내용을 담고 있는 책이 출간되었을 때, 나는 그 책을 사서 읽어 보았다.

물론 기본적으로 부유한 미국 백인들과 진행한 80개의 인터뷰들 가운데는 "당신이 좋아하는 일을 하라"와 같은 참으로 진부한 것도 있었다. 그리고 항상 따라다니는 말들 — "어디에 속해 있어라" "유머 감각을 가져라" "젊은이들은 역사에 관심이 없다" — 도 담겨 있었다.

그러나 80명 중에 몇몇 사람들은 독특한 자기만의 생각을 불어넣어 주었다. 돈 휴이트Don Hewitt는 "방송국에서 나를 시사 프로그램 「60분60 minutes」의 제작 책임자로 발령내자, 한 친구가 내게 '「60분」을 양키 스타디움이라고 생각해'라고 말해 주었다. 50년 전에 세상을 떠난 베이브 루스Babe Ruth가 방망이 한 번 휘두르지 않았는데도, 여전히 '루스가 지은 집'이라고 알려진 곳이 있다. 나 역시 그렇게 생각하자, 모든 절망감이 사라졌다"라고 말했다.

영화배우 스터즈 터켈Studs Terkel은 "아인슈타인이 루스벨트로 하여금 원자폭탄을 만들 수 있겠다는 확신을 갖게 했을 때, 그는 히로시마는 꿈에도 생각지 못했다. 원자폭탄을 인간에게 떨어뜨렸다는 소식을 아인슈타인이 들었을 때, 그는 머리를 쥐어짜며 '나는 제3차 세계대전이 어떤 무기로 치러질지 모른다. 그렇지만 제4차 세계대전의 무기는 막대기와 돌이 될 것이다'라고 말했다"며 암울함을 드러냈다.

할리우드의 영화배우 피터 마샬Peter Marshall은 "당신이 얼마나 유명해질지, 도대체 30년 후의 당신을 누가 알겠는가. 빙 크로스비Bing Crosby(영화배우)나 알 졸슨Al Jolson(영화배우), 모리스 슈발리에Maurice Chevalier(프랑스의 샹송가수 겸 영화배우)에 대해서 젊은이들에게 물어보라. 그들은 모를 것이다. 나에게 도움을 주었고 나의 우상이었던 사람은 딕 헤임즈Dick Haymes(영화배우이자 가수)였다"라며 현재의 자신을 너무 심각하게 받아들이지 말라고 젊은 사람들을 격려했다.

「춤추는 뉴욕On the town」이라는 영화에서 택시 기사로 나왔던 베티 가렛Betty Garrett은 "나는 결코 내 자신을 늙었다고 생각하지 않는다. 거울이 주름진 것이라고 생각한다"라고 말했다.

소설가이자 구성작가인 허버트 골드Herbert Gold는 "젊은이들을 위해 내가 해 줄 수 있는 조언은 한 마디뿐이다. 골프를 치지 마라. 그건 정말 지루할 테니까" 하고 말했다.

특히 나에게 강한 인상을 남긴 두 가지 예화가 있었다. 첫 번째는 79세의 셜리 치스홀름Shirley Chishholm이 『지혜의 부A Wealth of Wisdom』에서 들려주었던 자신의 경험담이다. 그녀는 미국 의회 최초로 흑인 여성 하원의원으로 선출된 인물이다.

셜리가 의원으로 활동할 당시, 한 점잖은 의원이 그녀를 보기만 보면 꼭 기침을 하기 시작했다고 한다. 건강이 걱정된 그녀는 그 하원의원에게 결핵을 앓고 있느냐고 물어보기까지 했다. 하지만 그 의원은 그녀가 기침을 하는 자신의 옆을 걸어갈 때마다 손수건을 꺼내서는 거의 습관처럼 침을 뱉었다. 그 모습은 흡사 그녀의 얼굴에 침을 뱉는 것처럼 보였다.

참을 수 없게 된 그녀는 묘책 하나를 생각했다. 어느 날 그녀는 큰 주머니가 달린 스웨터를 입고, 그 안에 남성용 손수건을 집어넣고는 하원 의회장에 모습을 드러냈다. 그러자 기다렸다는 듯 그 하원의원은 그녀 앞에서 기침을 하기 시작했다. 그녀는 속으로 '당신의 그 못된 버릇을 고쳐 주고 말겠어'라고 다짐했다. 그가 손수건을 꺼내려고 하는 순간, 그녀는 자신이 준비한 손수건을 끄집어냈다. 그런 다음 거기에다 침을 뱉고는 그것을 그 남자 얼굴에 던져 버렸다. 그러고는 그를 향해 "오늘은 내가 선수를 쳤지" 하고 소리쳤다.

몇 년 뒤, 삶을 더 폭넓게 바라보게 되었다는 그녀는 한 인터뷰를 통해 당시 사건을 회상하면서 "무슨 일을 하든 나는 사람이 아니라 신과 내 양심이 허락하는 것만을 바라볼 것입니다. 당신도 사람을 바라보면 미치게 됩니다. 양심이 시키는 대로 따르세요"라고 말했다.

또 하나 나를 사로잡은 에세이는 마틴 마티Martin Marty가 쓴 『의미 있는 삶The Life of Meaning』이라는 책이었는데, 그는 거기에 '낮잠은 기도의 한 형태'라는 이론을 신봉한다고 썼다.

시카고대학에서 35년 동안 종교역사학 교수로 지낸 이 루터교 목사는 50여 권의 책을 저술한 저자이기도 했다.

어느 날 시카고에 있는 한 사무실에서 그를 만나 물어보았다.

"낮잠이 기도의 한 형태라면, 그렇다면 기도란 무엇인가요?"

그는 이렇게 말했다. "사람들에게 낮잠 자기를 원하면서도 왜 낮잠을 자지 않느냐고 물어보면, 항상 다음 두 가지 경우 중에 하나라고 대답합니다. 하나는 내가 해야 할 일들을 끝내지 못한 경우이고, 다른 하나는 내가 일어나 해야 할 일이 너무나 많을 경우입니다. 즉 하나는 죄이고, 또 하나는 걱정인 셈이죠. 기도는 이 둘 다를 버리는 것입니다."

"그렇다면 무의식의 상태나 혹은 죽었을 때도 기도를 하고 있는 겁니까?"

"당연하죠."

"대단히 흥미로운 견해군요. 하지만 제가 걱정되는 한 가지는 나의 모든 기도에 응답이 있더라도 알아차리지 못할 것이라는 사실입니다. 왜냐하면 내가 잠자고 있기 때문이죠."

"그렇지 않아요. 아침에 일어나게 되면 그것을 알게 됩니다."

나는 마티의 홈페이지를 본 적이 있다. 다양한 섹션 — 환영의 글, 강의 시간, 식사 시간 등 — 중에서 특히 '낮잠'이라는 항목이 있었다. 거기에는 '점심 식사 후나 오후, 혹은 저녁 식사 전에 마티는 일반적으로 7분에서 10분 동안 낮잠을 잠으로써 원기를 회복합니다'라고 써져 있었다.

나는 그에게 "낮잠을 잘 때 손목시계를 이마에 올려놓고 잔다고 어디선가 읽은 적이 있는 것 같은데요?"라고 물었다.

"그렇습니다. 지금은 휴대전화로 시간을 잽니다. 그래서 휴대전화를 옆에 두고 잡니다."

"그건 단순히 20분 이상 자지 않도록 하기 위한 것인가요?"

"그렇지만은 않아요. 만약 내가 20분 이상 깊은 잠에 빠져든다면, 위장에 혹이 생기고 생기를 잃게 됩니다. 그래서 나는 처음에는 18분 동안 자기 시작했고, 그다음에는 15분, 또 그다음에는 10분, 지금은 8분 정도 잡니다."

"그럼 당신은 기도를 훈련해 온 셈이군요."

"만약 수도승이 내가 잠자는 시간만큼이라도 열심히 수도를 했다면, 우리는 거룩한 세상을 맞이했을 것입니다."

비록 나더러 환원주의자還元主義者(다양하고 복잡한 것을 하나의 기본적인 것으로 설명하는 사람)라고 말할지 모르겠지만, 책을 통해 만난 위대한 사상가와 스승 들이 강조하는, 지혜를 정의할 수 있는 주요한 요소들이 있을 거라는 생각이 들었다.

공자는 '상호주의'의 중요성을 강조했다. "인생을 살아가는 원칙이 무엇입니까?"라는 질문을 받았을 때, 그는 "상부상조相扶相助가 아닐까요? 그리고 당신이 하고자 하지 않는 바를 남에게 시키지 마세요己所不欲 勿施於人(기소불욕 물시어인)"라고 말했다.

그리고 부처는 '집착에서 벗어남'이라고 했다. 그는 사람들이 자신의 생각에 집착할 때 고통을 받는다고 강조했다. 부처의 지혜로운 말을 담고 있는 『법구경法句經』의 첫 번째 행은 '우리는 우리가 생각하는 대로 된다'이다.

소크라테스는 그 말 대신에 '의심'하라고 말했다. 그는 지혜의 속성을 체계적으로 탐구한 최초의 사람이다. 그러나 흥미롭게도 그는 자신을 지혜롭다고 생각하지 않았다. 그런데 그의 친구가 아테네에서 소크라테스보다 더 현명한 사람이 있는지 델포이의 신탁에게 물었는데, 그보다 더 현명한 사람은 없다는 신탁의 말을 들었다고 한다. 이에 자극을 받은 소크라테스는 시인, 장인, 정치인 등 지혜롭다고 여겨지는 다양한 아테네 사람들에게 접근해 그들과 대화를 나누었다. 이를 통해 그들이 지혜롭지 않다는 사실을 알게 되었고, 결국 소크라테스는 신탁의 말이 옳다는 결론을 내린다. 대부분의 사람들은 지혜롭다고 생각했지만 아니었고, 소크라테스는 자신이 지혜롭지 않다는 것을 깨달았기에 역설적으로 그는 지혜로웠던 것이다.

나는 지혜를 정의할 때 여기에 '공동의 이익'이 추가되어야 한다고 생각한다. 결국 그래야만 삶에 있어서, '건전하고 적절한 의심' '집착에서 벗어남' '상호주의'를 가져오는 것도 가능하기 때문이다.

여전히 우리 사회에는 은행 강도가 존재한다. 또 일부 사람들은 한없이 부유한 반면에 나머지 사람들은 가난한 사회에 살고 있다. 이럴 때는 의심을 해야 한다. 그리고 행동의 결과를 책임지거나 법에 연연하지 않는 사람들도 있다. 이런 사람들은 범죄를 저질러도 전혀 거리낌이 없다. 그러나 이것은 집착에서 벗어난 것이 아니라 도덕적 해이일 뿐이다. 또한 이것이 상호주의라며 훔친 돈을 공범과 가족들과 공유하기까지 한다.

그러나 은행 강도는 공동의 이익을 위한 것이 아니다. 따라서 공동선은 지혜의 정의에서 하나의 가치 있는 요소이다.

특히 나는 '집착에서 벗어남'에 대해 더 많은 것을 알고 싶었다. 그래서 지혜로운 자라고 불리는 알래스카 원주민 래리 머큐리프Larry Merculieff에게 전화를 했다. 그는 거의 40년간을 자신의 원주민들을 보살피는 데 시간을 보냈다. 프리빌로프 제도Pribilof Islands의 알류트Aleuts 족族인 그는 58세에 불과하지만, 아메리카 인디언 장로이다. 그가 나에게 말했듯이 장로가 되는 것은 나이와는 상관이 없다. "장로가 되는 것은 사람들에게 말하는 능력과 관련이 있습니다. 언젠가 내가 다섯 살짜리 애서배스카Athabasca 족 장로를 만난 적이 있었는데, 그는 4개의 언어를 알고 있었습니다."

머큐리프는 다섯 살 때 명상을 시작했다고 말했다. 그리고 매일매일의 고민과 선입견으로부터 자신을 분리시킬 수 없다면, 명상을 잘할 수 없다고 했다. "나는 매시간 해변에 앉아 명상을 합니다. 그러다 보면 물리적인 지구에 다가가 그것과 내가 하나가 됩니다 — 어떤 동물이 다가오고 있는 것을 인식할 수 있는 것처럼. 그것은 비로소 이 땅에 내가 존재함을 느끼도록 합니다. 깨달음의 장에 들지 않은 사람들은 그것이 무슨 의미인지 잘 모릅니다."

머큐리프가 수만 마리 새들의 비행을 보며 아주 강력하게 깨달은 것은 거의 모든 새들이 결코 날개가 부러지지도, 무리에서 떨어져서 날아가지도, 심지어는 비행하는 동안 서로 부딪히는 일조차도 없다는 것이었다고 한다.

"이러한 동물들이 살아가는 유일한 방법은 완전히 순간에 존재하는 것입니다. 나는 평생 동안 그런 방식으로 살아왔습니다."

문명의 접촉이 가장 적은 현존하는 사람들 가운데 모켄Moken 족이 있다. 1,000명에서 3,000명 정도 생존해 있는 것으로 알려진 모켄 족은 인도네시아의 안다만 해Andaman Sea에 살고 있는 유목민으로, 애니미즘의 신앙을 믿고 있다. 원시적인 이해를 통해 터득한 바다에 대한 지식이 해양학자와 맞먹을 정도로 아주 뛰어난 모켄 족은 걷기도 전에 수영을 배우고, 보통 사람들보다 두 배나 더 오랫동안 물속에서 버틸 수 있도록 심박수를 낮출 수도 있다.

더욱 흥미로운 것은 시간에 대한 개념이다. 그들에게는 마치 시간이 존재하지 않는 것처럼 보인다. "언제" "안녕하세요" 또는 "잘 가"라는 말이 없을뿐더러 심지어는 나이가 몇 살인지도 알지 못한다. 15년 동안 부족을 떠나 있던 누군가가 돌아와도, 마치 그들은 하루 이틀 동안 이웃 섬에 다녀온 사람처럼 맞이한다.

수십 만 명의 생명을 앗아 간 2003년 지진 해일 때에는 마을과 배가 모두 파괴되었음에도 불구하고, 부족민 중 한 사람 — 그는 달릴 수 없는 장애인이었다 — 외에는 모두가 그 쓰나미에서 살아남았다. 쓰나미가 있던 날, 어부이면서 모켄 족의 장로인 살라마 클라타라이 Salama Klathalay가 불길한 예감을 알아차렸던 것이다. 조류의 흐름이 여느 때와 다르게 빨라졌고, 돌고래가 바다로 향했으며, 윙윙거리던 매미가 노랫소리를 멈췄다. 그는 이 사실을 자신의 부족민들에게 경고했고, 그들 모두가 그곳에 있는 산으로 올라갔다.

나는 머큐리프와 모켄 족처럼 공간과 시간의 집착에서 벗어나는 삶이야말로 진정 지혜로운 삶이라는 생각이 들었다.

책을 보면서 또 떠올랐던 것은 지혜의 보편성이었다. 공자는 『역경易經』을 통해 "당신이 하고 싶어 하지 않는 바를 남에게도 시키지 말라"는 말을 했는데, 그것은 갈릴리Galilee 출신의 예수가 언젠가 했던 말 같다는 생각이 들지 않는가?

'집착에서 벗어남'이라는 주제도 마찬가지이다. 그것은 부처의 "우리는 우리가 생각한 대로 된다"는 말이나, 크리슈나의 "자신이 한 모든 일의 결과에 대한 걱정에서 자유로울 때" 사람이 현명해진다는 말이나, 19세기의 독일 철학자 쇼펜하우어의 행복은 "의지를 소멸하는

데 있다"는 믿음이나, 그리고 20세기 패션계의 원로 다이애나 브릴랜드Diana Vreeland의 "우아함은 거절이다"라는 말까지 모두 하나의 선으로 이어져 있음을 알 수 있다.

이보다 덜하다고 할 수 있을지 모르지만 미덕도 마찬가지이다. 미덕에 대한 믿음은 고대 그리스로부터(에피쿠로스Epicurus : "부자는 없이 지낼 수 있는 것이 얼마나 많은가에 달려 있다") 19세기 독일(니체Nietzsche : "누구든지 적게 소유한 자가 그 만큼 덜 사로잡힌다")과 뉴잉글랜드(소로Thoreau : "부유한가는 없이 지낼 수 있는 것이 얼마나 많은가에 달려 있다"), 그리고 오늘날의 더블린(아일랜드 음악가 시네이드 오코너Sinead O'Connor : "나는 갖지 않은 것을 원하지 않는다")까지 그 흐름이 이어지고 있다.

도서관에서 나와, 지혜의 요소들에 대해 생각하기 시작했다. 수천년 동안 철학자와 사상가 들은 지혜에 대해 어떻게 확신할 수 있었는지 궁금했다. 하지만 누가 요즈음 이런 의문에 대해 깊이 생각하는 시간을 갖겠는가? 큰 그림 보는 눈을 가지고 우리를 미래로 이끌어 줄 사람이 있을까?

약속 시간이 급해, 나는 택시를 탔다. 택시기사가 교통 신호를 지키지 않는 오토바이 배달원의 무질서 행위부터 시작해 리얼리티 TV의 폭력성에 이르기까지 온갖 잡다한 문제들에 대해 15분 동안 혼자 떠들어 댔다. 대부분의 현대인들이 이 택시 기사와 같다는 생각이 들었다.

03

지혜를 캔버스에 담는 최선의 방법

칠십이 넘은 사람들의 세계를 캔버스에 담는 최선의 방법은 무엇일까?

나는 이야기를 나누고 싶은 사람들의 이름을 목록으로 작성했다. 이 목록들을 작성하다 보니 또 다른 목록들을 낳게 되었고, 또다시 다른 목록들을 낳게 되었다. 그러다 보니 내가 만나고 싶은 사람들이 수백 명에 이르렀다. 여태까지 자신의 삶에서 중요하다고 생각했던 것들에 대해 최근에 심경 변화가 일어난 사람들과 만나 이야기하고 싶었다. 그리고 장애나 위기를 극복했거나 혹은 극복하기 위해 노력하고 있는 사람들과도 만나 이야기하고 싶었다. 뿐만 아니라 나는 오랫동안 존경해 왔던 사람들과도 만나 이야기하고 싶었다 — 지미 카터Jimmy Carter, 필리스 딜러Phyllis Diller(미국의 코미디언), 샌드라 데이 오코너Sandra Day O'Connor(미국 최초의 여성 연방대법관). 이런 목록들은 계속 이어졌다. 친구인 산드라의 아버지와도 함께 시간을 보내고 싶었다. 그는 쓰레기통이나 쓰레기 처리장에서 찾아낸 음식을 먹고, 버려진 시리얼 박스를 이용하여 자신의 서류 가방을 만드는 등 아주 수준 높은 재활용 예술을 하는 괴짜 중국인 남자였다.

때때로 예상 밖의 이름들이 머릿속에 떠올랐다. 어느 날 아침, 나는 늘 그렇듯이 아파트 안을 헤집고 다니면서 — 양말을 찾아 옷장 여기저기를 뒤적이고, 17년생 고양이 '핫 로드Hot Road'를 한 번 껴안아 주고, 10분이 지나 또다시 내 커피 잔을 찾으러 다니고 — 거실과 부엌 사이의 문을 막 통과하는 순간, 마치 우주 공간에서 지시를 받는 로봇처럼 나도 모르게 '노암 촘스키Noam Chomsky'라고 되뇌는 일도 있었다.

한번은 목록을 정리하면서 몇몇 이름들을 솎아 내고 있었다. 그러고는 목록에 등장하는 이름 가운데 그들이 설명하는 지혜에 덧붙여 개선하거나 향상시킬 필요가 없다고 느낀 이름들은 지워 나갔다 — 엘리 비젤Elie Wiesel(미국 유대계 작가 겸 인권운동가), 존 디디온Joan

Didion(미국 소설가), 캘빈 트릴린Calvin Trillin(미국 저널리스트), 회고록 집필자인 도리스 그룸박흐Doris Grumbach. 유명한 말이지만 어디서든 충분히 들을 수 있는 사람들의 이름(달라이 라마Dalai Lama)과 제도권 속에 소속되어 자신의 개성이 드러나지 않을 사람들의 이름(대부분의 성직자, 상원 의원 로버트 버드Robert Byrd)을 지워 나갔다. 나와 이야기를 나누고 싶지 않다는 사람들과 유명한 은둔자나 언론의 노출을 꺼리는 사람들의 이름 역시 지워 나갔다 — 제롬 데이비드 샐린저J. D. Salinger, 코맥 매카시Cormac McCarthy(미국 소설가), 사진작가 헬렌 레빗Helen Levitt. 특별한 지혜나 혹은 행동에 영감을 주었지만 연락이 닿지 않아 결국에는 만날 수 없었던 사람들의 이름 또한 지워 나갔다 — 강도와 대항해서 싸웠던 101세의 로즈 모라Rose Morat, 흘러내리는 브래지어 끈 문제를 해결하기 위해 스트랩 메이트the Strap-Mate 사업을 시작한 기업가 리사 게이블Lisa Gable.

그들에게 지혜에 이르는 길을 취재하고 있는 저널리스트라고 소개하면서 수백 통의 이메일을 보냈다. 반응이 왔고, 그중 일부는 긍정적인 답변을 보내 주었다.

내 예상과는 달리 막상 어떤 사람을 만났을 때 어색해진 경우도 있었다. 예를 들면 2학년 때 선생님인 아크사 힝클리Achsah Hinckley와 인터뷰를 하기로 했을 때 나는 그녀의 밝은 모습을 기대했다. 그녀는 매사추세츠 주 우스터 시의 밴크로프트 학교에서 아주 멋지고 학습 의욕이 남다른 선생님이었다. 그러나 예상과는 다르게 그동안 선생님께서 얼마나 힘들게 살았는지 알게 되었다. 그녀는 교실에서 기도하길 원하는 학생들에게 그렇게 하도록 허락했다는 누군가의 고자질로 한순간에 학교에서 해임을 당했다. 그리고 1981년에 알코올 중독으로 죽은 그녀의 남편은 힝클리가 저축한 돈을 몽땅 써 버렸다.

우리는 거실에 앉아 이야기를 나누었다. 나는 81세의 깡마르고 꼼꼼한 그녀가 지적으로 엄격하고 청교도적인 윤리 속에서 그 오랜 세월을 견디며 삶을 지탱해 왔다는 것을 엿볼 수 있었다. 그러나 또한 삶에 많은 부침이 있었음도 알 수 있었다. 그녀는 이렇게 말했다. "1년간 유럽 여행을 하고 싶은 꿈도 있고 지금보다 더 담대하게 살고 싶지만, 그보다는 대공황을 겪어서인지 무엇보다 나에게 안전은 큰 의미가 있단다."

그 반대로 마흔일곱에 거리에서 즉흥 코미디를 공연했던 내 어린 시절의 우상 필리스 딜러Phyllis Diller의 시련과 예측 불허의 삶은 어두울 것으로 예상했다. 그녀의 첫 번째 남편은 잔인하고, 야만적이었으며, 광장공포증이 있는 성폭력자였다.

딜러는 누구의 누군가가 아니라, 무엇의 무엇인가는 되어야 한다고 생각했다. 그녀는 성형수술 — 딜러는 그것에 주목한 최초의 유명

인사들 중 한 명이었다 — 을 일상적인 것으로 받아들였고, 성형한 얼굴을 다치지 않게 하기 위해 얼굴에 가림막을 하고 파티장에 나타나거나 혹은 새로 성형한 코가 안경에 눌리는 불상사가 일어나지 않도록 안경을 이마에다 테이프로 붙이기도 했다(딜러는 "나는 모자가 흘러내리지 않을 정도로 주름이 많아서 무언가를 해야만 했다"라고 말했다).

90세의 딜러가 내 전화 인터뷰에 기꺼이 응해 주었을 때, 그녀의 긍정적인 생각의 힘이 나에게 전해지는 것을 느낄 수 있었다. 그녀는 이렇게 말했다. "그 사업에 뛰어들었을 때, 나는 완벽함을 추구했어요. 앞만 보면서, 그 일을 해내기 위해 모든 것을 했지요. 결코 한눈 팔지 않았고, 성공에 대한 확신을 단 한 번도 의심하지 않았어요."

"정말이세요? 정말 한순간의 의심도 없으셨어요?" 내가 물었다.

"절대, 결단코 없었어요. 나는 의심이 실패로 이르는 길이라는 것을 깨달았죠. 내 성공 비결은 부정적인 것으로부터 스스로를 보호한 것입니다. 그것은 친구일 수도 있고, 남편일 수도 있어요. 아무튼 어디서든 올 수 있어요. 마음속으로는 겁쟁이의 옷을 입고 있지만 말이에요."

"그렇지만 삶은 항상 우리에게 장애물을 던져 주지 않나요? 내 말은 살면서 누군가가 당신을 괴롭히거나 또는 시비를 걸어오는 경우에 당신은 어떻게 대응할 것이냐는 말이에요."

"내 행동에 대해 사람들의 반응은 두 가지로 나뉠 것으로 예상했어요. 나와 상담을 하기 위해 시간 약속을 잡거나 아니면 야유를 할 거라고. 야유하는 순간도 그렇고, 야유하는 사람들도 그렇고, 그것들을 다루는 것은 침묵이에요. 결국 사람들은 나와 상담하기 위해 예약을 할 수밖에 없었죠."

"휴, 당신은 1분에 열두 개의 급소를 찌르는 말을 하는 기네스북 세계 기록 보유자 같군요."

"내가 그래, 그래"라고, 그녀가 떨리는 목소리로 말했다. "그것도 비결이야. 웃으려면 심호흡을 해야 할 게야! 오호호호!"

딜러의 자지러지는 웃음소리에 정신이 없었다.

모든 사람들이 지혜의 기차에 타기를 원하지는 않았다.

나의 프로젝트에 관심이 없거나 혹은 참여할 수 없는 사람들은 세 부류로 나뉘어졌다. 첫째는 제일 많은 부류로 일절 침묵으로 반응했던 사람들이다. 그러나 이것은 알다시피 내 인터뷰 요청에 응할지 혹은 그렇지 않을지 상관없이 많은 사람들에게 당연한 것이었다. 대부분이 프로젝트 초기에 연락을 취했던 사람들이었다. 나는 이를 개인적인 감정으로 받아들이지 않는다. 단지 내가 이메일이나 전화로 다시 한 번 확인하게 하는 수고를 끼치고 싶지 않다는 의미로 받아들였을 뿐이다. 부드러운 거절에는 확실히 정중함이 있다.

둘째 부류는 어떤 이유로 인해 참여할 수 없는 사람들이었다. 유명 코미디언인 빌 코스비Bill Cosby는 '연락을 줘서 감사하다'는 이메일을 보냈고, 더불어 코스비를 관리하는 윌리엄 모리스 에이전시의 회장인 노만 브로코Norman R. Brokaw로부터는 '당신의 프로젝트에 코스비 씨가 참여할 수 없음을 알려드립니다. 그는 도저히 시간을 낼 틈이 없습니다. 당신이 충분히 예견했으리라 생각하는데, 코스비 씨는 셀 수 없을 정도로 많은 단체와 회사, 학교 그리고 국내외에서 당신과 같은 비슷한 요청에 일일이 응하다 보니, 이제는 추가적인 활동을 하는 것이 어렵습니다'라는 답변을 받았다. 노만은 '나만큼 둔한 사람이라도 이해할 수 있을 것'이라는 내용을 덧붙였다.

내 인터뷰 요청에 단지 나이 때문에 거절한 것은 돈 리클스Don Rickles(미국의 코미디언)의 매니저뿐이었는데, 그는 "돈은 단순히 여든 살이라는 이유만으로 그런 이야기를 하고 싶어 하지는 않습니다"라고 답변했다.

얼마나 적극적이어야 하는지에 대해서도 확신이 없었다. 누군가를 지혜롭다고 할 만한 가치가 있는지 혹은 누군가를 지혜롭게 할 가능성이 있는지도 고려해야 했다. 사람이 점점 지혜로워진다는 것은 어쩌면 점점 더 유쾌해지는 것이라는 생각이 들었다. 그러자 마음의 여유가 생겼다. 누구나 자유 의지가 있다. 즉 내가 누군가를 지혜자의 명단에 넣는 것도 가능하지만, 그것을 빼는 것도 가능하다. 무턱대고 졸라대는 것은 소득이 없다고 생각했다.

그렇다고 너무 수동적이라는 말도 듣고 싶지 않았다. 심리학자 메리 파이퍼Mary Pipher의 책인 『또 다른 나라 : 나이 드신 분들의 감정적인 지형을 쫓아서Another Country : Navigating the Emotional Terrain of our Elders』에 나오는 두 개의 문장이 떠올랐다. '이 책을 쓰기 위해 인터뷰를 할 때, 나는 전화벨이 열다섯 번은 울려야 한다는 것을 깨달았다. 그리고 벨을 누르고도 문 앞에서 5분간은 기다려야 한다는 것도 깨달았다.' 나는 응답이 없는 것이 가능성이 없거나 무관심의 산물인지 혹은 재차 시도할 수 있는 겸손의 산물인지 여부를 결정하기 위해 계속해서 시도해야만 했다.

예를 들어 나는 100세의 문화비평가인 자크 바전Jacques Barzun에게 전화를 했다. 그는 "미국의 심장과 마음을 알고 싶어 하는 사람이라면 야구를 배우는 게 낫다"라고 말한 것으로 유명하다. 『뉴욕커The New Yorker』에는 "노년은 새로운 직업을 배우는 것과 같다. 그리고 그것은 선택이 아니다"라는 바전의 말이 소개되어 있었다. 이 말은 나에게 인터뷰의 가능성이 펼쳐지게 될지도 모른다는 생각이 들도록 했다. 바전은 2주 동안 내 전화에 답변을 하지 않았지만, 나는 그에게 재차 전화를 해 간곡하게 나의 상황을 설명했다. 그는 "미안합니다만, 인터뷰는 거절할게요. 마음은 청춘인데, 말하는 데 어려움이 있어서요"라는 메시지를 남겼다.

세 번째 부류는 관심은 보이지만 장황하고 애매하게 말한 사람들이었다. 예를 들어 심리학자이며 『영혼의 코드The Soul's Code』의 저자인 제임스 힐먼James Hillman은 자신에 관한 이야기를 너무나 많이 해서 불편했다. 나는 인터뷰를 하려는 이유가 더 큰 이론적 기반을 바탕으로 하고 있음을 그에게 전달하기 위해 노력했다.

그는 '인터뷰 가능함'이라는 제목으로 이메일을 보내 인터뷰가 가능한 날짜를 알려 왔다. 그러나 그에게 하루 전날 확인차 전화했을 때, 무심한 말투로 불가능하다고 했다. 그러면서 자기가 다시 전화를 하겠다고 말했다. 한 달 뒤쯤에 그에게서 전화가 왔는데, 자신이 무엇에 동의했는지 상기시켜 달라는 것이 요점이었다. 나는 인터뷰를 허락했다는 약속을 상기시키면서 어쨌든 만나러 가겠다고 했다. 그러자 그가 3주 후에 전화로 인터뷰를 하자는 제안을 했다. 나는 직접 만나고 싶다고 말했지만, 전화 인터뷰가 안 하는 것보다는 낫다고 여겨 그러자고 했다. 하지만 혹시 또 몰라 인터뷰하기로 약속한 날 하루 전에 내가 이메일을 보냈는데, 그는 다시 전화를 걸어와 어려울 것 같다고 말했다. 그러면서 그는 이렇게 덧붙였다. "시간을 전혀 낼 수가 없군요. 참 희망이 없는 삶이죠. 그리고 할 말도 전혀 없고요. 책 속에 모든 게 들어 있습니다."

"마음이 내키지 않는다는 말씀이죠?"라고, 내가 물었다.

"그렇지 않지만, 시간이 별로 없어서요"라고, 그가 말했다.

그러면서 해야 할 일들을 끝내게 되면 3주 내로 전화를 주도록 노력해 보겠다고 덧붙였다. 나는 그래 주시면 감사하다고 했고, 지금도 그렇다.

나는 또한 인터뷰에 대해서 친구들과 동료들에게도 털어놓았다.

대부분은 긍정적이지도 희망적이지도 않다는 반응이었다.

친구인 수지는 "으음, 우리 이모 베아하고의 인터뷰가 잘 되기를 바랄게"라고 말하면서도 "4차원이니까 조심해"라고 덧붙였다.

내가 "뭐가 4차원이라는 거야?"라고 묻자, 그녀는 "오르가슴"이라고 대답했다.

이와 같은 순간들을 겪으며 나이 드신 분들의 지혜를 쫓아가는 여정에서 배울 게 많다는 것을 깨닫게 되었다. 결국 몇 년 동안 나는 환상에 빠져 이 프로젝트를 진행해 왔고, 혼자 오르가슴에 빠져 있었다.

〰

내가 나이 드신 분들의 지혜를 찾아다닌다고 말하자, 40대의 사람들의 반응은 대체로 두 가지로 나뉘었다. "그거 재미로 하는 거냐?"라며 약간 시큰둥한 표정으로 묻거나 "네가 좌골신경통에 그렇게 관심 있는 줄 몰랐다"며 깐죽대거나.

나와 11년을 친하게 알고 지낸 어떤 여자는 "나이 든 노인네들이 뭐 그렇게 할 말이 있겠어요?"라고 조언했다.

그러나 나는 당나귀처럼 터벅터벅 계속해서 걸어갔다.

제2부

어떻게 살 것인가

04

인생은 쥐가 큰 치즈를 먹는 방식과 같다

도리스 하독Doris Haddock은 정부의 재정 개혁을 주장하며 90세 나이에 로스앤젤레스에서부터 워싱턴D.C까지 5,000킬로미터를 걸었던 여성 정치 활동가이다.

"나는 여기에 앉을게요." 그녀가 말했다. 그러면서 그녀는 약간 구부정한 몸을 침대 위에 쭈그리고 앉았다. 그 모습이 마치 침대의 4분 1을 차지하는 것처럼 보였다. 그녀는 마루에 놓여 있는 통 모양의 산소호흡기를 가리키며 "밤에는 이게 나의 뇌를 지켜 준다오"라고 말했다.

그녀의 목소리에서 폐기종을 앓고 있음을 직감하였다.

나는 어색하게 웃어 보이면서 침대 가까이에 있는 의자에 앉았다.

"직접 만나 뵙게 되어 영광입니다."

그녀를 만나기 위해 서너 번의 전화와 두 통의 이메일을 보낸 것밖에 없는데도, 내 프로젝트를 열정적으로 받아들여 낯선 이방인인 나를 자신의 침대 가까이로 오게 한 인생의 선배에게 놀라움의 낯빛을 띠며 말했다.

그녀가 "고맙고, 친절하기도 하지"라고 말했다. 그러면서 "그 모든 것이 나이야, 그렇지 않아요?"라고 물었다.

"글쎄요, 무슨 뜻인지?"

"누구나 나처럼 할 수 있었을 거야. 그렇지만 나는 여든아홉이 되어서야……."

그녀는 고개를 돌려 딴 곳을 응시하였고, 잠시 생각 속에 빠진 듯했다. 잠시 후 나와 함께 있다는 것을 의식한 듯, 그녀의 얼굴에 용기 있는 양키의 모습이 스쳐 지나갔다.

"이제 내 나이가 아흔일곱이야."

1999년 새해 첫날, 그래니 D(Granny D, 즉 '할머니 D')라고 알려진 도리스 하독은 정치자금법을 지지한다는 의미로 5,000킬로미터의 국토를 걸어서 횡단하는 14개월간의 여정을 시작했다. 그녀는 50년 동안의 흡연으로 인해 폐기종을 앓고 있었고, 손과 무릎은 류머티즘 관절염으로 심한 고생을 하고 있었다. 또한 그녀는 보청기에 의존해야 했고, 부분 틀니를 한 상태였다. 간단히 말해 그녀는 올림픽 출전자와는 너무나도 거리가 멀었다.

매케인-파인골드 법안McCain-Feingold bill의 통과와 로비 규제, 그리고 '소프트머니(soft money, 기업이나 단체가 지지 정당에 제공하는 후원금)' 자금 조달을 규제하는 것이 그녀의 주요한 목표였다. 그래니 D는 미국 전역을 횡단하면서 이를 지지하는 연설과 인터뷰를 했다. 그리고 그녀는 국토를 횡단하면서 만나는 사람들에게 '우리 미국 시민들은 우리의 지도자들이 선거 자금 개혁과 소프트머니 규제 법안을 하루 속히 제정하기를 촉구한다'는 청원서에 서명을 받았다.

물론 그녀가 국토 횡단이라는 어려운 길을 선택한 데에는 개인적인 동기도 있었다. 6년 전 남편이 세상을 떠나고 난 후 채 1년도 지나지 않아 그녀의 가장 친한 친구인 엘리자베스마저 잃은 슬픔을 위로받고 싶었던 것이다. 그래니 D는 엘리자베스의 죽음을 더 이상 슬퍼하지 않을 것 같았지만, 국토 횡단을 하는 동안에도 잠자리에서 친구 생각에 몇 번이나 울곤 했다.

~

1930년대 대공황이 일어났을 때, 그래니 D는 가족을 부양하기 위해 대학을 중퇴했다. 그러고는 뉴햄프셔 주 맨체스터에 있는 한 공장에서 20년 동안 일했다. "미국 대통령 선거는 뉴햄프셔에서 결정된다"는 말이 있을 정도로 그곳은 대통령 선거 운동이 절정을 이루거나 또는 마무리를 짓는 도시이기도 하다. 그녀는 은퇴 후, 80대 초반에 남편과 함께 피터버러 근처에 있는 작은 도시로 이사했다. 그곳에서 그녀는 알츠하이머병에 걸린 남편을 10년 동안 간호했는데, 1993년 63년간의 결혼생활을 뒤로한 채 그는 세상을 떠났다.

'이제 내 남편과 엘리자베스는 더 이상 나를 필요로 하지 않는구나.'

그래니 D는 2001년에 자신의 이름을 제목으로 붙여 출간한 책에서 그때를 이렇게 쓰고 있다. 그러면서 '앞으로 남은 내 삶을 어떻게 살아야 할지 걱정했다'라고 덧붙였다.

국토 횡단을 하기 전인 1995년 상원에서 매케인-파인골드 법안이 처음으로 각하되었을 때, 그래니 D는 목소리를 높였다. 그녀는 대화와 활동을 위한 여성들의 모임인 '튜스데이 모닝 아카데미Tuesday Morning Academy'에서 "당신들은 100만 달러의 돈 없이는 당선될 수 없는 사람들이다"라고 고함쳤다. 그래니 D와 아카데미 회원들은 탄원서를 작성하여 두 명의 뉴햄프셔 주 상원 의원에게 보냈다. 한 명은 '돈을 쓰는 것도 정치의 한 형태'라는 내용을 담은 편지를 보내 왔고, 다른 한 명은 아예 대답조차 하지 않았다.

그래니 D는 자신의 책에 '소중한 사람들과 함께하면서, 내 자신이 비로소 가치 있는 참여자가 되었다는 놀라운 느낌이 들었다. 이제야 확실히 깨달았다. 나는 더 이상 모닥불이나 쬐는 촌로가 아니었다는 것을. 나는 그동안 완전히 조롱당한 여자였다'라고 썼다.

2월의 어느 날 오후, 부싯깃에 불꽃이 튀듯 그녀가 국토 횡단을 해야겠다는 생각을 굳히게 된 결정적인 계기가 있었다. 그래니 D가 「양키Yankee」라는 잡지와 인터뷰했던 내용인데, 그날 그녀는 가장 친한 친구의 장례식장에서 돌아오고 있었다. 아들 짐과 함께 운전을 하며 플로리다 에버글레이즈를 지나고 있을 때, 그녀는 길가에 서 있는 한 노인을 보았다. 그는 아마도 수 킬로미터를 걸어온 듯 무척이나 지쳐 보였다. 그리고 한 손으로는 지팡이를 의지하고 있었고, 다른 한 손으로는 자신의 코를 감싸며 입김을 호호 불고 있었다. 그래니 D는 아들에게 "도대체 저 사람이 뭘 하고 있다고 생각하니?"라고 물었다.

"글쎄요, '길 위에서'와 같은 사람 같아요"라고 짐이 말했다.

"윌리 넬슨Willie Nelson(미국의 컨츄리 가수)이 부른 그 「길 위에서 On the Road」*?"

"네."

"잭 케루악Jack Kerouac(미국의 소설가 겸 시인)이 쓴 그 「길 위에서」**?"

"네."

흥미를 느낀 그래니 D가 짐에게 걸어서 국토를 횡단해 보고 싶다는 생각을 해 본 적이 있느냐고 물었다.

이 말에 짐은 "네, 그렇지만 먹고살려면 돈을 벌어야 해요"라고 대꾸했다. 그러면서 "그리고 어머니는 그러기에는 너무 늙으셨고요"라고 덧붙였다.

"그런 말이 어디 있어?"

당연히 할 수 있는 것을 과소평가하는 사람을 가엾이 여기소서!

---

* 길을 떠나네 / 길을 떠나고 싶어 미칠 거 같아 / 내가 사랑하는 삶은 친구랑 음악을 만드는 것 / 그래서 난 길을 떠나네 / 가 보지 못한 곳을 가고 다신 못 볼 것들을 보고 / 난 길을 떠나네

** 친구와 함께 차를 몰고 미국 대륙을 횡단한 작가의 경험담을 쓴 자전소설

2007년의 어느 상쾌하고 화창한 날이었다. 경이로운 활동가인 그래니 D를 처음으로 본 것은 그녀의 집 진입로에서였다. 렌트한 차가 자갈이 깔린 집 진입로에 들어서면서 내는 오도독거리는 소리를 듣고, 그녀는 집 밖으로 나와 있었다. 그래니는 걱정스러웠다는 듯 엄지 손가락을 나머지 손가락들로 문지르며 서 있었다.

150센티미터 정도의 키에 뺨이 사과처럼 빨간 그래니는 뉴잉글랜드 스타일의 건강하고 엄한 인상을 풍기고 있었다. 만약 그녀가 동네에서 슈퍼마켓을 한다고 가정하면, 초콜릿 칩 쿠키를 팔더라도 소금의 양을 재듯 정확하고 꼼꼼할 것 같다는 느낌이 들었다. 현재 그녀는 손톤 와일더Thornton Wilder의 연극 「우리 읍내Our Town」에 나오는 마을 같은 피터버러 외곽 지역에 위치한, 나무가 울창한 숲을 이루고 있는 집에서 아들 짐과 함께 살고 있다. 그녀는 사회보장급여로 살아가고 있다.

"5분 정도 늦었네요!"라고 했지만, 언짢은 기색 없이 그녀가 나를 반겼다. 나는 사과를 했고, 그녀는 무표정한 미소를 지으며 "괜찮다"고 말했다. 그래니는 내 손목을 잡고 자신의 침실로 이끌었다. 그녀는 캐주얼 바지를 입고 있었지만, 화려한 실크 스카프를 목에 두르고 있었다.

그녀는 침대에 앉으면서, 내 오른쪽 책상 위에 놓여 있는 전화기를 가리키며 "중요한 전화를 기다리고 있는 중이에요"라고 말했다. 그녀는 '자발적 공적자금'과 관련해 자신이 쓴 칼럼에 대해 찬성 의사를 밝힌 누군가의 전화를 기다리고 있었다. 자발적 공적자금 — 현재 7개 주와 2개 도시에서 시행 중이다 — 은 정치인이 되려는 사람은 먼저 지역 사회의 지지를 입증하기 위해 (그리고 뜨내기 입후보자를 막기 위해) 각 개인으로부터 소액의 기금들을 받아 정해진 금액까지 모아야 후보자 자격을 부여받을 수 있다는 것이 핵심이다. 대신에 모든 사적인 자금은 포기하겠다고 서약해야 한다. 뉴햄프셔는 앞으로 4개월 뒤에 자발적인 공적자금 제도를 법률화시키는 것에 대해 찬반 투표를 실시한다.

그녀가 나에게 말했다. "나의 비전은 그것을 받아들이는 주들의 수가 충분히 늘어나면", 이런 분위기가 미국 전체에 형성될 것이고 앞으로도 많은 법들이 이런 방식으로 통과하게 될 것이라는 것이었다. 만약 이런 법안이 통과돼 연방 정부의 재정 지원을 받게 된다면 — 이 대목에서 그녀는 연극 무대에서 하는 속삭이는 말투로 — "우리가 세상을 바꾸게 될 것입니다"라고 말했다.

내가 그녀에게 연락을 한 때는 「런 그래니 런Run Granny Run」이라는 제목의 그래니 D에 관한 다큐멘터리를 보고 난 직후였다. 그 다큐멘터리는 그녀의 국토 횡단보다는 정치적인 노력들 — 2004년 상원에 출마하여 뉴햄프셔 주 공화당 상원의원인 저드 그레그Judd Gregg에게 패한 이야기 — 에 더 비중을 두고 있었다. 그 다큐멘터리는 그녀의 엄격하고 활기찬 활동과 특히 모든 정치활동위원회(Political Action Committee, 자신들의 정치적·사회적 목표 달성에 부합하는 후보와 정책을 지지하기 위해 정치 자금을 모금하는 단체이다. 약어로 PAC라고 부른다)의 자금을 거부하는 후보자로서의 그녀를 집중적으로 조명하고 있었다. 그 다큐멘터리를 볼 때 두 개의 장면 — 둘 다 한쪽에서 그녀가 기도하고 있는 모습을 높은 각도에서 카메라가 잡은 장면이었다 — 에서 눈물이 나왔다. 무릎을 꿇은 채 양말을 신은 그녀의 발뒤꿈치가 보였는데, 그 모습이 대단히 겸손하고 성스러웠다.

나는 그녀와 이야기를 하고 싶다는 생각이 들었다. 그래서 그래니의 자원봉사자들 가운데 한 명인 루스 메이어Ruth Meyers에게 연락을 취했다. 메이어는 요즘 최고로 바쁘다는 그래니 D의 근황을 말해 주었다. 수개월 전에 그녀가 "내가 죽기 전에 한 가지 더 보고 싶은 일이 있는데, 그것은 선거 운동 자금을 개혁하는 방안인 공적자금법public funding bill을 통과시키는 것입니다"라고 말했다면서 지금 그 일을 하느라 정신이 없다고 전했다.

그래니의 침실은 어둡고 기념품들로 가득 차 있었다. 바닥에는 다리가 셋뿐인 독일산 셰퍼드가 그래니의 호흡기 옆에 편안히 쪼그려 앉아 있었다. 나는 "인생의 행복은, 특히 미래의 삶에 있어서 행복의 열쇠는 자신의 욕구나 고통을 더 이상 의식하지 않고 다른 사람들을 돕는 데 있다고 말씀하셨지요"라며 말문을 열었다.

그녀는 "사실이에요"라고 말하고는, 그녀 등 뒤에 있는 베개에 기대면서 자세를 다시 잡았다. "그것은 당신 자신보다 더 큰 무언가가 되는 것이에요."

"그런데 그것이 왜 행복한 삶에 도움이 된다는 건가요?"

"내 행동으로 인해 무슨 일이 일어날지, 그리고 내가 세상을 구원하고 있다는 것을 알고 싶지 않나요?"라며 그녀가 자신의 말 속에 대단한 의미가 있을 것이라는 듯 미소를 띠었다. 그녀는 계속해서 말을 이어 갔다. "자, 보세요, 그것은 마치 쥐가 큰 치즈를 먹는 것과 비슷해요. 조금씩 조금씩 치즈를 먹어 치우다 보면, 결국엔 큰 치즈가 감쪽같이 사라지는 것과 같지요. 나로 하여금 계속해서 그 길을 걷게 하는 것도 그 작은 승리에서부터 시작하는 것입니다."

"작은 것들이 쌓여 큰 승리로 이어진다는 말씀인가요?"

"맞아요. 바로 그거예요."

그것은 국토를 횡단하면서 그녀가 가지게 된 확고한 철학이었다. 그래니가 처음으로 자신의 계획을 가족들에게 털어놓았을 때 여동생은 울먹이며 말렸고, 그녀의 사위는 정치자금법을 제도화하기 위한 것이라면 오히려 후보자로 출마할 것을 권하였다. 그러나 그래니는 발걸음을 내딛었고, 13개 주의 208개 도시를 계속해서 걸어갔다. 그녀는 네 켤레의 운동화를 갈아 신었고, 4개의 햇빛 가리개 모자를 갈아 썼으며, 3대의 지원 차량과 3명의 매니저가 교대로 그녀를 따랐다. 그러나 그녀는 혼자 계속해서 걸었다. 매일 15킬로미터를 걷고 나서 다음 날 출발해야 할 지점에 스프레이로 황색 선을 그어 놓는 것으로 하루 일정을 마무리했다. 그런 다음에는 누군가의 도움을 받아 숙박을 했다. 그녀는 이 국토 횡단을 계획하면서 출발 전에 미리 해당 지역의 파출소나 교회에 하룻밤을 묵을 수 있도록 요청하는 편지를 썼고, 몇몇 곳에서 묵을 수 있다는 답변을 받아 냈다. 그러나 대부분은 친구의 친구 집이나 뜻을 같이 하는 자원봉사자들의 집 혹은 편의를 제공하는 모텔에서 묵어야만 했다.

캘리포니아 주 패서디나를 출발해 모하비 사막에 이르자, 그때까지 무사했던 그녀가 폐기종과 탈수로 인해 쓰러지고 말았다. 그 때문에 그래니는 나흘 동안 병원에 입원해야만 했다(이 일이 있은 후, 그녀의 아들과 애리조나의 정치 활동가인 데니스 버크Dennis Burke가 나머지 횡단을 위하여 캠핑용 차량이 딸린 트레일러를 몰고 따랐다. 버크는 나중에 그래니 D의 책을 공동으로 작업하였다).

그녀는 원기를 회복한 후, 계속해서 국토 횡단을 이어 나갔다 — 댈하트, 텍사스, 후커, 오클라호마, 키즈밋, 캔자스, 오딘, 일리노이, 베르사유, 인디애나, 칠리코시, 오하이오, 클라크스버그, 웨스트버지니아를 지났다. 그 여정을 거치는 동안 그녀의 뒤를 잠깐 잠깐 따르는 사람들도 있었다. 자전거를 탄 아이들이 따르기도 하고, 작은 도시의 시장들이나 웨스트버지니아 주의 여든 살 먹은 비서가 따르기도 했다(그래니 D는 자신의 책에 '처음에는 그들의 열정이 개혁을 위한 것인지 아니면 나를 위한 것인지 확신하지 못했다'라고 썼다). 그녀는 많은 언론의 관심 대상이 되었다. 언론은 그녀에게 좋은 말을 쏟아 냈지만 그래니 D는 이 상황이 다소 당황스럽게 생각되었다. 그녀는 "내 의견이 왜 뉴햄프셔의 침실에 앉아 있을 때와는 다르게 국토 횡단을 하면서 더욱더 가치 있는 것으로 받아들여지게 되었는지를 모르겠다"며 "하긴, 전문가는 항상 멀리서만 찾으려고 하는 법이니까"라고 말했다.

그녀가 스모키 산맥에서 폭설을 만났을 때는 스키를 타고 횡단을 해야만 했다. 그녀는 스키를 타고 마지막 150킬로미터를 완주해 워싱턴 D.C에 도착했다. 도착 직후 그녀는 14개월간의 여정을 출발하면서도 하지 않았던 연설을 그곳에서 했다. 그녀는 국회의사당 계단에 서서 다음과 같이 말했다. "국회의사당이 매춘굴로 전락하고 있다!"

그래니 D의 노력은 존 매케인John McCain(미국 정치인), 빌 모이어스Bill Moyers(미국 저널리스트), 지미 카터 등을 포함한 수천 명의 사람들로부터 칭송과 지지를 이끌어냈다(세 사람한테서 지지받은 기분을 묻자, 그녀는 "아주 좋았다"며 "여전히 그들은 나를 기억하고 있고, 지금도 세 명 중 누구한테라도 바로 전화할 수 있다"고 했다). 피트 시거Peter Seeger(포크송 가수이자 반전 운동가)는 그녀의 책에 대해서 이렇게 평가했다. "『침묵의 봄Silent Spring』『월든Walden』을 포함해 내 인생을 변화시킨 여섯 권의 책 가운데 하나이다."

2002년에 매케인-파인골드 법안이 통과되었을 때, 그래니 D는 국회의사당 갤러리에 앉아 있었다. "아아, 아주 좋은 느낌이었지." 그녀가 나에게 말했다.

매케인은 그래니에게 자신이 대통령 출마 선언을 할 때 옆자리에서 있어 주기를 요청했다. 그러나 그녀는 그 제안을 거절했다.

"어려운 결정이었겠네요?"

"네. 나는 그의 법안을 위해서 국토 횡단을 했습니다. 그렇지만 나는 정치인이 아닙니다. 정치 활동가예요. 그래도 그에 대한 믿음이 있었다면, 그를 지지했겠죠. 따라서 나는 그의 옆자리에 설 수 없었습니다. 지금 만약 내가 누군가를 지지해야 한다면, 그 사람은 바로 데니스 쿠치니크Dennis Kucinich(미국 민주당 의원)가 될 것입니다. 쿠치니크의 연설을 들으면, 힘이 느껴져요. 그의 연설은 지구도 달나라로 보낼 수 있는 그런 느낌이랄까! 그는 대단해요. 하지만 사람들은 그가 대통령 후보로 선택받지 못할 거라고 말하더군요."

"그는 키가 너무 작아요. 얄팍한 생각이지만, 다른 후보자들과 연단에 서 있는 그를 보면……."

"그는 소년처럼 보이죠. 아주 어린 소년."

"키가 하나의 요인이라는 것이 너무 어리석네요."

"하긴, 요즈음은 나폴레옹이 나올 수가 없지요."

그래니 D는 유명세를 탄 김에 계속해서 목소리를 내기 위해 워싱턴

D.C로 되돌아왔다. 국토 횡단을 마치고 난 지 두 달이 지나서였다. 이번에는 국회의사당 로텐더 홀에서 독립선언문을 낭독했다. 경찰은 시위를 한 그녀를 체포해 수갑을 채워 경찰서로 연행했다. 한 달 후, 그녀가 진술을 하기 위해 법정에 나타났다.

그녀는 "존경하는 재판장님, 미국의 국회의사당에서 독립선언문을 낭독했다는 이유로 체포된 늙은이가 당신 앞에 서 있습니다. 나는 목소리를 높이지도 않았고, 홀을 가로막지도 않았습니다. …… 존경하는 재판장님, 나는 우리의 자랑스러운 미합중국에 해가 되는 행동을 한 적이 결코 없습니다. 그러나 바뀌야 하지 않습니까? 정부는 특별한 이익집단을 위해서가 아니라 국민의, 국민에 의한, 국민을 위한 정부여야 한다는 게 저의 일관된 주장입니다. 내 나이 90에 이렇게 체포된 것은 처음 있는 일이자, 불명예를 무릅쓰고 한 일입니다. 굳이 이 말씀을 드리는 것은 내 이웃들이 나에 대해 어떻게 생각하고 있는지 신경쓰고 있기 때문입니다. 그러나 존경하는 재판장님, 우리 가운데 대부분은 몸으로 정의를 외치는 방법 — 피켓을 들거나, 행진을 하거나, 길에 서 있는 — 외에는 힘이 없습니다. 하룻밤 사이에 세상이 바뀌지는 않겠지만, 그것은 우리가 할 수 있는 최선의 방법입니다."

검사가 500달러를 구형했지만, 판사는 과태료 10달러에 처한다는 판결을 내렸다. 이것은 '침묵하는 다수'를 대신한 그녀의 노력을 참작한 판결이었다.

그래니 D는 미국 엘리트주의 중심의 역사를 나에게 말해 주었다. "이 나라는 부를 쥐고 있는 백인들에 의해서 시작되었고, 그들만이 투표를 할 수가 있었어요." 그러면서 그녀는 "우리는 민주주의를 하고 있는 것이 아니에요. 아니 한 번도 민주주의를 해 본 적이 없어요"라고 덧붙였다.

나는 그래니 D가 쓴 책을 읽고 그녀가 63년간의 결혼생활 또한 성공적으로 해낸 것을 알았다. 부부관계도 만족스러웠고, 무엇보다도 결코 화를 내는 일이 없었다. 그녀는 그 비결에 대해 '싸움이 격해지기 전에 상대방에게 휴전을 선언하라. 그리고 어떤 상황에서도 유머를 잃지 마라. 세상의 고통과 비교해 보면 화낼 일도 사실은 별거 아니라는 생각에 확신을 가져라'라고 썼다.

그러나 장수 비결과 끈기에 대해서는 그녀 생각에 동의하기가 쉽지 않았다. 그래서 나는 그녀에게 물었다.

"잘 먹어야 오래 살 수 있지 않을까요?"

"글쎄요, 내 생각으로는 잘 먹는 건 중요하지 않아요. 자기가 좋아하는 것을 먹어야 합니다." 그녀가 말했다.

"그렇군요." 나는 그녀의 책 속에 그려져 있는 커다란 초콜릿을 가리켰다.

잠시 침묵이 흘렀다. 그러다가 내가 다시 말을 끄집어냈다.

"당신의 호기심이야말로 가장 큰 삶의 힘life force이 되었을 거라고 생각합니다."

"날씬한 말light horse?"

"삶의 힘life force이오."

"아하, 그것이 의지를 갖게 하죠."

"그렇군요."

"나는 아주 강인한 편이에요. 아주 강인하죠."

이 말을 하면서 그래니 D는 마음속으로 국토 횡단을 하던 중 폐기종에 걸렸던 모하비 사막에서의 상황이 다시 떠올랐다고 했다.

동이 트기 전, 시리얼을 먹고 있었는데 그녀는 갑자기 숨을 쉴 수가 없었다. 병원으로 실려 갔고, 그날 밤에 데니스 버크로부터 전화를 받았다. 그는 그녀에게 로스앤젤레스에서 모하비 사막까지 횡단한 것만으로도 놀라운 일이고, 이제 이 횡단을 다른 사람이 이어받아 완주할 수 있도록 하는 게 낫지 않겠느냐고 권유했다.

"그때 나는 여전히 숨쉬기가 어려웠어요"라고 말하면서, 그래니 D

는 자신의 책에 이렇게 덧붙였다. '그러나 그의 생각을 나무랄 수 없을 만큼 숨 쉬는 게 어려운 것은 아니었다. 나는 그에게 이 횡단을 하는 중에 필요하다면 죽을 각오가 되어 있다고 말했다. 그것이 집에 앉아 있는 것보다 훨씬 더 나았으니까. 나는 계속해서 횡단을 하겠다고 했다. 우리 모두는 죽는다. 좋은 일을 하는 데 목숨을 바치는 게 낫다.'

거의 두 시간 동안이나 대화를 나누다 보니, 그래니와 나는 에너지가 고갈되기 시작했다. 그녀에게 이야기를 나눌 수 있어서 감사했다고 인사한 후, 우리는 방에서 나와 복도를 걸어갔다. 바닥에 깔려 있는 화려한 동양풍의 후크 양탄자를 발견하고는 감탄하지 않을 수 없었다. 그래니가 아픈 남편을 간호하면서 손수 만들었다고 했다.

나는 양탄자를 내려다보았다. 그래니가 그 어려운 고난의 시기를 아름다운 양탄자로 바꾸었구나 하는 깊은 인상을 받았다. 그때 갑자기 내 몸이 얼어붙는 느낌이 들면서 파블로 피카소Pablo Picasso가 떠올랐다. 91세의 나이로 세상을 떠나던 아침에 캔버스를 펼쳐 놓고 그림 그릴 준비가 되어 있는지 물었다는 그 피카소 말이다.

지혜를 이야기할 때 다소 까다로운 부분이 있다. 일반적으로 지혜는 상하 양원제처럼 이중적인 사고방식을 필요로 한다는 것이다. 즉 지혜는 무엇이 진실이고, 옳고, 바른 것인지를 아는 지식을 말한다. 그러나 또한 의심하는 건강한 감각도 필요하다. 왜냐하면 의심이 없다면 그것은 하나의 이데올로기가 될 수도 있기 때문이다.

그래니 D는 이러한 자질을 지니고 있었다. 국토 횡단을 통해 알 수 있는 것처럼, 그녀가 만든 양탄자는 그래니 D가 잃어버림을 얻음으로 바꿀 수 있는 사람이라는 것을 보여 주었다. 만약 당신의 남편이 점점 생명을 잃어 가는 모습을 지켜봐야 하는 상황을 아름다운 양탄자로 바꿀 수 있다면, 또한 남편의 죽음 이후에 연이어 맞은 가장 친한 친구의 죽음을 개인적인 아픔을 극복하고 정치적인 목적도 이룬 헤지라 Hejira와 같은 국토 횡단으로 승화시킬 수 있다면, 당신 역시 토네이도의 아름다움과 장미의 공포를 이해할 수 있는 탁월한 능력을 지니고 있는 것이다.

그래니 D의 책을 보면, 차에 받혀 죽은 동물들을 본 그녀가 독자들을 매료시키는 구절이 나온다. 그녀는 국토 횡단을 하면서 로드 킬 road kill 당한 동물들의 사체를 많이 보았다. 두 조각 난 아르마딜로와 긴털족제비는 물론, 여우와 방울뱀 들과도 마주쳤다. 그녀는 다가가 죽은 사체들을 살펴보았다. 당신 역시 죽음으로부터 벗어날 수 없는 존재라는 것을 인식한다면, 그것들의 내장 색깔과 조직 그리고 죽을 때의 표정을 한번쯤은 바라볼 가치가 있다.

그래니 D는 영화 「쿵푸Kung hu」에 나오는, 피닉스의 공격에서 막 벗어난 소년 캐더린처럼 보이는 굶주린 채식주의자와 함께 걷고 있었다. 둘은 도로에서 죽은 여우의 발에 걸려 넘어졌다. 그 사체는 아직도 따뜻했다. 채식주의자가 사체를 나무 아래로 옮겨 놓았다. 그래니 D는 이 상황에 대해 철학적으로 이렇게 썼다. '만약 당신이 죽음을 두려워한다면, 그것은 삶을 두려워하는 것이다. 삶은 결국 죽음에 이르기 때문이다. 만약 죽음의 아름다움을 이해하지 못한다면, 죽음에 이를 때까지 살아 있는 것을 두려워할 것이다. 그것은 당신이 촛불이 다 타 버릴까 봐 두려워 촛불을 켜지 못하는 것과 같다.'

마침내 그래니 D의 전화가 울렸다. 양탄자에 감탄하며 우리가 홀 안에 서 있을 때였다.

"내 전화예요. 안녕히 가세요." 그녀가 따뜻하게 포옹하면서 말했다.

나는 뉴욕으로 향하기 전 이메일을 확인하기 위해 피터버러 시립 도서관으로 갔다. 도서관 내부는 대부분 비어 있었다. 그중에 한 사무실을 살짝 들여다보았는데, 내 눈을 사로잡은 포스터가 벽에 걸려 있었다. 거기에는 이렇게 써 있었다.

'내가 지구에 태어난 것은 몇 가지 일을 완성하기 위해서이다. 나는 결코 죽지 않을 것이다. 하지만 그것은 그리 멀지 않다.'

05

세상에는 오직 하나의 시만 있을 뿐

해럴드 블룸Harold Bloom은 20세기 최고의 문학비평가 중 한 사람으로 평가받고 있다. 주로 19세기 낭만주의 시를 연구했으며, 세계 문학의 고전에 대한 방대한 논문집을 편찬하고, 그 모든 서문을 쓰기도 했다.

당신이 무언가를 배우고자 하는 경우, 때때로 가장 좋은 선생님은 — 이런 선생님이 당신 곁에 있기를 진심으로 바란다 — 실제로 경험한 선생님이다.

해럴드 블룸은 53년 동안 예일대에서 문학을 가르쳤을 뿐만 아니라

2004년 출간한 『지혜를 어디서 찾을 것인가?Where Shall Wisdom Be Found?』라는 책을 쓴, 문학에서 지혜를 찾는 '지혜 문학'의 저자이기도 하다.

수년에 걸쳐 그의 책들은 부정하기 힘든 일종의 통찰력의 사례들을 보여 주었다.

눈부시게 빛나는 그의 지적 모닥불 속에서 처음에는 매료되었다가, 혼란스러웠다가, 짜증이 났다가, 그리고 영감을 받았다. 결코 지루할 틈이 없었다.

나는 조용히 만나 뵙기를 바란다며, 블룸의 예일대 주소로 이메일을 보냈다. 그날 저녁에 집으로 돌아와 자동 응답기에 두 개의 메시지가 있다는 것을 알고 내가 얼마나 놀랐을지 상상할 수 없을 것이다. 첫 번째 메시지에서 나는 위엄 있고 약간 숨이 찬 "해롤드 블룸입니다" 하는 목소리를 들었다. 그는 내 이메일을 받았으며, 3주 후에 인터뷰를 하기 위해 뉴헤이븐으로 올 수 있는지를 물었다. 흥분한 나는 그 메시지를 저장한다는 것이 나도 모르게 숫자 버튼 '3'을 눌러 버렸다.

다음 메시지는 방금 들었던 익숙한 목소리였다. “안녕하세요, 해롤드 블룸입니다. 다시 메시지를 남깁니다. 몇 년 전에 내가 『지혜를 어디서 찾을 것인가?』라는 책을 썼던 사실을 알고 있는지 모르겠군요. 우리가 만나서 이야기 나누기 전에 당신이 그 책을 읽는다면 큰 도움이 될 것입니다.”

다음 날 아침, 나는 블룸에게 전화를 했고 우리는 인터뷰 약속을 했다. 그는 “공교롭게도 그것에 대해 막 생각하던 참이었어요. — 물론 당신에게는 공교로운 일이 아니겠지만. 셰익스피어의 작품들의 등장인물들 가운데 가장 현명한 두 명이 있는데, 막 여든에 접어든 존 팔스타프John Falstaff 경과 리어 왕King Lear이에요. 지금 내가 딱 그 나이랍니다. 그런데 앨포드 씨는 나이가 어떻게 되시나요?”라고 물었다.

“마흔다섯입니다. 아직 젊지요.”

“지혜에 대한 책을 쓰고 있다는 거죠?”

“네.”

“어려운 주제군요. 매우 어려운 주제예요.”

다음 날 나는 『지혜를 어디서 찾을 것인가?』를 읽기 위해 자리에 앉았다. 블룸은 그 책을 쓴 동기에 대해 ‘사랑하는 친구를 잃은 슬픔과 심각한 질병에서의 회복, 나이 듦의 위안과 트라우마를 현명하게 극복할 수 있도록 하기 위한 탐구를 반영한 것이다’라고 서문에 기술하였다(1965년에 블룸은 거의 1년 동안 심각한 우울증에 빠져 있었다. 그는 또한 궤양과 심장 발작으로 한 해 동안 고생했다).

그러나 그 책은 지혜에 대한 조언이라기보다는 '우리의 고독을 치유하기' 위해 읽어야 할 다양한 고전문학 작품들처럼 학문적이고 박식하다는 감탄을 자아내게 하였다.

수많은 작가들 사이의 상호 관계를 파악하는 재능뿐만 아니라, 블룸은 상상할 수 있는 가장 재미있고 매력적인 인용구들을 찾아내는 솜씨를 지니고 있었다. 셰익스피어에 관해 그의 책에 나오는 명구는 니체로부터 가져온 것이었다. '우리가 단어를 발견하는 순간, 이미 우리 마음에서는 죽은 것이다. 말하는 행위 속에서는 항상 일종의 경멸이 존재한다.'

그리고 『지혜를 어디서 찾을 것인가?』를 통해 단단한 형태의 그를 발견하게 되었다. 랄프 왈도 에머슨Ralph Waldo Emerson(미국 사상가 겸 시인)과 윌리엄 제임스William James(미국 심리학자 겸 철학자), 새무얼 존슨Samuel Johnson(영국 시인 겸 평론가)의 강력한 생각들이 우아하게 블룸의 주장으로 잘 짜여져 있었다. 그 책의 말미 부분은 작품을 위해 자신의 열정을 다 쏟았다는 것이 느껴졌다. 그 책을 다 읽고 난 후, 나는 이안 맥켈런Ian McKellen이 주연한 연극 「리어왕」을 보기 위해 티켓을 구입하였고, 몽테뉴Montaigne의 전집도 샀다. 블룸은 나에게 흥미를 불어넣어 주었다.

블룸과 그의 아내 진Jeanne은 예일대 캠퍼스 가까운 곳, 나뭇잎이 무성한 거리에 자리한 3층 집에 살고 있었다. 손에 금속 지팡이를 쥔 블룸이 나를 맞이하기 위해 문 앞에서 다리를 절뚝거리며 서 있었다. 그는 자신을 해롤드라고 부르라고 했다. 블룸에 대한 기사들을 보면 그의 겉모습이 마치 제로 모스텔Zero Mostel(미국의 영화배우)과 닮아 보인다고 했다. 나 역시 그 느낌을 지울 수가 없었다.

우리는 책들이 쌓여 있는 긴 테이블에 자리를 잡고 앉았다. 흰 머리의 후광이 빛나지만 않았다면, 그의 통통하고 아래로 처진 입술과 슬픈 듯하면서도 다 아는 듯한 눈은 소년 같다는 느낌이 들도록 했다.

그가 나에게 시작하라는 손짓과 함께 "말해 보시오"라고 했다.

"당신이 '매우 어려운 주제'라고 말한 것은 무엇을 의미합니까?"라며, 나는 어머니의 결혼이 한 번 반짝이는 별과 같이 빛났다가 마치 백색 왜성이 폭발하는 것처럼 분노로 붕괴되는 것을 보고 지혜에 대한 의문이 들었던 점을 떠올리면서 모르는 척 물었다.

그는 『지혜를 어디서 찾을 것인가?』를 언급하면서, “나는 그 책에 ‘인간은 진리를 구체화할 수 있지만, 진리를 알 수는 없다’라는 윌리엄 버틀러 예이츠William Butler Yeats(아일랜드 시인 겸 극작가)의 멋진 말을 인용했지요”라고 말했다(이것은 예이츠가 쓴 마지막 편지이다). 그러고는 “하지만 내가 쓴 지혜는 그 반대예요 — 인간은 절대로 지혜를 구체화할 수 없지만, 적어도 지혜가 무엇인지는 알 수 있죠”라는 말을 덧붙였다.

“당신은 또한 지혜를 ‘우리를 흡수하거나 파괴할 수 있는 완벽함’이라고도 쓰셨죠.”

“오히려 너무 많은 지혜를 흡수하지 못하기 때문입니다. 나는 7월이면 일흔일곱이 됩니다.”

그는 약간 떨리는 자신의 손을 잠시 내려다보다가 이내 테이블 위에 비뚤하게 놓인 종이를 부드럽게 펼쳤다. 그러고는 계속해서 말했다. “나는 또한 새무엘 존슨의 ‘사랑은 어리석은 사람들의 지혜이고, 현명한 사람들의 어리석음이다’라는 말을 인용한 바가 있습니다. 그것은 매우 어려운 말이죠.”

나는 그렇다고 받아들였다.

블룸은 『지혜를 어디서 찾을 것인가?』에서 지혜에 대한 완전한 정의에 가장 근접한 것은 탈무드의 텍스트인 『피르케 아보스Pirke

Aboth』 혹은 『우리 아버지들의 말Saying of Our Fathers』에서 찾을 수 있다고 했다. '힐렐은 말하곤 했다. 만약 내가 나를 위해 존재하지 않는다면, 누가 나를 위해 존재할까? 그리고 내가 나를 위해 존재한다면, 나는 무엇일까? 그리고 지금이 아니라면, 그럼 언제일까?' 블룸은 그 글을 "완벽하고 균형 있는 지혜"라고 말했다.

몇 가지 실질적인 조언을 유도하고자, 나는 블룸이 자신을 '다스리기' 위해 조나단 스위프트Jonathan Swift의 『통 이야기A Tale of a Tub』를 1년에 두 번 읽고 있다는 사실을 상기시켰다.

"맞아요. 이제 그 책은 내 마음속에 깊이 각인되어 있어요. 위대한 수많은 시와 마찬가지로, 지금이라도 당신 앞에서 달달 외울 수도 있을 정도니까요. 물 좀 마시겠어요? "

"아니오, 괜찮습니다."

자신의 지팡이를 내려다보던 그가 잠시 멈칫했다. "순간적으로 근육이 결렸어요"라고 말하고는, 블룸은 절뚝거리며 바로 옆 부엌으로 갔다. 그 순간에도 그는 최고의 품격을 잃지 않았다.

그는 머그잔에 물 한 잔을 담아 가지고 돌아왔다. 그러고는 "참, 질문이 뭐였죠?"라고 물었다.

그가 가져온 머그잔을 바라보았다. 머그잔에는 블룸과 그의 아내 사진이 양각되어 있었다.

"아, 네. 당신이 1년에 두 번은 『통 이야기』를 읽고 있으며, '모든 이데올로기에 대하여 분노'하는 사람들의 '잘못을 깨닫게 하기 위해서' 플라톤의 『공화국』을 반복해 읽기를 좋아하신다면서요?"였다고, 내가 말했다.

"그렇습니다. 플라톤은 이데올로기에 우호적인 미학을 거부한 최초의 사람입니다. 그리고 그런 의미에서 그는 미국의 학문 연구를 크게 파괴시킨 플라톤주의자들을 대표하는 첫 번째 가는 사람입니다 — 여러 종류의 이데올로기, 페미니스트, 성적 성향자들, 마르크스주의자들, 푸코와 같은 새로운 역사주의 사람들. 그들이 그 주제를 파괴했습니다. 도대체 왜 학생들이 토니 모리슨Toni Morrison의 『사랑받는 사람Beloved』이나 앨리스 워커Alice Walker의 『메르디안Meridian』의 지적인 복잡함을 연구해 가며 그 많은 시간을 보내야 하죠? 이제 당신이 이야기를 하세요."

"네. 저는 사람들이 나이가 들면서 기억을 잃게 되지만, 그러나 그 대신에 다른 뭔가를 얻을 수 있다는 것에 관심이 있습니다."

"내 경우에는 그렇지 않습니다. 나는 기억을 잃지 않아요."

내 마음속에 브롱크스에 위치한 정교회 가정에서 성장한 블룸의 이미지가 떠올랐다. 다섯 살 즈음, 그는 이디시어와 히브리어, 그리고 영어 읽는 법을 혼자서 깨쳤다. 열 살 무렵에는 하트 크레인Hart Crane(미국 시인)과 윌리엄 블레이크William Blake(영국 시인 겸 화가)의 시들 중 상당 부분을 암기했다. 그리고 젊었을 때에는 한 시간에 1,000페이지가량의 책을 읽었다는 말도 들었다. 또한 코넬대학 재학 시절에는 어느 날 밤 술에 취해 하트 크레인의 장편 시 「다리The Bridge」를 뒤에서부터 거꾸로 한 단어 한 단어 암송했다는 에피소드도 떠올랐다.

나는 뻔히 알고 있는 것을 다시 설명하는 수고를 끼치고 싶지 않아서 "알겠습니다"라고 대답했다. 그러고는 "그렇다면 당신은 나이가 들면서 무엇을 얻고 있나요?"라고 질문했다.

그는 대답하기 전에 한참을 침묵했다. 그러고는 겨우 입을 떼서 속삭이듯 말했다. "예전보다 아내에 대한 존경과 애정이 더 두터워졌다고 해야 할까요. 부엌에 있는 아내에게 이렇게 말하는 내 말이 들리지 않겠죠?" 그러면서 그는 "내년 5월이면 결혼 50주년이 됩니다"라고 덧붙였다. 그는 비밀을 알고 있는 사람처럼 미소를 지었다.

블룸의 다정다감함은 나를 놀라게 했다. 한 친구가 블룸과 인터뷰를 하게 되면 아마도 그에게서 '여보게my dear'라는 말을 대략 30번은 들을 수 있을 것이라고 말해 주었지만, 정말이지 그는 낯선 사람인 나에게 마지막 사랑의 열정을 쏟아붓는 것처럼 계속해서 다정함을 표시했다.

그와 이야기하면서, 블룸이 흡사 최선을 다해 열심히 가르치는 학교 선생님 같다는 인상을 받았다. 그는 나에게 "나는 가르치는 일을 포기할 수 있습니다 — 나는 그것을 감내할 수 있습니다"라고 말했다. 블룸은 말을 이어 갔다. "나는 글쓰기를 포기할 수 있고, 그것을 감내할 수 있습니다." — 특정 작가에 대한 그의 일련의 에세이 책들, 각각의 책들에는 블룸의 서문이 들어가 있다 — "나는 첼시 하우스Chelsea House 출판사도 포기할 수 있습니다." 그러고는 이렇게 덧붙였다. "그렇지만 나는 그렇게 하지 않을 것입니다. 항상 내 자신이 일반적인 독자라고 생각하기 때문에 이 세 가지 활동은 계속해서 해 나갈 것입니다."

그러나 분명히 이 모든 결과와 헌신은 관대한 아내의 지원과 보살핌 덕분이었을 것이다. 그때 전화벨이 울렸다. 전화 통화를 한 후 아내에게 말하는 것에서도 그들 부부의 친밀한 상호 관계를 엿볼 수 있었다. 한 학생이 블룸이 매긴 성적에 이의를 제기하는 전화였다.

"여보세요?" 블룸이 말했다.

"네, 그게…… 아~ 아니오, 아니, 아니. 교수님과 나눈 대화를 곰곰이 생각해 볼수록 기분이 좋지 않네요. 더 이상 교수님과 논쟁을 하고 싶지 않습니다. 저는 예일대 학장들의 명단을 가지고 있어요. 제 이의 제기에 대해 교수님께서 수용할 의사가 없으시다고 하면, 지금 당장 학장 한두 분에게 연락해 이 문제를 거론할 겁니다."

딸깍!

"참 어이가 없군!" 블룸이 헛기침을 했다. 그러고는 몸을 돌려 부엌을 향해 말했다. "여보, 다시 전화가 오면 당신이 받아 줄래요? 만약에 그 학생이면, 남편이 방금 죽었다고 말해 줘요."

"지혜를 얻기 위해서는 대체로 아픔이나 고통이 필수적으로 따른다고 생각하시나요?"

나는 계속해서 질문을 이어 나갔다.

"아니오. 하지만 니체는 그렇게 생각했습니다. 그는 '기억에 남는 모든 것은 고통을 기반으로 하고 있다'고 했거든요. 어떤 면에서는 그의 말이 맞기도 하지만, 또 다른 측면에서 보면 맞지 않습니다. 사실 나이가 들면서, 요즈음에는 때때로 뜬눈으로 밤을 보내기도 합니다 — 나는 불면증으로 고통을 받고 있습니다 — 그리고 점점 억지로 무언가를 기억하려고 애쓸 때보다 자발적으로 기억할 때 내가 더 잘 기억하게 된다는 것을 깨닫고 있습니다. 사람들은 일반적으로 당황했던 순간을 더 잘 기억하긴 하지만요."

"그러니까 그것은 니체의 이론이 옳다는 것을 입증하고 있군요."

"그렇습니다. 그런데 몇 년 동안 그걸 시를 통해서도 테스트를 해 보았는데, 기억에 남을 정도로 내게 다가온 시들에 대해 그렇게밖에 표현할 수 없었을까? 하는 니체의 관점이 나오더군요. 시가 나에게 기쁨보다는 오히려 고통을 주었기 때문입니다. 나는 그런 변증법을 해결하기 위해 오랫동안 노력해 왔습니다. 시가 즐거움이 아니라고 한다면, 그럼 무엇이란 말인가?"

블룸은 『지혜를 어디서 찾을 것인가?』에서 이 질문의 답을 스스로 찾은 것 같았다. 그는 시를 암기하는 것이 '더 포괄적으로 생각하는데' 도움이 될 수 있다고 썼다.

나는 그에게 그것이 정확히 무엇을 의미하는지 물었다.

"당신이 기억으로 소유할 때……"라고, 그가 입을 열었다. "음, 앨포드 씨. 일반적으로 기억으로 소유한다는 것, 그것이 무엇을 의미하는

지 생각해 보세요. 우리는 필연적으로 사람들과 이별하게 됩니다. 하지만 이별을 하더라도 내 머릿속 기억으로는 남아 있게 되지요."

"그래서 기억이 상실에 대한 대비책이라는 말을 하는 겁니까?"

"상실에 대한 대비책은 없습니다. 친애하는 앨포드 씨, 그것을 바꿔서 다시 말해 보세요."

"그래서, 기억은 어…… 어…… 어떤 도움……. 글쎄요, 어떤 단어로 바꿔 말해야 할지?"

"기억은 인식의 영역에서 중요한 부분을 차지합니다. 당신이 듣거나 생각해 왔던 매우 강력하고 가장 설득력 있고 현명한 문제들을 기억하지 못한다면, 당신은 분명하고 정확하게 생각할 수 없습니다. 나는 그것이 교육에 관한 것이라고 받아들입니다."

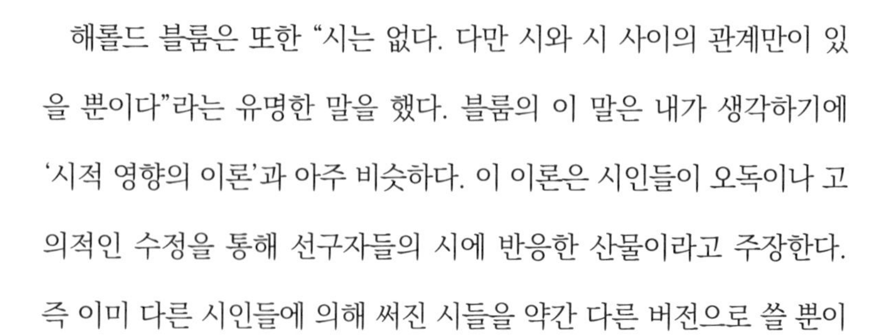

해롤드 블룸은 또한 "시는 없다. 다만 시와 시 사이의 관계만이 있을 뿐이다"라는 유명한 말을 했다. 블룸의 이 말은 내가 생각하기에 '시적 영향의 이론'과 아주 비슷하다. 이 이론은 시인들이 오독이나 고의적인 수정을 통해 선구자들의 시에 반응한 산물이라고 주장한다. 즉 이미 다른 시인들에 의해 써진 시들을 약간 다른 버전으로 쓸 뿐이라는 것이다. 블룸은 이 말을 "시는 없다"라며 살짝 빗겨 가고 있다. 하지만 정말 하고 싶었던 말은 "오직 하나의 시만 있을 뿐이다"라는 말이었다.

블룸의 "시는 없다"는 말이 처음에는 이해가 가지 않았다. 어느 날 나는 설탕 쿠키를 만들기 위해 조리법을 찾고 있었는데, 1800년대에 개발된 조리법 하나를 포함해서 다섯 가지의 널리 퍼져 있는 조리법을 배웠다. 그런데 나중에 나는 다섯 가지의 조리법이 사실상 동일하다는 것을 알게 되었다. 그러면서 내가 17세기 왕정복고 시대의 희극을 읽으며 "가식적이라고? 내가?"라는 대사를 맞닥트렸을 때, 이런 상투적인 유머를 친구들에게 종종 써 먹었던 상황이 생각났다. 사람들이 말한 대로 과거는 미래의 프롤로그가 된다.

그래서 설탕 쿠키 요리법은 없다. 다만 설탕 쿠키 요리법 사이의 관계만이 있다. 농담도 없다. 다만 농담 사이의 관계만이 있다. 그래서 어쩌면 지혜도 없다. 다만 지혜의 조각들 사이의 관계만이 있다.

이것은 앞에서 말한 지혜의 요소 가운데 '보편성'을 떠올리게 했다. 그래서 공자와 예수의 종교 사이에 많은 차이 — 이를 믿는 두 개의 집단에 속한 사람들도 마찬가지로 — 가 있음에도 불구하고, 그들이 말하는 지혜가 아주 비슷하다는 사실이 흥미롭지 않은가.

세상에는 '하나의 시'만이 존재한다.

06

당신이 지금 내리는 결정

세츠코 니시Setsuko Nish는 선구적인 지역사회 활동가이자 미국 인종관계 분야의 권위자이다. 그녀는 뉴욕시립대학 사회학 교수로 있으면서 최초로 아시아계 미국인 연구와 관련한 강좌를 개설하였다.

우리가 내리는 결정은 예상한 것보다 훨씬 더 많은 고통을 낳을 수 있다.

나는 사회학자인 세츠코 니시에게 점심을 먹자고 했다. 브루클린대학과 뉴욕시립대학 대학원 사회학과 명예교수인 여든여섯 살의 니시는 제2차 세계대전 동안 일어난 일본계 미국인에 대한 감금이 지역사회에 미친 장기적인 영향에 대해 오랫동안 연구한 것으로 유명하다.

우리는 맨해튼 중심에 있는 레스토랑의 밝은 조명 아래 자리를 잡았다. 니시는 작은 체구이지만 귀족적 면모를 풍겼고, 카키색 정장과 진주 목걸이를 하고 있었다. 그녀는 최근에 사람들과 나누었던 이야기를 하기 시작했다. 12만 명의 여느 일본계 미국인들처럼, 니시는 제2차 세계대전 때 포로수용소에 있었다. 그녀가 수용소에 갇힌 기간이 비록 5개월밖에 되지 않아 그녀의 경험이 전형적인 것은 아니라고 할 수도 있지만, 니시의 말은 신뢰할 수 있고 진지했다.

니시는 18세 때 산타 아니타 어셈블리 센터를 떠나 워싱턴대학의 입학 허가를 받았다. 만약 그녀가 하숙을 하면서 기꺼이 일을 하겠다고 하면, 감금된 둘째도 수용소에서 나와 대학으로 보내 주겠다는 말을 들었다. 니시는 물론 동의했다. 그녀는 부모와 오빠 — 그들은 2년 동안 수용소에서 나오지 못했다 — 에게 작별 인사를 한 후, 세인트루이스에 있는 워싱턴대학 근처에서 하숙을 하면서, 그 집 아이들을 돌보거나 음식 준비하는 일을 도와주었다.

니시는 "나는 맛있는 음식과 안전한 집과 제2의 가족과 함께 잘 지냈죠. 그렇지만 내 부모와 오빠가 수용소에 있는 동안은 결코 식사를 한 그릇 이상 먹지 않으리라고 스스로 다짐했어요"라고 말했다. 그녀는 계속해서 말했다. "그러던 어느 날, 저녁 식사를 마치고 식탁 의자에 앉아 있는데, 아주머니가 '세츠코야, 이건 네가 좋아하는 요리잖아. 좀 더 먹으렴?' 하고 음식을 권하더라고요. 나는 고맙지만 먹지 않겠다고 말했죠. 그래도 아주머니는 다시 한 번 '이걸 네가 좋아한다는 것을 알고 있단다' 하고 말했어요. 하지만 나는 그것을 정말 먹을 수가 없었어요. 결국 나는 울면서 '죄송해요, 먼저 일어날게요'라고 말하고는 의자에서 일어났어요." 고통스러운 기억을 회상한 그녀의 눈이 촉촉했다.

나는 니시에게 "왜 지금 그런 이야기를 하는 거죠?"라고 물었다.

"내가 처음 이 이야기를 했을 때, 다른 사람들도 당신처럼 똑같이 '왜 여기서 그런 말을 하는 거죠?'라고 묻더군요. 이 말에는 당신들이 드러내지 않으려는 불편한 것들이 있어요. 그러나 나는 이 이야기를 통해 많은 감정이 스며 있다는 것을 보여 주는 것이 중요하다고 생각해요. 좋은 게 모두 좋은 것은 아니죠. 여기에는 여전히 지워지지 않을 것들이 있어요."

나는 머리를 끄덕였다.

그녀는 "어떤 사람들은 나에게 '어떻게 억울해하지 않나요?'라고 묻곤 하죠. 그럴 때마다 나는 '글쎄요, 당신은 내가 그런지, 그렇지 않은

지 어떻게 아세요?' 라고 대꾸한답니다."

니시의 주요 작업은 미국의 인종 관계로 인해 복잡해진 사회 시스템의 제도화된 차별에 초점을 맞추고 있다. 그녀는 저명한 아프리카계 미국인이며 사회학자인 호레이스 케이턴Horace Cayton과 함께 작업을 했고, 시카고대학에서 사회학 박사 학위를 받기 전에는 「일본계 미국인에 대한 사실」이라는 소책자를 쓰기도 했다. 그녀는 시민의 권리에 대한 미국위원회 뉴욕 주 자문위원회에서 30년 동안 일했고, 뉴욕 아시안-아메리카 연맹의 초대 회장을 지냈다. 그녀는 60년 동안 일했으면서도 지금도 왕성한 활동을 하고 있다.

2007년에 아시아계 미국인 연구 협회에서 주는 평생 공로상을 수상했을 때, 니시는 간단한 수락 연설을 했다. 그녀는 청중들에게 "내가 오랫동안 연구해 온 두 개의 주제에 대해 학문적 접근이 필요한 경우, 마음껏 참조하십시오"라고 권했다.

그러면서 그녀는 말했다. "이 주제들에 대해 연구하다 보면 하나는 무조건적으로 차별 대우를 받는 어느 집단의 구성원들은 서구 사회에서 널리 만연된 개인적인 경쟁 형태에 대한 대안으로 사회적인 지지 형태를 이용하는 것이 더 효과적이라는 것을 발견할 것입니다.

그리고 또 다른 주제는, 개인과 집단에 대한, 다음과 같은 둘 사이의 균형의 유용성입니다. 즉 한편으로는 중요한 성취와 다른 한편으로는 표현의 만족감 사이의 균형, 또는 역사적으로 남성과 여성을 상징하는 것 사이, 또는 이성과 감정의 사이, 또는 실용성과 심미성의 사이, 또는 내 마음에 드는 아름다움과 능력 사이의 균형입니다."

그런 다음 자신의 사회적 지지 형태라 할 수 있는, 그녀의 부모와 형제자매의 이름 — 자신이 미워하는 57세의 남편이자 예술가인 켄 니시Ken Nish, 그리고 이들의 다섯 명의 아이들, 그녀의 멘토, 동료들과 학생들 — 을 거론하면서, "분명히 내 삶과 작업에 있어서 그 성취가 무엇이든, 개인주의적 경쟁 형태가 아닌 사회적 지지의 형태를 거쳐 오면서, 아름다움과 능력을 계속적으로 추구할 수 있었고 엄청난 만족스러움을 얻었다는 것입니다(밑줄은 그녀가 강조함)" 라고 끝을 맺었다.

레스토랑에서 나는 사회적 지지 형태에 대해 니시가 길게 말하도록 유도하였다. 그녀는 “차별 대우를 받는 집단들에게 제시된 해결책은 주로 개인의 변화입니다. 개인들의 적극적인 노력으로 성공하는 것이죠. 사람들이 성공하면 흔히 뒤처진 사람들과 접촉을 끊게 되는데, 그것을 사람들이 알아차린다면 서로가 아주 생산적으로 될 수가 있습니다. 그런데 그렇게 하지 못한다면 성공한 사람들도 소외감과 불행감을 느끼게 됩니다.” 그러면서 그녀는 “오늘날에도 여전히 시스템적으로 다루기보다는 스스로 돕고 스스로 개선하는 것을 강조하고 있죠”라고 덧붙였다.

나는 사회적 지원 형태와 관련하여 일본계 미국인의 경험에 대하여 물었다. 그녀는 “미국이 일본계 미국인을 더 이상 수용소에 가둘 수 없게 되었을 때, 그들을 흩어지게 하거나 조직을 만들지 못하도록 했어요. 심지어 루스벨트도 모든 일본인들을 흩어지게 하는 것 — 가능한 한 미국 전체를 통해 주 당 한 커플 — 을 좋은 아이디어라고 생각했어요”라고 말했다.

“그랬었군요.”

“대체로 성공한 사람들은 무자비하고 뻔뻔하죠. 물론 다 그렇지는 않지만 우리 안에는 그런 측면을 가지고 있어요. 나는 가끔 사람들을 놀라게 할 때도 있습니다. 나는 아주 정중한 편이지만 내가 주위의 유일한 소수 민족이다 보니, 위원회 위원장이 나를 무시할 때는…….”

“그래서 당신은 그것을 기꺼이 받아들였던 겁니까?” 나는 지레짐작으로 말했다.

“물론입니다. ‘위원장님, 나는 지금 꽤 오랫동안 손을 들고 있었습니다.’ 그러면 그는 한발 물러섭니다.”

“이것은 당신의 아버지가 ‘내 귀여운 잭 뎀프시Jack Dempsey(미국 권투선수)’라고 부르곤 했던 이유와도 관련이 있나요?” 나는 수락 연설 때 그녀가 자신의 아버지에 대해 했던 말을 기억하면서 물었다.

“어느 일요일 오후에 아버지는 우리를 공원으로 데려가셨죠. 거기에서 동생과 모래놀이 통을 가지고 놀고 있었는데, 갑자기 나이가 더 많은 아이들이 와서는 내 모래 통을 빼앗아 갔어요. 나는 그들에게 바로 가서 — 여기서 그녀는 집게와 가운뎃손가락을 뻗어 찌르는 동작을 했다 — 눈을 찔렀어요. 아버지는 내게 여성스러움을 매우 강조하셨어요.” 그리고 그녀는 외국인 토지법에 따라 아버지가 자신의 재산을 소유할 수 없게 되자, 여섯 살이었던 세츠코의 이름으로 가족 회사를 만들었다고 말했다. “그렇지만 아버지는 또한 내가 옳은 쪽에 서 있기를 바랐어요.”

몇 분 후, 그녀가 접시에 놓인 시금치 튀김 위에 얹힌 부드러운 갈색의 생선 대구 한 토막을 먹기 위해 포크를 갖다 댔다. 그러더니 나를 바라보며 "나는 약간의 수전증이 있어요. 그러니 걱정하지 마세요" 하고 말했다.

나는 신경 쓰지 않았다.

"그럼 사람들은 알아차리고, 더 이상 말하지 않아요. 내가 그렇게 한답니다"라고, 그녀가 말했다.

"좋은 생각이네요"라면서, 나는 "제 어머니는 청각 장애가 있어요. 그래서 그녀는 잘 알지 못하는 사람들과 식사를 하게 될 때, 양쪽 옆에 앉아 있는 사람에게 '오늘 밤 내가 이야기한 말들이 앞뒤가 안 맞는다는 생각이 들더라도, 당신한테 하는 말이 아니니까 전혀 신경 쓰지 마세요'"라고 말한다고 했다.

"어머니가 매우 현명하시군요."

"그것이 오해의 소지를 없애는 것이니까요."

나는 니시에게 나이 든 — 또는 오히려 과거에 대해 감정적 거리가 먼 — 사람들이 수용소에서 겪었던 자신의 경험에 대해 이야기하는지를 물었다. 그녀는 그렇지 않다면서, 자신의 경험을 말하는 것도 한 가지 방법이지만 다른 방법들도 많이 있다고 했다. "그들은 그 기억을 잊지 않으려고 노력합니다"라면서, 그녀는 이 사람들 중 일부가 참여하고 있는 워크숍과 연극 작품 들을 넌지시 내비쳤다. 그러고는 이렇게 덧붙였다. "물론 나의 세대는 수용소에서의 경험을 잊기 위해 안간힘을 다해 노력하고 있습니다. 그렇지만 아이러니하게도 동시에 그들은 그 기억을 잊지 않기 위해 매우 열성적입니다. 그들이 개별적으로는 그렇게 할 수 없지만, 집단적 방법으로는 가능하다는 것입니다."

니시는 자신이 수용소를 떠날 때, 아버지가 그녀에게 챙겨 가라고 했던 소지품 가운데 데님 더플백을 아직도 가지고 있다고 했다. 그녀는 학교에서 강의를 할 때에도 그것을 가지고 다닌다.

"가끔 아이들에게 물어보곤 해요. '만약 너희들이 집을 떠나야만 하는 상황에 처한다면, 이 가방에 무엇을 담아 가지고 갈 거니?' 이 말은 아이들의 마음을 흔들고, 아이들로 하여금 많은 생각들을 하게 하죠. 그것은 그들로 하여금 분리된다는 것이 무엇을 의미하는지를 생각하도록 하고, 직접적인 말보다도 훨씬 더 아이들의 마음을 움직이게 합니다. 쫓겨난 것 같은, 낙인이 찍힌 것 같은 기분이죠."

"대부분의 미국인들은 감금이 기소나 재판 없이 일어났다는 사실을 알지 못합니다"라고, 내가 말했다. 니시와의 인터뷰를 위해 그녀의 연구 자료들을 읽기 48시간 전만 해도 나 역시 이런 집단에 속해 있었다는 것은 말하지 않았다.

"우리는 아무런 잘못도 하지 않았고, 어떤 불법적인 행위도 하지 않았어요. 우리 부모 역시 불법적인 일을 하지 않았고요."

"미국인이 된다는 것에 대해 이야기 들었던 모두의 얼굴이 떠오르네요"라면서, 나는 "'그들이 이 법률 아래에서 보호를 받지 못하고 있어요'라고 말하고 있는 것 같네요"라고 말했다.

"그것은 정말 환멸을 느끼게 해요. 가장 환멸적인 것은 우리가 헌법을 믿고 있다는 것입니다. 그 사실이 정말로 화가 납니다."

점심 식사 후, 나는 그녀가 참석해야 하는 아시아 미국 연맹 이사회 모임에 가기 위해 니시와 함께 5번가를 걸어갔다. 그녀는 150센티미터 정도의 작은 키였다. 그녀가 보행자들의 인파 속에 묻히게 되자, 나는 보호본능을 느꼈다. 마치 우리 둘이 한 덩어리가 되면 밀려오는 인파들을 보다 효과적으로 방어할 수 있다는 것을 증명이라도 하는 것처럼 그녀에게 내 몸을 바싹 붙였다.

그녀는 UCLA에 자신의 연구 파일들을 기증하는 데 동의했다고 말했다. 나는 60년의 연구 가치를 그 양과 크기로 하면 어느 정도일지 상상해 보았다(9개월 후, 나는 예일대에 기증한 그녀의 극단적인 보수주의적 관점의 논문들이 7톤이었다는 것을 윌리엄 F. 버클리William F. Buckley의 부고 기사에서 읽었다).

나는 그렇게 오랫동안 자신의 연구에 헌신한 니시를 칭찬했다. 그러고는 이런 상황이라면 벌써 오래전에 포기하고 수건을 던져 버리고 싶은 유혹을 받았으리라고 덧붙였다.

그녀는 나에게 자신이 미소 짓고 있는 모습을 더 잘 보여 주기라도 하려는 것처럼 몸을 약간 비틀며 말했다. "그렇지만 아직도 해야 할 일이 많이 있어요."

07

더 좋아하는 그 무언가를 하라

실비아 마일즈Sylvia Miles는 미국의 여배우로, 「미드나잇 카우보이Midnight Cowboy」「잘 가요, 내 사랑Farewell, My Lovely」「결혼 소동Crossing Delancey」 등에 출연했다.

사람들은 당신에게 실망한다. 사랑하는 사람들도 당신에게 실망한다. 그러나 공연 관련 수집품들은 투명한 플라스틱 속에 보관되어 있는 한 당신과 함께한다.

이는 스물다섯의 나이에 세 번 결혼했던 한 여성의 말이다.

이는 두 번이나 아카데미상을 수상했고, "오늘 밤 나를 이 자리에 있게 만든, 떠난 전 남편에게 감사를 드리고 싶다"고 오스카상 수락 연설을 했던 한 여성의 말이다.

이는 앤디 워홀Andy Warhol, 제로 모스텔, 테네시 윌리엄스Tennessee Williams(미국의 극작가) 등 그녀의 많은 친구들과 동료들보다 오래 살았던 한 여성의 말이다.

이는 수집품이 가득한 아파트를 '박물관'이라고 부르고, 그리고 자신은 그 박물관을 지키는 '수문장'이라고 농담처럼 말하던 한 여성의 말이다.

이는 여배우 실비아 마일즈의 말이다.

15년 전쯤 사람들이 북적거리는 파티에서 처음으로 실비아 마일즈를 만났고, 그녀의 지성에 감동을 받았다. 파티 후 그녀와 한 번 전화로 이야기를 나누었지만, 더 이상은 연락하지 않았다. 그러다가 나이 드신 어른들의 지혜에 대한 프로젝트를 시작한 직후, 그녀에게 전화를 걸었다. 당시 그녀가 자신이 모으고 있는 공연 관련 물품과 관련해 말했던 '자기 보존'이라는 주제에 흥미가 느껴졌기 때문이다.

"당신을 기억하나고요? 당연하죠!"라며, 진정으로 고향에 돌아온 것을 환영한다는 듯이 그녀의 목소리는 다소 흥분돼 있었다. 그러면서 타임 스퀘어에 있는 사르디스Sardi's 레스토랑에서 만나, 거기 벽에 걸려 있는 자신의 초상화 아래에서 점심 식사를 하자고 제안했다. 나는 멋진 제안이라고 답했다.

내가 일주일 후 그 약속을 상기시켜 주기 위해 전화를 했을 때, 마일즈의 마음이 약간 바뀌었다. "아니오, 초상화 아래가 아니고 초상화 맞은편 자리에서 보죠. 그래야 그 초상화를 더 잘 볼 수 있으니까요."

정오 무렵 내가 레스토랑에 도착했을 때, 마일즈는 먼저 와 기다리고 있었다. 다른 사람들에게 강한 인상을 심어 주는 것이 배우의 역할이라면, 맨해튼에서 태어나고 자란 섹시한 이 여자는 완벽한 여자 연기자라고 할 수 있다. 누구나 그녀의 강한 인상을 놓칠 수가 없기 때문이다. 영화에서의 이런 힘은 감정의 강도를 조절하는 능력에 달려 있다. 마일즈는 1969년 「미드나잇 카우보이」와 1975년 「잘 가요, 내 사랑」으로 여우조연상을 받았는데, 이는 단 9분 동안 보여 준 미친 연기력 덕분이었다. 모린 스태플튼Maureen Stapleton(미국 영화배우)이 「미드나잇 카우보이」에서 거침없이 말을 쏟아 내는 마일즈의 연기에 눈을 떼지 못했다면서, 동료 여배우인 줄리 해리스Julie Harris에게 "정말 놀랍네요. 진짜 매춘부를 이 영화 속에 출연시킨 것 같아요!"라고 말했다고 한다. 또한 「결혼 소동」에서 마일즈가 닭다리를 휘두르며 수다를 떠는 장면은 실제라고 혼동할 정도로 그녀는 과격한 말들을 아무렇지도 않게 한껏 쏟아 냈다("오른쪽 닭다리만 쭉 잡아 뽑아. 그러고는 엄지발가락과 집게발가락을 찢은 다음, 거기 붙어 있는 맛있는 지방을 쪽쪽 빨아먹어…….")

물론 사람에 따라서는 마일즈의 강한 인상은 외모, 음성, 의상 등 다른 것과 더 많이 관련되어 있다고 말하기도 한다. 그러나 내 생각에 이는 '목이 쉰 듯한 삼부카Sambuca(그리스, 중동에서 사용된 고대의 각진 하프 혹은 중세 유럽의 소형 하프)의 거친 소리'라거나, '500그램짜리 가방에 5킬로그램어치의 화려한 장식'이라고 말하고 싶다.

선명한 립스틱과 어깨에 닿는 금발 머리가 돋보이는, 아주 순한 암사자의 얼굴을 지니고 있는 마일즈가 짙은 눈 화장에 선글라스와 새끼손가락에 다이아몬드 반지를 끼고, 가슴 사이에 오목한 부분이 드

러난 데콜테 드레스를 입고 나타났는데, 전체적으로 블랙으로 맞춘 모습이었다.

웨이터가 음료수를 주문할 건지 나에게 물었다.

"지금 드시는 음료수가 뭐예요?"라고, 내가 마일즈 앞에 놓인 검붉은 칵테일을 바라보며 그녀에게 물었다. 마일즈는 매일 미모사 mimosa를 마시며 하루를 시작한다(약을 복용하기 위해). 그래서 음료수에 대해서는 박학다식하다고 할 수 있었다.

"블러디 불bloody bull이에요. 토마토 주스를 섞어 만든 불 숏 칵테일이죠."

"같은 걸로 주세요"라고, 내가 웨이터에게 말했다.

우리는 2시간 반 동안 다양한 이야기를 나누며 식사를 했다.

마일즈는 40년 전쯤에 자신이 겪었던 강박행동에 대해 긴 실타래를 풀어냈다. 그녀의 열성 팬들은 마일즈가 체스 게임에 중독되었었다고 주장했다. 어쨌든 이것은 그녀에게 문제가 되었다.

"그래서 대신에 내 예술에 집착하게 되었어요"라고, 마일즈가 말했다.

나는 "당신은 잘못된 강박행동을 어떻게 올바른 것으로 바꾸셨나요?"라고 물었다.

"그것은 부정적인 것을 긍정적인 것으로 바꾸는 것과 같아요. 내 인생에서 가장 즐거웠던 때가 언제였는지 곰곰이 생각해 보니 일할 때였다는 것을 깨달았어요. 그걸 깨닫자, 비로소 바꿀 수가 있었어요. 그래서 나는 건강해지기 위해 더 많은 일을 했어요. 로맨스는 그런 설렘이 될 수 없었지요. 내게 로맨스가 필요한 게 아니었거든요. 나는 내 일이 필요했죠. 그리고 집착하지 않는 법을 배워야 했어요."

"그게 어려웠나요?"라고, 나는 마일즈가 아이들을 키워 본 적이 없어 이는 싫든 좋든 그녀에게 자유로운 시간이 많았을 거라는 생각에 이렇게 물었다.

"쉽지만은 않았지만, 그렇다고 불가능한 것은 아니었어요. 그것은 마치 당신에게 '건강해지고 싶다면, 칠면조를 먹어서는 안 됩니다. 칠면조는 당신에게 맞지 않아요. 심장 발작을 일으킬 수도 있습니다'라고 경고하는 의사의 말과 같은 것이에요. 칠면조를 먹지 않고도 인생을 즐겁게 살 수 있다고 생각하지 않으세요?"

"그렇지만……."

"당신이 더 좋아하는 무언가를 찾아보세요!"

하지만 배우라는 직업은 다른 사람이 자신을 고용해 줄 때 이루어지는 직업이라, 그녀가 더 좋아하는 무언가를 찾는다는 게 어려웠음이 틀림없다. 마일즈는 1981년에 여성 쇼를 진행했던 경험을 살려 자신이 직접 대본을 쓸 수도 있었고, 아니면 제인 오스틴Jane Austen이나 헨리 제임스Henry James의 작품들을 통해 길을 찾을 수도 있었다.

그러나 그 이후의 삶은 어떻게 살아갈 것인가?

마일즈는 자신이 연기했던 대사를 통해 그 질문에 함축적으로 응답하였다. 사실 그럴 때마다 내가 그녀의 인터뷰어가 아닌 상대 배우가 된 듯한 착각에 빠졌다. 예를 들어 점심 식사를 마칠 무렵에 내가 녹음기를 끄면, 마일즈는 "내가 어떻게 잘한 거예요?"라고 물었고, 이에 나는 "해롤드 블룸에 비해서요?"라고 되묻곤 했다. 이것이 나의 큐 사인이었다.

나는 그녀가 매우 사교적이라는 인상을 받았던 적이 있었다. 마일즈가 지난 몇 년간 지나칠 정도로 수없이 많은 파티에 참석했었기 때문이었는데, 그 이유에 대해 그녀는 "내가 나를 고용해서라도 사람들에게 보일 필요가 있었어요"라고 설명했다.

"정말요?" 나는 깜짝 놀라지 않을 수 없었다. 그래서 다시 한 번 "두 번이나 오스카상을 수상했고, 그 수많은 영화에 출연했던 배우임에도 불구하고요?"라고 물어보았다.

"그래요, 정말로 사람들에게 나를 보여 줘야만 했어요."

그러나 지난 몇 년간 파티가 열리는 곳마다 마일즈가 고정적으로 참석하다시피 하자, 대중들은 이에 대해 격렬한 비난을 하였다. 사실 그녀는 공개적인 이벤트에 공평하게 참석하기 위해 그렇게 했을 뿐이었다 — 다만 그때마다 의상을 계속해서 화려하게 차려 입은 것은 사실이지만 — 하지만 마일즈의 이러한 행보는 그녀가 이전 작품에서 뛰어난 연기력을 선보였다는 것을 무색케 만들었다.

그녀는 제이슨 로바즈Jason Robards(미국 영화배우)와 「아이스 맨 코메스The Iceman Cometh」를 2년 동안 함께 촬영했고, 「발코니The Balcony」로 세계 무대에 데뷔했다. 그리고 1972년 「앤디 워홀의 열Andy Warhol's Heat」에서는 대부분의 대사를 즉흥적으로 연기했다 — 이 영화는 마일즈가 주목받는 여배우로 주연을 맡았던 첫 번째 전위 영화이다.

그랬던 그녀가 1973년 초에 사회적인 문제를 불러일으켰다. 악명 높은 욕설을 지껄이는 여성 혐오자이자 영화 비평가인 존 사이몬John Simon — 언젠가 그는 라이자 미넬리Liza Minnelli(미국 여배우)를 비글beagle(다리도 짧고 몸집도 작은 사냥개)로, 캐서린 터너Kathleen Turner(미국 여배우)를 '시끄러운 사마귀'로 비유한 적이 있었다 — 이 '넬리 툴레와 그 밖의 사람들Nellie Toole and Co'이라는 제목의 칼럼을 통해 마일즈를 '뉴욕의 대표적인 파티 걸이며 불청객 중의 한 명'이라고 비난하자, 이에 화가 난 마일즈는 그것을 맞받아치기로 결심한 것이었다.

한 영화제의 사교 모임에 사이몬이 참석한다는 사실을 알고 마일즈는 그곳으로 갔다.

그녀는 "그곳은 라이언 오닐즈Ryan O'Neals(미국 영화배우)의 밀실이었어요"라면서, "내가 앉아서 재미있게 수다를 떨고 있는데, 바bar 앞에 그가 서 있는 것이 보였어요. 그 순간, 그와 눈이 마주쳤죠. 나는 일단 접시에다 스테이크 타르타르, 콘슬로, 감자 샐러드, 편육을 가득 담았어요"라고 말했다.

그런 다음 그녀는 사이몬에게 다가가서, "이제 당신은 나를 접시년이라고 말하겠군!" 하면서 그 음식을 그의 머리에 쏟아 버렸다.

마일즈는 "그는 나를 불청객이라고 말했죠!" 그렇지만 내가 초대를 받지 않고 어떻게 파티장에 갈 수 있겠어요? 나는 모든 파티에 다 초대를 받았다고요! 나는 그날의 기네스 팰트로Gwyneth Paltrow였어요"라고 말했다.

음식을 뒤집어쓴 사이먼이 그녀를 향해 "짐덩어리 같으니라고!" 라고 소리치자, 마일즈는 "처음으로 말끔하게 비웠네"라고 맞받아쳤다. 사이몬은 "내 슈트를 망친 것에 대해 손해배상 청구서를 보낼 거야" 하고 으름장을 놓았다.

마일즈는 그 모임에 사진 기자들이 참석하는지를 확인하기 위해서 가기 전에 오닐즈의 이벤트 홍보 담당자에게 전화를 걸었다고 한다. 공개적으로 복수를 한다는 사실을 사람들에게 알리고 싶지 않았고, 그에게 또한 빌미를 주고 싶지 않았기 때문이었다. 마일즈가 세르비아에 있는 그 도시에 방문했다는 사실을 알고 있었던 사이먼이 이번에도 자신을 비난할 기회를 찾고 있었으리라고 생각했다고 한다. 마일즈에게 그곳은 — 마일즈는 그곳의 이름을 꿀꿀Glub-Glub로 기억한다 — 쓰레기장이었던 셈이었다.

그녀는 그 사건으로 인해 출연 섭외가 줄었다고 했다. 나는 마일즈에게 사이몬 사건에 대해 후회한 적이 없는지 물었다.

그러자 마일즈는 "나는 더 많은 작품을 하고 싶었는데……"라면서도 "그렇지만 내가 했던 일을 후회해 본 적은 없어요"라고 답했다.

나는 마일즈의 차가운 눈빛을 보았다. 언젠가 한 잡지에서 "'그녀를 봐봐. 정말 포악해 보이지 않아?' 사람들이 나를 향해 이렇게 수군댄다는 것을 잘 알고 있다. '음, 글쎄, 밋밋해 보인다는 것보다는 오히려 그것이 더 낫지'" 하는 그녀의 재치 있는 말을 읽은 적이 있다.

하지만 그런 생각은 그다지 오래가지 못했다.

언젠가 한번 마일즈가 식료품점에 나타나자, 이번에도 '저기 봐, 마일즈야!'" 하는 사람들의 수군대는 소리를 들었다고 한다. 마일즈는 그때까지도 이와 같은 주목이 자신이 잘나서 그런 것이라고 생각했다. 그러다가 한순간, 그녀는 '사람들은 내가 집 밖에 있다고 하면 늘 파티장에 있을 거라고 생각하는구나'라는 것을 깨달았다고 한다.

만약 삶의 많은 시간을 파티장에서만 보낸다면, 남들 눈에는 어쩌면 파티장을 벗어나지 못할지도 모른다.

점심 식사 후, 마일즈는 버스를 타고 집으로 가겠다고 했다. 그래서 나는 그녀와 8번가를 지나 반 블록쯤을 함께 걸었다. 마일즈는 무릎이 좋지 않아 걸을 때마다 내 팔을 붙잡았는데, 그녀의 신체 상태에 따라 다양한 방법으로 붙잡았다. 이런 그녀의 행동이 매우 사랑스럽게 여겨졌다. "사람들은 당신이 내 조카라고 생각할 거예요"라고, 마일즈가 말했다.

그러다가 마일즈가 다리가 너무 아파 나에게 몇 가지 심부름을 해달라며 도움을 요청했다 — 나는 그녀가 만든 사진첩에서 영화 『인형의 계곡Valley of the Dolls』과 관련된 몇 장의 사진들을 복사했다. 그리고 그녀가 가십난을 볼 수 있도록 「뉴욕 포스트New York Post」와 「데일리 뉴스Daily News」도 사다 주었다. — 그런 다음 그녀는 근처에 있는 식료품점에 들어가고 싶다고 했다. "이 문들은 빨리 통과해야 해요. 문이 워낙 빨리 돌아서 안에 갇힌 적도 있었거든요"라며, 그녀가 나에게 빠르게 움직이는 문을 조심하라고 말했다.

그 가게 앞에 서서, 나는 빠르게 움직인다고 말했던 그 문을 바라보았다. 문들이 마치 군부 독재자와 같이 강하고 무뚝뚝하게 움직였다.

마일즈와 나는 용기를 내어 서로의 팔을 잡고 문을 향해 돌진했다. 우리는 무사히 들어갔다.

가게 입구 바로 안쪽에, 잼과 젤리가 높이 쌓여 있는 선반이 있었다. 마일즈가 사라베스 키친의 딸기 루바브 잼 한 통을 집어 들었다. 그녀는 그것을 나에게 건네며, "이것 좀 열어 줄래요?"라고 부탁했다.

"네, 물론이죠"라고 했지만, 나는 이 제품을 열어 봐도 괜찮은지 몰라 혹시라도 직원이 있을까 봐 조심스럽게 좌우를 살폈다.

내가 살며시 비틀어 뚜껑을 열자, 마일즈가 "이미 다른 사람이 열어 본 것처럼 보이도록 해 놔야 해요"라고 말했다.

그 말을 듣자, 왠지 내가 부조리한 사람이 된 듯했다. 그리고 요가 수행자 베라Berra의 말이 떠올랐다. "군중을 따르지 말라, 그곳에 이르지 못할 것이다. 단지 너무나 많은 사람들로 붐빌 뿐이다." 하지만 마일즈는 아마도 오랫동안 잼 통을 수없이 열어 본 후 선반 위에 다시 올려놓았으리라는 생각이 들었다. 그리고 또한 어쩌면 이런 쇼핑 행위를 불합리하지 않은 의례적인 일로 받아들였기에 아주 치밀하게 할 수 있었으리라는 생각도 들었다. 마일즈의 말 속에는 약삭빠른 생존 이야기로 가득 차 있었다 — 청소하기를 좋아했던 마일즈의 전 남자 친구가 최신식 진공청소기를 사 주었던 일화도 그 하나의 예이다. "'사용 방법을 알려 줄게'라고, 그가 나에게 말했어요. 그래도 내가 사용법을 모른다고 하자, 그가 직접 방 구석구석을 깨끗이 청소를 하고 나서 '이제 어떻게 사용하는지 알겠지?'라고 묻더군요. 이 말에 나는 '그런데 좀 더 알아야 할 것 같아'라고 대답했어요."

마일즈의 사생활은 세속적인 면에 뿌리를 두고 있지만 — 한번은 그녀가 종종 들르는 레스토랑에서 함께 식사를 하려고 내가 마일즈에게 메뉴판을 건네주자, "사랑하는 사람은 사랑하는 방법을 알고, 강간범은 강간하는 방법을 안다"고 말하면서 그 메뉴판을 물리쳤다 — 그러나 그녀에게는 또 다른 측면이 있는 듯했다. 외견상 이러한 처신에서 보여 주는 것보다 마일즈는 훨씬 더 자기 성찰적이고 신비로운 사람이었다.

어느 땐가 잠시 동안 연락이 끊긴 적이 있었는데, 얼마가 지나자 그녀는 별일 없었다는 듯이 전화해서는 최근 몇 주 동안 아주 조용히 지냈다고 했다. 그러면서 그녀는 "내가 '진화'를 하려고 할 때는, 사람들과 많이 어울리려고 하기보다 혼자서 조용히 지내고 싶어서 전화를 피하는 경향이 있어요"라고 덧붙였다.

"당신이 '진화'하고 있다는 것은 무슨 뜻인가요?"라고, 나는 조심스럽게 물었다.

"나도 몰라요. 하지만 나는 그것을 억지로는 하지 않아요."

"혹시 당신의 삶의 형태를 가장 잘 표현한 것이 있나요?"

"책을 말씀하시는 건가요? 그렇다면 내가 읽었던 책의 구절에 무언가가 있는 듯싶어요. '내 마음을 깨끗이 비우려고 하거나, 새로운 것을 위해 마음의 공간을 만들어야 할 때……, 내가 뭔가를 기대하는 것 같다'. 그것이 무엇이든, 그것을 위해 공간을 확보해야 하죠. 그러면 그 공간이 채워지죠." 그러면서 그녀는 약간 떨리는 목소리로 "나는 그것이 옹이로 채워지지 않기를 바랄 뿐이에요"라고 말했다.

그녀의 아파트에 가 보고 싶었다. 아니 갈망했다. 우리는 언제나 레스토랑 아니면 영화관에서 만났다. 마일즈는 가는 곳마다 신문 스크랩한 것을 가지고 다녔다 — 그녀는 그것들을 나와 공유했다. 그것을 본 나는 몇 차례 놀라움을 표현했다 — 그러나 그 수집품들의 사령부는 센트럴 파크가 내려다보이는 그녀의 집이었다.

그래서 우리는 날을 잡았다.

그날이 왔다.

내가 엘리베이터에서 내리자, 마일즈가 문 밖에서 기다리고 있었다.

"여기에 나와 있는 이유는 조심하라고 말해 주기 위해서예요"라면서, 그녀가 약간 걱정스러운 말투로 "지금부터는 긴장하세요"라고 했다.

그녀가 문을 열고 안내하자, 거실과 부엌이 보이는 어둡고 어수선한 현관 안으로 조심스럽게 들어갔다.

나는 그녀가 말한 '긴장'이 무엇을 의미하는지 알게 되었다. 사방의 벽과 바닥에서 천장까지 포스터와 그림, 사진 들로 빽빽했는데, 대부분 마일즈가 출연했던 영화나 연극을 기념하는 것이었다. 바닥과 가구 위에는 연극 광고 전단지와 잡지, 그리고 영화 소품 들이 우뚝 솟은 탑처럼 쌓여 있었다. 벼룩시장을 상상해 보라, 그 자체가 마당 세일(알뜰 시장)을 펼쳐 놓은 것 같았다.

"마치 조셉 코넬Joseph Cornell(조각가)이 만들어 놓은 상자 속에 살고 있는 것 같네요. 그런데 청소는 누가 하나요?"라고, 내가 물었다.

"자주는 아니더라도 내가 하죠. 이 물건들을 무너뜨릴까 봐 누구를 시킬 수도 없고요. 또 누구를 맞아들이는 것도 좋아하지 않아요. 그나

저나 앉을 곳이 없네요."

현관에서 시작하여 — 마일즈가 "그것은 나와 밥 딜런Bob Dylan과 딕 카베트Dick Cavett가 함께 찍은 『롤링 스톤Rolling Stone』의 표지예요"라면서, "우리는 믹 재거Mick Japper의 생일날에 함께 있었죠"라고 설명했다 — 우리는 마치 지하실에 쌓여 있는 진귀한 물건들을 뚫고 가듯이 천천히 바닥에 통로를 만들어 가며 걸었다.

"이것은 테네시이고, 다시 저것은 밥 딜런이에요." 거실에서 표류라도 하고 있는 듯 이것저것을 가리키며 그녀가 말했다.

마일즈가 "실비아, 당신을 사랑합니다"라고 써져 있는, 앤디 워홀에게서 받은 한 인쇄물을 보여 주면서 "이것 말고도 여기에는 사랑스런 앤디 워홀한테서 받은 것이 많죠"라고 말했다.

이 많은 물건들을 보며 나는 그녀에게 컬렉션을 '기획'해 본 적이 있는지 물었다. 그녀는 '아니오'라고 대꾸하며, 그렇지만 가끔씩 이 물건들을 던져 버린 적은 있다고 말했다.

"여기 있는 것들 가운데 특별히 더 아끼는 것들이 있나요?"라고, 내가 물었다.

"이것들은 내 인생이죠. 하지만 나는 이것들에 집중할 수 없어요. 이것들과의 관계를 끊어야만 해요. 그래서 어떤 게 쓰러지면 그것을 바로 세워 놓기는 해도 더 이상은 신경 쓰지 않아요. 신경을 쓰면 그것에 사로잡히게 되기 때문이죠. 내 시간 — 내가 아카데미상을 수상할 때까지 내게 남은 시간 — 은 배우가 되는 것이지, 은퇴가 아니에요."

우리는 천천히 부엌으로 걸어갔다. 이전에는 매력적인 장식으로 꾸며져 있었을 부엌이 지금은 갇혀 있는 듯한 느낌이 들었다. 부엌 타일들이 온통 기념품으로 덮여 있었을 뿐만 아니라 싱크대 역시 캐릭터 인형과 사진 및 장식 소품 들이 작은 병정들이 사열하듯이 차지하고 있었다.

"싱크대가 몇 센티미터밖에 안 남은 것 같네요"라고, 내가 말했다.

"알고 있어요. 여러 가지 콜라주들이 점점 더 자리를 차지하고 있죠."

내가 냉장고 옆에 있는 싱크대를 바라보고 있는데, 마일즈가 내 옆을 재빠르게 지나갔다. 순간 나는 물건들을 쳐서 넘어뜨리지 않기 위해서 아랫배에 힘을 힘껏 주어야 했다.

이런 상황은 반복되었다.

우리가 부엌 끝을 지나 나무로 된 상하 2단식 문을 막 통과하려고 할 때였다. 뉴욕 시민들의 모습을 찍은 사진들로 만든 5년 된 달력에 내 몸이 살짝 닿아 달력을 걸어 놓은 못이 빠져 버렸다. 동시에 달력이 죽은 새처럼 바닥에 떨어졌다.

마일즈가 약간 짜증을 내는 듯했다. "이런 일이 생길 줄 알고 있었어요"라면서, 그녀가 허리를 굽혀 달력을 집어 올렸다. "불행하게도, 아무것도 건드리지 않을 수 없는 상황이죠."

내가 도와주려 했지만, 그녀가 조심스럽게 다시 못에 달력을 걸면서 말했다. "만지지 마세요. 이것이 내가 여기서 더 이상 사람들을 만나지 않으려는 이유예요. 이곳은 하나의 박물관과 같아요. 당신도 이곳을 박물관이라고 생각해야 해요. 박물관에서는 아무것도 만지지 못하잖아요."

나는 진심으로 사과했다. 이전에 자신의 아파트를 '박물관'이라고 한 그녀의 말을 농담이라고 생각했는데, 이제야 그 말뜻을 깨달았다.

내가 멍청한 짓을 한 현장에서 벗어나고자 화제를 돌려, 이것들을 책으로 출판하면 어떠냐고 제안했다.

우리는 부엌에서 빠져나와 작은 복도를 걸어갔다. 마일즈는 벽에 걸린 많은 사진들 중 하나를 가리키며, "이것은 셸리 윈터스Shelley Winters(미국 영화배우)와 찍은 거예요. 그녀는 뚱뚱하죠"라고 말했다.

복도 끝에서, 나는 잠시 그녀의 침실로 들어가는 것이 맞는 것인지 생각했다. 침실 역시 벽마다 수집품들이 장식되어 있었다 — 최우수 여우조연상 상장 2개, 엘리자베스 테일러Elizabeth Taylor의 립스틱 자국이 남아 있는 냅킨, 잭 케루악의 사진. 작은 욕실이 맞닿은 경계에 내 어깨가 부딪칠까 의식하며 조심했다.

"시장과 나예요. 뉴욕 시장 블룸버그Bloomber"라고, 마일즈가 자랑스럽게 말했다.

"화장실은 '좋은nice'이라 표시한 저기 오른쪽이에요."

옥좌 모양의 화장실 변기가 눈에 띄었다 — 뚜껑에 앉아 휴식을 취할 수 있도록 표범이 새겨진 베개가 갖추어져 있었다. 마일즈가 몸을 돌리더니 변기 겸용 의자에 앉았다. 나는 갑자기 마치 우리 상황이 울타리를 쳐 왠지 구획을 정하는 것 같다는 느낌이 들어 약간 어색한 미소를 지었다.

편안하게 앉아 있던 마일즈가 약 60센티미터 정도 앞에 떨어진 벽에 매달려 있는 투명한 플라스틱 케이스를 가리켰다. 그 안에는 분명히 일본에서 수입한 것 같은 7~8센티미터 크기의 앤디 워홀 인형이 들어 있었다. 아주 작은 인형의 머리가 화장실 밖 거실 쪽을 바라보고 있었다. 표범이 새겨진 베개를 등에 대고 편히 쉬던 마일즈가 "원래 앤디가 나를 바라보고 있었는데, 다른 쪽을 바라보도록 그것을 돌려놓았어요"라고 말했다.

그녀가 플라스틱 케이스를 가리키던 손을 뗐다. 나는 그녀가 휴식을 취하고 있는 자신의 무릎에 손을 올려놓을 것이라 추측했다. 그러나 마일즈는 자신의 몸 뒤를 천천히 더듬거리면서 화장실 물을 내렸다. 그녀는 작은 요정 같이 장난스럽게 미소를 지으며 "볼일 본 게 아니에요. 하지만 뭔가 냄새가 나는 것 같아서"라고 말했다.

워홀은 신문 스크랩한 것을 여기저기 가지고 다니는 그녀를 놀리곤 했다. 이 말은 역설적으로 실비아가 약 1만 달러의 돈을 가지고 다닌다는 의미가 담겨 있었다. 예술품 수집가들이 영화계 사진들에 관심을 갖고 있는 것을 주목해 온 워홀이 자신의 날카로운 마케팅 감각을 발휘하며 말한 것이었다. 왜냐하면 그는 이 사람들이 그와 같이 돋보이는 수집품들을 얻기 위해서는 거금도 쏟아 붓는다는 것을 알고 있었기 때문이다.

그러나 1979년 「소호 위클리 뉴스SoHo Weekly News」에 쓴 한 칼럼에서, 마일즈는 작은 축제가 열리는 곳일지라도 그것을 가지고 다니는 동기에 대해 이렇게 설명했다. "핸드백은 사무실이고, 공장이고, 자신이 행동하고 헌신한 경력이고, 자신이 누군지를 알리는 자격증과 증명서를 담아 다니는 캐리어이다. 만약 타임캡슐에 담겨져 미래에 발견된다면, 나의 예술과 인생을 표현한 단 하나의 완벽한 문장, 즉 '예술계에서 암사슴이 되고자 꽤나 열심히 일한 소녀였다'라는 말을 듣고 싶다."

08

결혼 생활은 가능성의 예술

샬롯 프로잔Charlotte Prozan은 미국 USCF 산하 메디컬센터에서 정신과 겸임 교수로 일하고 있으며, 여성의 발전과 페미니즘과 정신 분석 이론의 역사를 연구해 오고 있다.

나는 공해상에서 샬롯을 만났다. 우리는 댄스 파트너였다.

진보 잡지 「네이션The Nation」에서 주최한 알래스카 크루즈 여행 겸 세미나에 참석해 여행 기사를 쓰고 있을 때였다.

홀랜드 아메리카Holland America 호號에는 좌파 성향을 지닌 사람들 460명이 타고 있었다. 그러나 크루즈 여행 첫날 밤의 저녁식사 자리에서 목격했던 것보다 더 기억에 남는 것은 없었다. 배정된 테이블에 이르자, 페미니스트이며 심리치료사인 70대 초반의 키가 작고 매력적인 샬롯이 내 옆자리에 앉아 있었다. 대통령의 탄핵을 요구하는 티셔츠를 입고 있던 샬롯은 한눈에도 똑똑하고 자기주장이 매우 강할 거라는 인식을 곧바로 할 수 있을 정도로 높고, 우렁찬 목소리를 가지고 있었다.

디저트를 먹는 동안, 식탁에 앉아 있던 5명의 유대인들 — 두 쌍의 커플과 샬롯 — 사이에 이스라엘에 관한 토론으로 식탁은 금세 달아올랐다. 샬롯이 자기 건너편에 앉아 있는 여성에게 "나더러 반유대주의자라고 하기에는 당신이 너무 비열하게 굴고 있지 않나요?"라고 말하자, 그 여성은 "네, 그래서요"라고 대꾸했다.

그러자 샬롯이 "그래, 엿이나 먹어라"라고 반격했다.

내가 너무 놀라 아무런 말도 하지 못하는 동안, 우리 테이블의 호스트인 게리 영Gary Younge — 「네이션」의 칼럼니스트이자 영국의 일간지 「가디언The Guardian」의 미국 특파원 — 이 민첩하게 상황을 무마시켰다.

식당 밖에서는 각종 파티가 열리고 있었다. 영이 샬롯에게 "커피 한잔 하지 않을래요?"라고 묻자, 그 사건으로 약간 난처한 상황에 있던 샬롯이 "지금 내가 정말 하고 싶은 것은 춤추는 거예요"라고 답했다. 영은 샬롯을 돛대 위 망대 — 배의 가장 높은 곳에 있는, 바람이 잘 통하고 삼면이 유리로 둘러싸인 거대한 칵테일 라운지 — 로 안내했다. 그곳에서 그들은 춤을 추었다. 몇 시간 뒤에는 나도 끼어들었다.

그렇게 해서 우리끼리의 댄스 파트너십이 생겨났다. 모든 가장 좋은 관계들이 그렇듯이 정치적 독설의 도가니 속에서 그것이 구축되었다.

크루즈 여행 중 이틀간은 세미나에 열중했다. 「네이션」의 다양한 여러 집필진들이 랠프 네이더Ralph Nader(미국의 시민운동가), 리처드 드레이퍼스Richard Dreyfuss(미국 배우) 같은 토론자들과 함께 2008년 선거에서부터 교도소 개혁, 그리고 국가가 부담하는 단일 지급 의료관리에 이르기까지 다양한 주제에 대해 이야기했다. 세미나는 배 안의 867개 좌석을 갖춘 비스타 라운지Vista Lounge라는 강당에서 진행되었다.

샬롯은 항상 무대 가까이에 앉아, 유익하고 날카로운 질문들을 많이 했다. 연방대법원과 관련한 질의응답 시간에 그녀는 대법관 중 보수 성향을 지닌 다섯 명 모두가 가톨릭 남성들이라는 사실을 지적하였고, 이것으로 인해 다른 승객들로부터 찬사를 받았다.

이 일로 인해 460명 사람들 사이에 점차 '사건'이라는 단어가 회자되었다. 우연히 샬롯이 「네이션」의 전 발행인이었던 해밀턴 피쉬Hamilton Fish와 엘리베이터를 함께 타게 되었는데, 그가 "이제 당신은 여러 가지로 유명 인사가 되었어요"라고 말했다고 했다.

사실 그동안 샬롯이 주로 들었던 말은 "꺼져, 이 여자야!"와 같은 말이었다고 나에게 털어놓았다. 나는 후자는 세련되고, 인상적이며, 검은 머리에 자주색 머리카락이 몇 가닥 있는 수전 손택Susan Sontag(미국의 소설가이자 사회운동가)과 닮아서 그랬으리라고 생각했다. 그리고 그 자주색의 하이라이트는 샬롯이 입은 자주색 옷과 앙상블을 이루며 망대에서 춤을 췄을 때였다.

게리 영이 샬롯에게 온통 자주색이냐고 묻자, 그녀는 "음, 자주색은 히스테리의 색깔이죠. 내 몸의 80퍼센트는 히스테리, 20퍼센트는 강박으로 이루어졌다고나 할까요?"라며 사색에 잠긴 듯 혼잣말을 했다.

사흘째 밤에 우리는 첫째 날의 주제 — 이스라엘 — 에 대한 토론을 다시 이어 나갔다.

그러다가 내가 무심코 "나의 남자 친구여, 이제 집으로 돌아가오"라는 말을 내뱉었다. 그러자 식탁에 같이 있던 일행 중의 한 사람 — 나이가 지긋한 남부의 목장 주인 — 이 '동성애자'에 대한 담론을 시작했고, 이 말을 듣고 있던 한 사람이 발끈하며 일어나 식당에서 도망가듯 나가 버렸다.

"내가 그 '주제'에 대해 너무 깊게 들어갔나요?"라고, 목장 주인이 물었다.

"깊게 들어갔냐고요? 정말 불쾌하기 짝이 없군요!"라면서 지금까지 온화한 표정으로 자리를 지키고 있던 남부 캘리포니아 출신의 50대 초반의 여성이 그를 쏘아붙였다.

한 시간 뒤, 망대 위 라운지로 올라간 나는 샬롯과 게리 영에게 이 새로운 '사건'에 대해서 말해 주었다. 이 이야기를 들은 샬롯은 집적대는 그 동성애자를 배 밖으로 던져 버리고 나서 사고처럼 보이도록 위장하자고 제안했다. 그러자 게리 영이 "그의 몸을 의자에 구부러지게 한 다음에 꼬챙이에 꿰듯이 묶어서 말이지?"라며 맞장구쳤다.

그날 밤 샬롯과 나는 춤을 추었다. 그날의 춤은 왠지 의미가 배어 있는 것 같았다. 그리고 활기가 넘쳤다. 전날 밤에 이어 우리는 라이브 밴드에서 울려 퍼지는 40개의 히트곡에 맞춰 뽐내며 걷는 듯 히프와 어깨를 흔들면서, 춤을 추는 미인들 속에서 최선을 다해 춤을 췄다. 샬롯은 이에 기죽지 않고 그녀의 가냘픈 150센티미터의 몸을 움직이면서, 과장되게 스텝을 밟기도 하고 머리 위까지 손을 흔들기도 하고 무릎을 허리까지 올렸다 폈다 하며 춤을 췄다.

크루즈 여행의 마지막 날, 아침 식사를 하면서 샬롯 — 세 번 결혼하고, 두 명의 아이와 네 명의 손자가 있다 — 은 나에게 현재 데이트 중인 남자가 시애틀 부두에서 자신을 기다리고 있을 거라고 말했다. 그들은 함께 캠핑을 가기로 했으며, 그녀가 「네이션」에 게재한 개인 광고가 인연이 되어 만났다고 했다.

나는 그녀에게 누군가와의 만남을 기대하는 마음으로 이번 크루즈 여행에 참석한 것은 아닌지를 물었다. 그런 이유로 크루즈 여행이 미망인들에게 인기가 있는 것은 사실이었기 때문이다. 그녀는 아니라고 대답했다. 하지만 작년에도 「네이션」에서 주최한 크루즈 여행에 참석했는데, '그물을 치기'에 좋은 장소인 것은 맞는 것 같다고 덧붙였다.

나는 조심스럽게 관심과 오지랖 사이를 넘나들며 더 많은 질문을 했다. 그녀는 사실 두 개의 개인 광고를 게재한 적이 있었다고 말했다. 처음에는 자신을 괴롭혔던 누군가를 대체하기 위한 광고였다. 이 광고의 내용은 '오하이오, 쉐이커 하이츠, 67세의 멋진 변호사가 문화적, 사회적 이벤트를 위해 35~55세의 진보적인 '여성' 동료를 찾습니다'라는 것이었다.

"나는 그 젊은 사람에게 화가 많이 났었거든요. 아무튼 광고 담당자에게 전화를 걸어 '「네이션」에서는 성 차별적인 광고를 어떻게 처리하고 있느냐?'라고 물었더니, 그가 '우리는 광고를 검열하지 않습니다'라고 말하더군요. 그래서 '그것이 인종 차별적인 광고였다면, 틀림없이 검열했겠죠'라고 말했어요." 샬롯이 나에게 말했다.

샬롯은 테스트의 일종으로 똑같은 광고를 다시 게재했다. 그러나 이번에는 성별과 도시를 바꾸었다(샌프란시스코, 67세의 멋진 여성 변호사가 문화적, 사회적 이벤트를 위해 35~55세의 진보적인 남성 동료를 찾습니다). 그러나 그녀는 자신을 위해 그 광고에 '성적으로 적극적인'이라는 문구를 넣는 게 차라리 나았을 거라는 사실을 뒤늦게 깨달았다.

"그래서요, 연락을 많이 받았나요……?" 적어도 그녀가 캠핑을 가려는 사람으로부터 응답을 받은 것을 알고 있었기 때문에 나는 흥분하며 물었다.

"반응이 엄청났지요." 그러나 샬롯은 여성 변호사에게 엄청난 반응을 보인 것은 "모두가 죄수들뿐이었지만요"라고 설명했다.

이후 몇 주 동안, 샬롯과 나는 전화로 네다섯 번 정도 대화를 나누었다. 사실 여행 기사 작성 때문에 그녀와 인터뷰를 한 것은 한 번뿐이었고, 나머지는 단순히 수다를 떨기 위한 전화였다. 그녀에게 크루즈의 어떤 부분이 좋았는지를 물었다. 우리가 함께 춘 춤이나 대법원 관련 패널로 참석하여 주목을 받은 것 중 하나를 언급할 것이라고 확신하면서 질문한 것이었다.

그러나 아니었다. 그녀는 나에게 "이상하게 들릴 줄 모르지만, 내가 그 여자에게 '엿 먹어'라고 말한 것이었어요. 나는 지난 몇 년 동안 그런 사람들과 대화를 하면서도 항상 그들의 경멸을 참아 내야만 했어요. 말대답할 용기가 없었기 때문이죠. 그런데 그때가 마침 기회였어요. 그리고 나는 그것을 해냈어요"라고 말했다.

나는 또한 샬롯이 바랐던 대로 그 남자와 캠핑 여행을 함께 떠나지 못했다는 것을 알게 되었다. 그녀가 '성적으로 적극적인' 남자를 구한다는 개인 광고를 냈음에도 불구하고, 그 남자는 샬롯을 충분히 알지 못한다고 얼버무렸다고 했다.

샬롯이 말했다. "내 나이대의 여자는 스무 살짜리와의 잠자리를 기대하지 않는 것이 현명하고, 이 나이의 남자들이 가지고 있는 성적인 어려움을 참을성 있게 배려하거나 고려할 줄 알아야 해요. 나이 든 남자들은 스물이나 서른 살은 물론이고 심지어는 마흔이나 쉰 살로 다시 되돌아갈 수 없다는 것을 인정하고 나이 드는 과정을 체념하고 받아들이는 것이 현명해요. 또 필요하다면 비아그라 처방을 받아야 하고요. 또 이 나이쯤 되면 많은 커플들이 섹스를 포기하는데, 폐경기의 여성들은 에스트로겐 보충요법의 도움을 받으면 돼요. 나는 남자들에게 '남자 나이 칠십에 아버지가 되기를 원해서는 안 되는 것이 자연의 섭리다'라고 여러 차례 말한 바 있어요. 그건 오십 넘은 여자가 엄마가 되기를 원치 않는 것과 같아요."

사람들은 여행에서 당신을 매료시키거나 혹은 즐겁게 해 주는 누군가를 만나면, 흔히 이메일 주소와 전화번호를 교환하고, 연락을 주고받을 거라고 서로서로 맹세를 한다. 하지만 15년 뒤, 의문의 이름이 적혀 있는 둘둘 말린 종이 한 장을 발견하고는 생각한다. '도대체 패트 원크맨Pat F. Wonkman이 누구지?' 나는 샬롯이 패트 원크맨일지도 모른다고 생각했다. 그러나 나는 바라지는 않았다. 그리고 크루즈 여행을 마친 후 7주 뒤, 나는 샌프란시스코에 있는 그녀의 집에서 이틀 밤을 보냈다.

그녀에게 기대하는 것이 뭔지는 확실하지 않았다. 문득 샬롯처럼 거침없이 말하는 사람은 왠지 고독할 것이며, 그녀의 삶 또한 불에 탄 다리처럼 어두운 부분이 있을 거라는 생각이 들었다. 그러나 그 반대라는 것을 아는 데 그다지 많은 시간이 걸리지 않았다.

샬롯은 리치먼드의 골든게이트 공원 근처 동네에 위치한 멋진 2층 집에서 살고 있었다. 그녀의 집은 네 명의 손자들이 그린 그림과 손자들의 사진 들로 가득 차 있었고, 손자들의 핸드프린트가 집 뒤쪽 정원에 만들어 놓은 테라스 콘크리트 벽에 눌려져 있었다. 그곳에서 우리는 아침 식사를 했다.

그녀의 전화가 자주 울려 댔다. 그녀는 지난 4주 동안 만나 온 펠릭스라는 남자와 썸을 타고 있는 중이었다. 동시에 메일 — 샬롯이 적극 지지하는 활동가 그룹인 코드 핑크Code Pink로부터 하루에 15통의 메시지를 받기도 했다 — 도착 알람도 쉴 새 없이 울려 댔다. 샬롯은 내가 집에 오기 전 주말에 메일을 확인 못했다면서, 내게 읽지 않은 메일 826통을 보여 주었다.

사실 샬롯 프로잔과 함께 시간을 보낸다는 것은 그녀가 애호하는 특정한 미디어를 함께 공유하는 것이라고 할 수 있다. 그녀는 「뉴욕 타임스」「뉴요커」「네이션」의 종교난 애독자이다. 또한 그녀는 NPR(National Public Radio, 미국 공영 라디오 방송) 볼륨을 크게 해 놓고 듣기 때문에 함께 걸으면서도 나 또한 그 방송을 들을 수가 있었다. 어느 날 내가 현관문을 열었는데, 라이브 오페라 방송의 끝부분이 들리면서 스피커에서 별안간 박수갈채가 터져 나왔던 적이 있었다. 그것이 활력을 불어넣어 주는 것 같아 나도 모르게 본능적으로 감사 인사를 했다.

샬롯은 지금 비상근 형태로 근무 중인데, 일주일에 단 세 명의 환자만을 보고 있다. 현재 그녀의 생활은 샌프란시스코대학의 프롬 연구소에서 노인들을 위한 평생 학습을 진행하고 있는 5시간 수업에 집중되어 있다. 샬롯은 나에게 자신의 수업 두 개를 듣게 해 주었고, 또한 프롬 연구소의 전무이사인 로버트 포드햄Robert Fordham(호주 정치인)과의 인터뷰를 주선해 주었다.

우리가 함께한 첫째 날 밤에 샬롯은 켄 번스Ken Burns(미국의 영화감독)의 제2차 세계대전 다큐멘터리인 「전쟁The War」을 두 번이나 연거푸 보기를 원했다. 그건 나에게 골치 아픈 토론회처럼 들렸지만, 결국에는 동의했다. 우리는 몇 가지 인도 음식을 주문한 후, 그녀의 아늑한 거실에 자리를 잡았다.

물론 나는 크루즈 여행에서의 '사건'에 대해 이야기하기를 원했다.

하지만 샬롯은 점잖게 카레 한 숟가락을 떠서 내 접시에 덜어 주면서 이렇게 말했다. "나이가 들어 좋은 점 중 하나는 내가 더 이상 인기 없는 것에 대해 걱정하거나 연연해하지 않아도 된다는 것이에요. 그것은 엄청난 자유죠. 나는 이전의 그 어느 때보다 요즈음 더욱더 자유로움을 느끼고 있어요. 아이들은 컸고, 부모님은 돌아가셨고, 나는 세 권의 책을 출간했어요. 또한 독서를 하는 데 더 많은 시간을 보내고 있고, 잠깐 동안만 일해도 되고, 여행도 할 수 있어요. 그리고 나는 이전보다 훨씬 더 지혜로워졌다고 느끼고 있어요. 그건 아마도 책 읽는 시간을 많이 갖고 있기 때문이 아닐까 하고 생각한답니다."

그러면서 책 이야기를 했다. 샬롯은 역사학자 찰머스 존슨Chalmers Johnson의 『제국의 슬픔 : 군국주의, 비밀 그리고 공화국의 종말The sorrows of Empire : Militarism, Secrecy, and the End of the Republic』을 처음 읽었던 2년 전처럼 지금 자신의 마음이 흔들리고 있다고 말했다. 그러고는 "예전에는 스스로 박식하다고 생각했어요. 하지만 국방부가 군사 기지를 운영하는 것이 이 정도일지는 몰랐어요"라고 덧붙였다.

존슨은 미국이 남극을 제외한 모든 대륙에 군사 기지를 가지고 있으며, 그리고 이러한 기지들은 제국의 새로운 형태라고 지적했다. 샬롯은 그 책을 읽고 난 뒤, 미국이 전 세계에 얼마나 많은 군사 기지를 가지고 있다고 생각하는지 여러 명의 친구들과 동료들에게 물었는데, 대부분의 사람들은 200개 정도라고 말했다고 한다. 하지만 실제로는 1,000개가 넘고, 그 군사 기지들은 153개국에 퍼져 있다고 한다.

그러면서 그녀는 "그런 다음 존슨은 전쟁 무기가 어떻게 경제와 연결되어 있는지를 보여 주고 있어요"라며, "이라크 전쟁이 일어나기 전날 밤에, 국방부가 자외선 방지 크림 27만 3,000병을 주문한 것을 보면 알 수 있죠"라고 말했다.

우리는 「네이션」을 네 시간에 걸쳐 보았다. 그 시간 동안 샬롯은 흥미 있는 토막 뉴스를 곁들였다. "혹시 북부 캘리포니아 지부를 제외한 ACLU(American Civil Liberties Union, 미국시민자유연합)이 전쟁 중 일본인의 추방에 동의했다는 사실을 알고 있나요?" "니얼 퍼거슨Niall Ferguson(경제사학자)은 우리가 히틀러를 선제공격했다면, 전쟁을 피할 수 있었을 것이라고 했어요. 1939년에 미국과 영국은 군사적으로 우월했지만, 히틀러에게 1년간의 준비 기간을 주었지요."

"정부는 전쟁 중에 일하는 여성들을 적극 추켜세웠죠. '더 로지 더 리벳(The Rosie the Riveters, 제2차 세계대전 당시 공장과 조선소에서 일했던 강인한 미국 여성을 일컫는 말). 하지만 전쟁이 끝나자, 여성들은 집으로 돌려보내졌고 퇴역 군인들이 그 자리를 차지하도록 조치했어요. 여성들이 필요할 때는 일자리를 가질 수 있었지만, 자신들이 일을 하고 싶어 할 때는 병사들을 위해 밀려나야 했던 거죠. 그리고 지금도 진정으로 여성들을 위한 날이 있긴 하나요?"

나는 흥미진진한 샬롯의 해설에 매료되었다. 그러나 다큐멘터리에 신경을 쓰고, 또 시차로 인한 피로가 쌓이면서 머리가 흔들리기 시작했다. 그래서 두 번째 보던 다큐멘터리가 채 끝나기 전에, 양해를 구하고 침대로 가 잠을 잤다.

다음 날 아침, 샬롯과 나는 햇살이 내리쬐는 테라스로 나가 식사를 했다. 어떤 이유에선지 모르지만, 조지 버나드 쇼George Bernard Shaw(영국의 극작가 및 소설가)의 "결혼은 아침 식탁에서의 끝없는 대화다"라는 말이 불현듯 생각났다. 아침을 먹으며 샬롯과 인생에 대해 이야기를 나눌 수 있을지는 모르지만, 이라크 전쟁에 대해서 이야기를 나누는 것은 쉽지 않을 것이라고 상상했다. 샬롯에게 괜찮다면 라디오 볼륨을 조금만 줄여 달라고 했다. 「전쟁」을 보고 난 직후에 잇따라 NPR에서 위기 관련 보도가 흘러나왔던 탓에 내가 혹시 방탄 재킷이라도 입어야 하는 건 아닌가 하는 생각이 들었기 때문이다.

샬롯이 바로 일어나 안으로 걸어 들어가서는 라디오를 껐다. 비교적 조용해지자 그녀가 사랑스럽게 느껴졌다. 샬롯이 다시 아침 식사 테이블로 되돌아왔을 때, 나는 "잔혹행위를 무시하고 싶은 유혹을 받은 적이 있나요?"라고, 그녀에게 물었다.

"아니오." 그러면서 그녀는 이렇게 말했다. "나는 질리지 않아요. 나는 이라크 전쟁에 대한 모든 다큐멘터리를 보았어요. 푹 빠져 있죠. 내가 어릴 때 제2차 세계대전이 일어났어요. 나는 그때 당시의 공습을 기억하고 있고, 냉전과 한국 전쟁도 기억하고 있죠. 베트남 전쟁은 나에게 매우 충격적이었어요 — 우리 미군이 수천 명을 학살했어요. 내가 모든 전쟁에 대해 반대하기로 결심한 이유는 대답을 해야 하기 때문이에요. 즉 대부분의 독일인들은 히틀러에게 무슨 일이 있었는지 몰랐다고 하면서 잔혹행위를 무시하는 말만 할 뿐이에요. 그렇지만 만약에 내 손자들이 '할머니는 그것에 대해 무엇을 했나요?'라고 나에게 묻는다면, 나는 대답을 해야 해요."

나는 고개를 끄덕였다

그녀는 "만약 독일 사람들이 히틀러를 반대했다면, 그들은 총에 맞았을지도 모르죠. 하지만 나를 쏠 사람은 아무도 없었을 거예요"라고 덧붙였다.

샬롯은 자칭 무신론자 유대인이다. 그녀가 무신론자가 된 것은 전쟁 직후였는데, 유대인 강제수용소에서 어떤 일이 있었는지 알게 되었기 때문이다. “나는 ‘유대인은 선택받은 민족’이라는 신화 속에서 자랐고, 그냥 그런 줄로만 알았어요”라면서, “결코 흔들린 적은 없지만, 그렇다고 그런 말을 자주 입 밖으로 꺼내지는 않았어요”라고, 그녀가 나에게 말했다.

그러나 지난 3~4년 동안 공화당이 ‘기독교화’된 것에 대해 분노가 솟구쳐 ‘급진적 무신론자’가 되었다는 것이다. 샬롯은 어떤 사람과도 그런 이야기를 하는 것을 좋아한다.

내가 샬롯에게 흥미를 느끼는 것은, 그녀는 언제나 그렇게 사회적 문제에 대해 자신의 주장을 고집한다는 점이었다. 그러나 그것이 개인적인 문제일 때 그녀는 판단을 피한다. 나는 크루즈 여행의 마지막 날까지 「뉴욕 타임스」에 기고할 크루즈 여행 관련 기사를 쓰고 있다는 사실을 그녀에게 말하지 않았다. 그렇다 하더라도 샬롯에게는 아무런 상관도 없었고, 내가 게이일지라 하더라도 아무런 문제가 되지 않는 사람이었다. 그녀는 나에게 자신의 집에 내 남자 친구를 데려오고 싶은지를 물었다. 그녀는 아침 식사 시간 동안 라디오를 꺼 달라는 나의 요청에도, 그리고 그녀가 특정한 하나의 미디어만을 듣는 것은 지나친 위험이 있을 수 있다는 나의 잇따른 암시에도 평정심을 잃지 않았다. 그리고 나는 지금 그녀와 인터뷰를 하는 특권적 위치를 부여받았다. 그러나 크루즈 여행 때 샬롯이 정치적 용어와 이론 들을 무수히 쏟아 냈다는 것은 크루즈를 함께 탄 사람들이 이구동성으로 하는 말이었다.

나는 그녀가 어떻게 훌륭한 치료 전문가가 되었는지를 알 수 있었다.

사실 우리가 함께한 둘째 날 밤에는 아주 맛있는 미얀마 음식을 파는, '버마 슈퍼스타Burma Superstar'라고 불리는 식당에서 식사를 했다.

"어머니가 새아버지와 이혼을 할 것 같아요."

대화 중 무심결에 그 이야기를 털어놓았다.

그러자 샬롯은 나에게 "어머니의 이혼이 당신에게 어떤 영향을 미쳤나요?"라고 물었다.

"첫 번째 이혼을 이해하기에는 너무 어린 나이 — 여섯 살이나 일곱 살 — 였죠. 그렇지만 이번의 두 번째 이혼은 정말로 속이 많이 상하네요."

나는 샬롯과 눈을 마주치지 않기 위해 애쓰면서 테이블을 내려다보았다. 갑자기 이런 술수를 들키기라도 할까 봐, 그것을 피해 가려고 나는 오히려 더 많은 말을 했다. "살면서 한 번도 강한 아버지의 모습을 본 적이 없고……. 그래서 그것이 권위적인 남성상을 꺼리는 이유이기도 하죠. 나는 부드러운 여자를 좋아해요."

샬롯이 미소를 지었다.

나는 그녀의 결혼에 대해 물었다. 샬롯은 자녀들이 각각 다섯 살과

열세 살이었을 때 남편이 떠났고, 양육비 지원을 받지 못해 "정말로 열심히 일해야만 했죠"라고 말했다.

"그럼 다시 결혼하는 것에 대해 경계심이 있었나요?"

"그랬죠, 그래서 나는 11년 동안 결혼을 하지 않았어요. 패턴을 반복하지 않을까 한동안 내 자신을 경계했죠. 그때 아내로서 어땠는지 되돌아보면, 참 바보 같았다는 생각이 들어요 — 정말 순종적이었으니까요."

그러나 아무리 자기밖에 모르는 이기주의자라 하더라도 마음은 변하기 마련이다. 글로리아 스타이넘은 결코 결혼을 하거나 아이를 가지지 않겠다고 공개적으로 말했지만, 66세에 결혼을 했다.

나는 샬롯에게 현재 가능성 있는 친구들에 대해 잘 판단하고 있다고 생각하는지 물었다. 그녀는 "내가 확실히 알고 있는 것 중 한 가지는 음주 문제예요. 당신도 한눈에 누가 알코올 중독자들인지 알아볼 수 있을 거예요. 그들은 잔이 비기도 전에 잔을 채우는 사람들이에요"라고 말했다.

그녀의 결혼이 파국으로 달리던 무렵에 샬롯은 친구들과 함께 '페미니스트 의식 향상'을 위한 단체를 조직하였다.

"이 단체를 17년 동안 이끌어 왔어요"라면서, "사람들은 가끔 '당신 의식은 아직도 향상되지 않았나요?'라는 말을 농담 삼아 던지곤 하죠"라고, 그녀가 말했다.

『나이의 원천The Fountain of Age』에서, 베티 프리단Betty Friedan(미국의 페미니시트 겸 사회심리학자)은 페미니즘의 최고 원동력 중 하나는 여성의 기대 수명이 증가하였기 때문이라고 주장하였다. "여성 운동이 힘을 얻게 된 것은 인간의 수명이 증가한 것에서 기인한다. 세기의 전환기에는 여성의 기대 수명이 46세에 불과했지만, 지금은 거의 80세에 이르고 있다."

샬롯은 8년 동안 사귀었던 '남성 학대자들을 위한 그룹'의 리더인 한 남성으로부터 페미니스트 활동에 대한 자극을 받았다고 했다. "그는 내게서 세 명의 전 남편들에 대해 이야기를 듣자마자, 모든 남자들은 어려서부터 자신들이 '여성보다 더 우월하다, 그리고 여성으로부터 대접을 받을 자격이 있다'는 괴변을 믿으면서 성장한다고 말하더군요. 그것은 나에게 실로 엄청난 충격이었어요. 그것이 세 번의 이혼을 초래한 원인이기도 했고요. 그때까지 그런 식으로 나에게 말해 준 사람이 아무도 없었거든요."

샬롯은 자신의 이전 직업에 대해 학대자들이 분노 대신 다른 '메커니즘'을 찾을 수 있도록 도움을 주는 것이었다고 설명했다. "폭력은 여성이 남성의 우월성을 인정하지 않거나 또는 남성이 우월하다고 생각하고 있는데, 그만한 대접을 받지 못했을 때 발생해요. 그 남성은 자신의 우월적인 감정을 되살리기 위해서 주먹을 휘두르게 되죠"라고, 그녀가 말했다.

"그것이 이혼으로 연결된다는 건가요?"

"나는 항상 세 남자의 개인적인 성격을 기반으로 내 결혼을 분석해왔어요. 그러나 내가 지금 알고 있는 하나의 공통점은, 세 명의 남편 모두 내 의견이 자신들의 의견과 다를 때는 받아들이지 않았다는 것이에요. 그것을 통해 그들과 의견이 다른 것은 자신들의 남성다움에 대한 공격으로 받아들였다는 사실을 알게 된 거죠."

"그런 사실을 알게 된 것이 당신의 페미니스트 동료들한테서가 아니라 한 남자한테서 나왔다는 것이 흥미롭네요"라고, 내가 말했다.

"세 번째 이혼 후, 나는 많은 커플들에게 결혼의 성공 비결에 대해 물었어요. 나는 시에라클럽(Sierra Club, 환경운동단체)에서 주최한 코스타리카 여행 중에 거의 모든 커플들에게 같은 질문을 했죠. 누군가가 그 비결은 '상대방을 변화시키려는 생각을 하지 마라. 그를 받아들여라'라고 말하더군요."

저녁 식사 후, 우리는 헌책방 거리를 향해 가로질러 걸었다. 우리는 가게 입구 가까이에 놓여 있는 탁자 위에서 샬롯의 책 중 하나 — 『페미니스트 정신분석적 심리치료의 기법The Technique of Feminist Psychoanalytic Psychotherapy』 — 을 발견하고는 흥분했다. 책 표지에는 샬롯이 다소 시무룩한 표정을 한 흑백 사진과 함께 그녀의 이름, '샬롯 크라우스 프로잔Charlotte Krause Prozan이 크게 써져 있었다. '프로잔Prozan'은 아가씨 때 그녀 어머니의 성姓이라고 했다.

"이혼 후, 나는 내 이름 그대로 살아가고 싶었어요"라고, 샬롯이 말했다. 그러면서 "페미니스트 활동을 하는 친구들 중 몇몇은 '프로잔' 이란 이름을 그대로 그냥 사용하는 것도 어쩌면 여전히 남자의 성을 따르는 것이 아니냐고 말하더군요"라고 덧붙였다.

"그래서 그들은 당신 이름을 샬롯 라비아Charlotte Labia라고 부르기를 원했나요?" 나는 지레짐작으로 물었다.

"아니오"라면서, "그들은 내가 내 어머니의 이름을 가져와 '에스s'와 '차일드child'를 덧붙여야 한다고 말했어요"라며, 그녀가 웃으며 말했다.

"어머니의 이름이 뭔데요?"

"밀드레드Mildred."

샬롯 밀드레즈차일드(Charlotte Mildredschild, '샬롯 밀드레드의 아이'라는 뜻).

나는 "그럴 듯하네요"라고 말했다.

30분 후, 우리는 불이 환하게 켜져 있는 유대인 커뮤니티 센터에 도착했다. 샬롯이 모로코-이스라엘 친선 음악 콘서트 티켓을 샀다. 공연이 끝난 후에 로비로 나왔더니, 그곳에 사과와 페이스트리가 담겨 있는 접시들이 쌓여 있었다. 청중들은 걸신들린 듯 그걸 먹어 치우고 있었다.

샬롯이 이스라엘 부영사를 가리키며 나에게 말했다. "한번은 강연에서 이스라엘 총영사와 설전을 벌인 적이 있어요. 그때가 레바논 전쟁 중이었는데, 나는 산탄식 폭탄을 떨어뜨린 이스라엘에 대해 분노를 하고 있었죠. 질의응답 시간에 이 점을 영사에게 제기했어요. 그러면서 나는 '당신들은 사람들을 살해하고 있다'고 말했죠. 강연이 끝난 후 좀 더 이야기하기 위해 그에게 갔더니, 그가 '나는 당신과 이야기하고 싶지 않다. 당신은 우리가 사람들을 살해하고 있다고 말하지 않았느냐?'라고 말하더군요. 그러면서 발끈 성을 내며, '나는 우리를 학살

자라고 말하는 사람들과는 이야기하지 않는다'라고 말하고는 가 버리더라고요."

샬롯이 눈을 하늘로 향해 치켜세우면서 "그 사람은 어떤 종류의 외교관일까요?"라고 나에게 물었다.

우리가 함께한 마지막 날에 로버트 포드햄과의 인터뷰가 잡혀 있었는데 조금 긴장이 되었다. 내가 샬롯을 찾아갔을 때, 자신과 로버트와의 관계가 썩 좋지는 않다는 것을 시사하는 에피소드 몇 가지를 말해 주었기 때문이다. 언젠가 샬롯이 수업을 하겠다고 관심을 표명했지만 거절당했던 일과 샬롯이 학교 정문에 종교적 상징 — 교사 중 한 사람이 기증한 메이즈자mezuzah(성경 신명기의 몇 절을 기록한 양피지 조각) — 를 걸어 두는 것에 반대했던 일 등이 그것이었다. 나는 로버트에게 샬롯에 대해 물어보고 싶었으나, 어색해질지 모른다는 생각이 들었다. 샬롯과 함께 참석한 학교 로비에서 진행된 모임이 끝났을 때 이러한 의혹이 더욱 짙어졌다. 그러나 로버트 — 큰 키에 몸집도 큰 그였지만, 강아지를 산책시키는 다정한 남자 — 와 샬롯 둘 다 품위 있게 행동했다.

나는 노인들이 교육을 갈망하는 이유에 대해 로버트에게 물었다. 그는 "모두가 그렇지는 않습니다. 그렇지만 그들은 교육의 가치를 알고 있어요. 그런 교훈을 일찍 터득한 것입니다"라고 대답했다. 나는 남성 노인들보다 여성 노인들의 참여가 더 많은 이유를 물었고, 그는 남성 노인들은 집단에 잘 속하고 싶어 하지 않는다고 대답했다.

이어 내가 로버트에게 샬롯에 대해 묻자, 그는 솔직하게 말했다. "샬롯은 여기에서 가장 역동적인 노인들 중 한 명입니다. 그녀는 소매와 가슴에 자신의 세계를 표시하는 옷을 입고 나타납니다. 그리고 그녀는 열정이 대단합니다. 사람들이 가끔 수다쟁이라고 비난하기도 하지만 열정적인 사람들은 공개적으로 말해야 합니다. 그녀의 단점이라고 하면 너무 비판적이라고 할까요. 하지만 이런 단점을 극복하기 위해 그녀는 자신만의 길을 찾고 있습니다. 우리는 가끔 동의하지 않지만 말이죠."

인터뷰 후, 곧바로 나는 샬롯과 함께 전날 점심을 먹었던 학교 근처 중동 음식점으로 갔다. 우리는 거리 쪽 커다란 창 가까이에 있는 테이블에 앉았다. 잠시 로버트와의 만남에 대해서 이야기한 후, 나는 샬롯에게 첫째 날 밤 그녀를 만났을 때부터 하고 싶었던 질문 하나를 던졌다. "아주 솔직하게 말하는 것 때문에 어떤 대가를 치르고 있다고 생각하세요?"

"글쎄요, 나는 반유대주의자라는 말을 많이 들었어요"라며, 그녀는 시금치 파이 한 조각을 입속으로 집어넣으며 말했다. "그러나 그것은 지불할 만한 그만한 가치가 있어요"라고 말한 후, 잠시 침묵하다가 "물론 나를 선동가라고 생각하는 사람들도 있죠. 로버트처럼"이라고 덧붙였다.

그녀가 자신에 대해 제대로 알고 있다는 사실에 존경심이 불러일으켜졌다. 대부분의 대중 선동가들은 자신에 대한 의견들에 대해 왜곡하는 경향이 있다.

음식을 먹으며 거리낌 없이 말하는 중에, 실비아 마일즈가 존 사이먼의 머리 위로 음식 접시를 날려 버렸다는 이야기를 했다.

"잘 했네요!"라며, 샬롯이 감동하듯 말했다. 그러면서 "어떤 사람들은 '빌어먹을'이라고 말하죠. 그러나 나는 그 접시의 뜻을 알 것 같아요……"라고 덧붙였다.

나는 조심스럽게 식탁의 접시들을 꽉 잡고 있었다.

가끔 샬롯과 전화로 이야기할 때면, 그녀의 목소리가 건강 전문가들이 말하는 잘 다듬어진 어조를 띠고 있을 때가 많다는 생각이 들었

다. 그때마다 나는 환자들과 감정에 대해서 이야기하면서 수많은 시간을 보내는 정신과 의사와 이야기하고 있다는 생각이 들곤 했다. 그리고 "오케~이, 오늘은 시간이 다 되었네요"라는 그녀의 말을 들으면서 끝을 맺는 것도 그런 것 같았다.

때때로 우리는 사랑에 대해서 이야기를 하였다. 결혼생활이나 관계 실패의 원인이 무엇이라 생각하는지 샬롯에게 물어본 적이 있었는데, 그녀는 사람들이 스스로 자신의 욕구를 표현하는 능력의 부족함을 지적했다. "그것을 둘러싼 두려움이 많이 있어요"라면서, "다른 사람이 자신을 흉볼 것이라는 공포, 그거야말로 지옥이 따로 없죠. 그래서 대부분의 사람들은 감정적으로 용기를 내지 못해요. 하지만 그것은 출렁이는 물 위에 떠 있는 보트를 타고서 흔들림 없이 그저 안전하게만 놀려고 하는 심리와 마찬가지예요"라고, 그녀가 말했다.

"당신은 나이가 들수록 이러한 욕구가 무엇인지 더 잘 알게 된다고 생각하나요?"

"확실해요. 그러나 만약 당신이 스스로의 욕구를 이해하더라도 그것을 표현하기를 두려워한다면, 그게 정말로 무슨 소용이 있을까요?"

"결혼생활과 정당을 지속시키는 문제는 어떤가요? 거기에는 어떤 공통점이 있을까요?"

"그것은 옳고 그름을 떠나 차이에 대해 인정하는 것이 중요해요. 얼마 동안 한 부부를 지켜본 적이 있었는데, 그들은 그런대로 잘 지내는 거 같았어요. 성적으로 맞지 않는 것을 빼면요. 남편은 매일 밤 섹스를 원했지만, 아내는 일주일에 한두 번 정도 하기만을 원했던 거죠. 그로 인해 그들은 '남편에게 뭔가 문제가 있다' '아내에게 뭔가 문제가 있다'라며 서로를 탓하기에 바빴어요. 그러나 그것은 결코 누구의 잘못도 아니에요. 그저 절충하면 되고, 둘 사이의 접점을 찾으면 해결되는 문제인 거죠."

그녀가 잠시 침묵한 다음 "우리가 크루즈에서 보았던 랠프 네이더와 로버트 쉬어의 논쟁이 불현듯 생각나네요"라고 덧붙여 말했다.

2000년 선거에서 앨 고어의 패배를 두고 정치가인 랠프 네이더와 기자인 로버트 쉬어 사이에 불같은 논쟁이 펼쳐졌을 때, 쉬어가 그 원인을 네이더의 탓으로 돌리며 비난을 했다. 쉬어가 "당신은 제3의 대안에 대해 생각해 보려는 노력을 전혀 하지 않았다"라고 말하자, 네이더는 제3의 대안을 갖는 것의 중요성을 인정하면서도, "민주당이 보편적 메디케어(Medicare, 미국에서 65세 이상 된 사람에 대한 노인 의료보험 제도)와 생활 임금 같은 더욱더 진보적인 정책을 채택했더라면, 고어가 선거에서 승리했을 것이다"라고 반박했다.

샬롯은 그때 논쟁을 지켜보면서 마음이 탁구공처럼 왔다 갔다 했다고 털어놓았다. 그녀는 두 사람 중에 누가 옳고 그른지 결정할 수 없었다고 한다. 그녀는 "원칙을 기반으로 한다면 네이더가 옳고, 실용주의를 기반으로 한다면 쉬어가 옳아요. '정치는 가능성의 예술이다'라는 표현이 있어요. 아마도 결혼생활 또한 마찬가지가 아닐까요. 사람들은 결코 자신이 원하는 모든 것을 얻을 수는 없죠. 아무리 욕구가 있더라도 모든 싱글들을 다 차지할 수는 없는 법이니까요."

09

그가 쓰레기통을 뒤지는 이유

유진 로Eugene Loh는 중국계 미국인으로, 전직 항공 우주 엔지니어이다. 부유함에도 불구하고 쓰레기통을 뒤져 생활용품을 마련하고, 교통비를 아끼기 위해 딸에게 히치하이킹을 강요하는 괴짜 노인이다.

나이가 들면 부모들이 변하듯이 우리 역시 바뀔 필요가 있다.

내 친구 산드라 칭 로Sandra Tsing Loh는 작가이자 연기자이며, NPR 해설자이기도 한데, 그녀는 자신의 아버지에 관한 글을 가끔씩 써 왔다. 열두 살에 고아가 된, 그녀의 아버지 유진 로는 대학원

공부를 하기 위해 중국 상하이에서 미국으로 건너왔다. 그는 캘리포니아공과대학, 퍼듀대학, 스탠포드대학을 포함하여 5개 대학의 과학 박사 학위를 가지고 있는 87세의 은퇴한 항공 우주 엔지니어이다.

수년에 걸쳐, 산드라는 자신의 아버지와 관련한 많은 것들을 모아 연대기를 썼다. 주로 묘한 매력이 있는 그의 개인적인 습관들에 관한 것이다. 유진은 매우, 매우 절약하는 사람이다. 스웨터의 팔꿈치가 닳게 되면, 그는 간단히 스웨터를 뒤집어서 다시 입는다. 또한 자동차를 가지고 있지만 그의 기본적인 교통수단은 히치하이킹을 하는 것이다. 그는 가지고 가야 할 중요한 문서는 골든 플랙스Golden Flax사의 시리얼 상자에 집어넣어 그것을 비닐 쇼핑백에 담은 다음 어깨에 메고 간다. 그와 그의 네 번째 아내 — 앨리스라는 작은 체구의 만주족 사람 — 는 쓰레기통에서 발견한 음식으로 다이어트에 성공했다.

어느 날 나는 산드라에게 아버지와 인터뷰를 할 수 있는지 수줍게 물어보았다. 산드라는 "아빠 집에 있는 자동 응답기와 협상하는 일도 신나는 여행이 될 거야"라는 메시지를 보내며 유쾌하게 동의했다.

로 부부는 말리부Malibu 해변에서 한 블록 떨어진, 방이 세 개가 있는 목장 주택에서 살고 있다. 거기에서 북쪽으로 약 5킬로미터 떨어진 곳에는 부유층들이 살고 있다.

로가 1962년에 4만 7,000달러를 주고 구입한 그 집은 뒤쪽이 약간 낡아 보였다. 2개의 침실 창문에는 홀치기염색을 한 벽걸이 융단이 펄럭거리고, 그 창문을 통해 4명의 거주자들 — 그중 2명은 그 지역 스타벅스에서 일하는 바리스타 — 이 들락날락하는 것을 볼 수 있었다.

"내 집에 오신 것을 열렬히 환영합니다!" 로는 진입로에서 나를 반갑게 맞아 주었다. 눈에 띄게 잘 생긴 로는 듬성듬성 나 있는 반 백발의 꺼칠꺼칠한 머리와 구부정한 어깨를 지녔지만, 에너지가 넘쳐 보였다. 일단 해변에서 매일 운동을 한다는 그를 따라다녀도 되는지를 물었다. 로는 여든일곱 살의 나이에도 불구하고 좋은 몸을 가지고 있었으며, 매일 해변에서 고난도의 스트레칭을 하며 공중제비를 돈다고 했다.

로는 나를 주방으로 안내했는데, 테이블 위에 큰 덩어리의 새까만 바나나 세 묶음이 놓여 있었다. 그가 나에게 "바나나 좋아해요?"라고 물었다.

"한꺼번에 많이 사시나 보네요!"라고, 여전히 정신을 차리지 못한 내가 말했다.

"우리가 산 게 아니에요"라면서, "그것들은 식료품 가게 뒤에 있는 쓰레기통에서 가져온 것이에요"라고, 그가 설명했다.

"아, 그렇군요." 어떻게든 이 인터뷰를 진행하기 위해서는 마음을 빠르게 진정시켜야만 했다 — 해변으로 가려면 바지 속에 수영복을 입고 가야 할까 아니면 수영복을 가지고 가야 할까? — 나는 쓰레기통을 뒤져서 가져왔다는 것을 잊어버렸다.

"물론, 바나나를 좋아합니다"라고, 내가 대꾸했다.

"잠깐만요." 로는 그나마 덜 까만 바나나 — 쓰레기통에서 비교적 최근에 꺼내 온 것 — 를 들고서는 옆에 있던 앨리스에게 중국어로 뭔가를 말했다.

로는 나에게 작은 반점들이 있는 보물을 건네주면서 말했다. "당신은 특별한 손님이니까."

로를 따라 뒤뜰로 갔다. 그가 빨랫줄에 걸려 있던 파란색과 검은 표

범의 반점이 있는 작은 수영복을 걷어 냈다.

"박사님 나이에 맞는 점잖은 사람이 입기에는 아찔한 수영복 같군요"라고, 내가 말했다.

"저 아래에 설치되어 있는 남자 화장실에서 가져왔어요. 누군가가 놓고 갔더군요."

우리는 해변에 있는 클럽까지 걸어가기로 했다. 로와 그의 아내가 살고 있는 곳은 말리부 웨스트라고 불리는 계획도시이다. 말리부 웨스트 주민들은 1년에 약 1,600달러를 내면 해변에 있는, 유리와 벽돌로 만든 클럽 내 샤워실과 주차장을 이용할 수 있다.

로는 가능한 한 도로 가까이 걸어가기를 좋아했다. 그는 엄지발가락에 생긴 건막류에 시달리고 있어, 발을 질질 끌며 걸었다. 그는 나에게 "나이가 들면, 걷는 게 아니고 질질 끌게 되죠"라고 말했다.

"로 박사님, 여긴 도로가라 약간 어깨를 부축해 드리고 싶은데요"라고, 내가 얼마쯤 가다가 말했다.

"좋아요"라며, 그는 정도를 잃지 않으면서 그렇게 하도록 허락했다.

로는 사회적 지위가 있었다. 걷는 도중에 자신을 알아보는 다양한 사람들에게 손을 흔들어 보이기도 하고, '이봐요'라며 말을 걸기도 했다. 한번은 큰 소리로 "안녕하십니까?Wie geht's?" 하고 독일인 친구에게 인사를 건넸고, 그에게 웃음을 지어 보이는 보행자에게는 "인샬라Inshallah"라고 말을 건네기도 했다. 로는 이집트 카이로에 있는 아메리칸대학에서 3년 동안 교수로 있었고, 전 세계를 여행하였으며, 수많은 나라에서 살았다.

산책을 하면서, 나는 그에게 딸인 산드라가 쓴 작품에 대해 어떻게 생각하는지를 물었다. 그는 "행복해요. 어떤 사람들은 그 애가 나를 놀린다고 말하지만, 그 애가 나를 놀리지 않았다면 아무도 나를 놀리지 못했을 거예요"라고 말했다.

사실 지난 몇 년간, 유진 로는 산드라를 비롯한 자신의 자녀들에게 많은 삶의 시련을 안겨 주었다. 산드라가 중학교에 다닐 때였다. 그는 돈을 아끼기 위해 산드라를 치과에 데려다 주러 갈 때마다, 그녀에게 히치하이킹을 강요하였다. 산드라가 히치하이킹을 하면 더 쉽게 얻어 탈 수 있다며, 로는 관목 뒤에 숨어 있었다. 결국 10대 딸은 불안에 떨며 차를 세우기 위해 혼자 도로에 나와 있어야만 했다.

로는 분명히 히치하이킹으로 교통비를 아끼는 것을 즐긴다. 그러나 그 이유 때문만은 아니다. "사람들이 태워 주지 않을 때는 겸손과 초라함을 느껴요. 그러다가 사람들이 태워 주게 되면, 그 흥분은 이루 말할 수 없죠. 그래서 그 짧은 시간 동안에 감정의 좋은 변화를 겪게 되는 것이 마치 작은 역사와 같다오."

로와 나는 해변 클럽의 쇠문을 열고 들어갔다. 우리는 40대의 스웨

덴인 클럽 매니저 앤을 만났다. 앤이 문을 통해 들어왔는지를 물었고, 나는 그렇다고 했다. 그녀는 자신의 얼굴에 약간의 동요가 이는 것을 애써 숨기면서, "로는 담을 기어오르는 습관이 있어요. 그가 우편함에 기어오른 적이 있었는데, 나는 총소리로 그를 위협해야 했지요. 나는 그가 우편함 위에 오르는 것을 원하지 않았거든요."

나는 우리가 우편함 위로 오르지 않았다고 그녀를 안심시켰다.

로와 나는 사람들이 없는 건물 지하의 탈의실로 갔다. 로가 "검소한 중국 사람들은 전등불을 아낀답니다"라고 말하면서 5개의 전등을 연속해서 껐다.

우리는 어둑어둑한 곳에서 재빨리 수영복으로 갈아입었다. 알몸으로 수영하기를 더 좋아하는 로에게 수영복은 클럽에서 쫓겨나는 것을 모면하기 위한 장식용일 뿐이었다. 주요 부위만 겨우 가린 그의 수영복은 넥타이처럼 보였고, 궁둥이 골이 몇 센티미터나 드러나 보였다. 그는 지난 10년간 요가와 현대 무용을 배웠다고 말하면서, 해변에서 30분 동안이나 운동을 한 후에도 스트레칭을 계속했다. 우리는 차가운 얼음 물속으로 뛰어들었다.

"우리 같이 나이 든 사람에게는 차가운 물이 정신을 번쩍 들게 한다오!" 우리가 탈의실로 되돌아왔을 때, 그가 말했다.

"젊은 사람도 마찬가지예요"라고, 내가 말했다.

잠시 사색적인 분위기가 탈의실 안에 있는 우리를 스쳐 지나갔다. 로는 나의 지혜에 관한 프로젝트에 대해 물었고, 그것에 대해 내가 설명했다. 그리고 나는 나의 어머니와 의붓아버지의 결혼이 파경을 맞이했다고 말했다. 그러면서 "이혼은 인생에서 섬뜩한 일임에 틀림없는 것 같아요"라고 덧붙였다.

로는 "앨리스는 지금 나를 잘 돌봐 주는 편이죠"라고 말했다.

지금 그의 아내는 네 번째 아내이다. 나는 로가 사랑에 대해 많은 경험을 가지고 있다고 생각했다. 그래서 그런 경험이 결과적으로 자신의 짝을 고르는 데 있어 더 나은 판단을 할 수 있도록 작용했는지를 물었다. 하지만 그는 "그런 경험은 별 필요가 없어요"라고 말했다.

이어 나는 그에게 사랑에 대해서 터득한 게 무엇인지를 물었다.

"사랑에 대한 생각은 나이에 따라 달라질 수 있어요. 젊은 사람들은 사랑에 대해 대부분 로미오와 줄리엣 같은 로맨스를 떠올리죠. 중년의 사랑은 대부분 섹스이고, 나이 든 노년의 사랑은 서로에 대한 배려예요."

로는 벽 옆에 있던 이동식 탁자를 가져와 자신의 젖은 수영복을 그 위에 벗어 놓고는 뜨거운 바람이 나오는 디스펜서를 향해 발을 질질 끌면서 갔다. 그가 "당신 어머니는 걱정하지 마세요. 그녀는 자신이 원하기만 한다면 다른 누군가를 만날 수 있어요. 나이가 들면, 원하는 것은 친구랍니다"라고 말했다.

그가 디스펜서의 버튼을 누르고는 돌아서서 따뜻한 바람으로 자신의 벌거벗은 몸을 쬐었다. 그러면서 "따뜻한 공기를 쬐니까 좋네!"라고 말했다.

산드라와 그녀의 두 형제자매를 낳은 어머니는 독일인이었고, 그녀는 로가 60세 때 알츠하이머병으로 세상을 떠났다. 10년 후, 로는 새로운 아내를 찾기로 결심했다. 특히 중국인 아내를 찾기로 했다.

"굳이 일흔 살에 재혼을 하기로 결심한 이유는 무엇입니까?"라고, 그에게 물었다.

"당신도 젊었을 때에는 아마도 강한 성적 충동이 있었을 거예요. 나는 외향적이에요. 그래서 그것은 매우 자연스러운 일이죠. 잉마르 베르만Ingmar Berman(스웨덴의 영화감독)은 여러 번 결혼을 했고, 도리스 레싱Doris Lessing(영국의 소설가)도 두 번이나 결혼을 했어요. 물론 나를 이 유명한 사람들과는 비교할 수 없겠죠. 그렇지만 그들과 나는 공통적으로 외향적인 거죠."

"그런데 왜 특별히 중국인 아내를 원하셨나요?"라고, 내가 물었다.

"그것은 음악과 같아요. 이 말은 어떤 아마추어 오페라 가수가 했던 말이에요"라고, 그가 대답했다. 그러면서 로는 "독일인 아내는 G키였어요. 독일German의 G. 중국인Chinese 여자는 C키인 셈이죠. 나는 C키인 중국인 여자와 결혼하고 싶어, 중국을 무려 아홉 차례나 갔어요. 대부분의 시간이 여자를 찾기 위함이었죠"라는 말을 덧붙였다.

만약 로의 히치하이킹과 구두쇠 같은 기이한 삶의 방식들이 한창 성장하고 있는 시기의 — 산드라의 동생은 8년 동안 아버지와 인연을 끊고 살았다 — 아이들에게 힘든 트라우마로 작용했다면, 새로운 아내를 찾는 일은 거의 불가능했을 것이다. 산드라는 자신의 코믹 모놀로그인 「에일리언즈 인 아메리카Aliens in America」를 통해 새로운 짝을 찾아다니던 아버지의 삶의 과정을 이야기하였다.

그녀는 작품에서 아버지를 '늙은 드래곤의 수염'이라든가 '약삭빠른 고위 관료'라고 언급했다. 그리고 그때의 아버지는 나이가 들수록 '누군가를 위한 정원사'처럼 보이기 시작했다고 말했다. 이 작품은 분노에서 완전히 벗어난 상태에서 쓴 산드라 최고의 작품이자, 그녀의 경력을 쌓게 하는 시작점이었다. 이 작품은 「더 아메리칸 라이프The

American Life」를 통해 방송되었고, '내 아버지의 중국인 아내들'이라는 표제로 푸시카트 프라이즈Pushcart Prize를 수상하였다.

다큐멘터리 도입 부분에서 산드라의 여동생은 아버지가 왜 중국인 아내를 찾는지에 대해 내레이션한다.

> 당신은 아시아 이민자로 미국행 배에 몸을 실어 이곳 공산주의 정부의 억압된 삶으로부터 도망쳤다. 그는 공중위생 관념도 없었고, 시간당 10센트를 받으며 자전거 공장에서 일하면서 매 시간 상습적으로 매를 맞았으며……, 내 아버지는 같은 동포 중 한 사람이라도 자신이 겪었던 삶을 살게 하고 싶어 하지 않았다.

로의 첫 번째 중국인 아내와의 결혼은 특히 험난했다. 그는 아내를 찾고 있다는 편지를 상하이에 있는 자신의 가족에게 보냈고, 일곱 차례의 답장을 받았다("나는 현실을 직시해야 한다" "내 아버지가, 글쎄, 뜨겁다"라는 산드라의 떨리는 목소리에서 아내가 될 그녀의 이력과 얼굴을 떠올리게 했다).

47세의 리우춘Liu Tzun이 로스앤젤레스로 날아왔고, 일주일 후 그녀는 로와 결혼을 했다. 산드라는 "로스앤젤레스가 할리우드 근처에 있다는 사실이 그녀에게는 매력적으로 다가왔다"는 말을 통해 리우춘의 결혼 목적을 우리에게 알려 주었다. 리우춘은 연예계에 꿈이 있고, 그녀가 중국어로 노래를 잘 부른다는 것도 알게 되었다. 대신에 영어는 하지 못했다. 「에일리언즈 인 아메리카」에서, 로는 산드라에게 "너는 연예인 친구들이 많이 있잖아"라고 말한다. 하지만 산드라는 "내가 알고 있는 대부분의 사람들은 「이 사람을 지명 수배합니다America's Most Wanted」라는 프로그램을 좋아한다는 사실 외에는 그 어떤 것에도 아무런 관심이 없어요"라고 대꾸하였다.

둘이 결혼 생활을 시작한 지 5주가 접어들었다. 하지만 오스카 조각상과 딜 메모deal memos(출연 계약서) 보기를 기대하고 왔던 리우춘이 본 것이라고는 뒤집어진 스웨터와 시리얼 박스뿐이었다. 결국 그녀는 부엌 식탁에 '로 박사님, 나는 당신 곁을 떠나요. 도요타를 타고……. 그러니 포기하세요!'라는 메모만을 남겨 둔 채 떠나 버렸다. 그 이후 이혼과 관련해 많은 소송들이 뒤따랐다.

두 번째 중국인 아내는 광저우에서 온 30세의 저우핑Zhou Ping이었다. 그녀는 스물다섯 살까지 만주에 있는 탄광에서 일했는데, 그녀와는 좀 더 잘 맞았다. 심지어는 이 결혼 덕분에 산드라의 동생을 다시 가족의 품으로 데려올 수가 있었다. 그러나 거리는 좀처럼 줄어들지 않았다.

세 번째로 우리에게 데려온 아내는 일과 애정에 대해 정력이 넘치고 포기를 모르는 사랑스러운 앨리스였다.

해변에서 돌아오는 길에, 로가 해변 클럽과 자신의 집 사이에 있는 스타벅스를 잠깐 들르자고 했다. 스타벅스 앞에 도착하자, 일단 로는 매장 앞의 시멘트로 만든 테라스 쪽 쓰레기통으로 걸어가서는 그 안에 있는 내용물을 추려 내기 시작했다. 그는 커피 종이컵의 뚜껑을 열었다가 그것이 빈 것을 확인하고는 다시 쓰레기통 속으로 던져 버렸다.

두 번째 종이컵에는 20밀리리터 정도의 커피 우유가 담겨 있었고, 담배 한 개비가 들어 있었다. 로는 담배를 걷어 내고 커피를 마셨다. 두 번째 쓰레기통으로 이동한 그는 7~8센티미터 정도의 굵은 밑동 부분이 남은 바게트를 발견하고는 한 입 베어 물더니 "쾌쾌한 냄새가 나는 걸 보니 썩었네" 하면서 다시 쓰레기통으로 던져 버렸다. 그러나 이 두 번째 쓰레기통에서 40밀리리터 정도의 핫 초콜릿이 담겨 있는 몇 개의 컵들을 발견하고는 그것들을 섞어 마셨다. 로는 다 먹지 않은 사과 조각들과 「뉴욕 타임스」가 들어 있는 매장 안의 쓰레기통을 발견하고는 안으로 들어갔다. 이 둘은 나중에 먹고, 보기 위해 자신의 가방에 집어넣었다.

나는 이 과정을 처음에는 매혹적으로 바라보았다. 그다음에는 약간

쑥스러웠고(테라스에는 대여섯 사람이 앉아 있었다), 또 그다음에는 약간의 짜증이 났으며, 마지막에는 무심한 태도로 지켜보았다. 마치 일곱 색깔 무지개와 같은 감정이었다. 먹다 남은 음식에 대한 엘리자베스 퀴블러 로스Elisabeth Kubler-Ross의 인생 수업이랄까. 내가 그의 10대나 혹은 대학생 아들이었다면, 그런 모습을 봤을 때 어떤 느낌이 들지 상상해 보았다. 아마도 나는 창피해서 다 뒤집어 놓았을 것이다.

우리는 언덕으로 걸어 올라갔다. 나는 로에게 쓰레기통에서 나온 음식을 먹는 것이 그 맛을 좋아하기 때문인지, 재활용이라고 믿고 있기 때문에 그렇게 하는 것인지를 물었다. 그는 둘 다라고 말했다. 재활용이라고 생각하고 있으며, 스타벅스나 식료품 가게 뒤에서 발견한 음식들은 맛도 있다고 말했다. 그러나 대부분은 몸에 밴 절약 습관 때문에 정기적으로 쓰레기통을 뒤진다고 말했다. 그러면서 그는 "면역력도 좋아지죠"라고 덧붙였다.

그가 쓰레기통을 뒤지는 것을 본 사람들이 자신을 노숙자라고 생각해 가끔씩 돈을 주기도 한다고 말했다. 앞으로도 로는 돈을 호주머니에 집어넣을 것이고, 쓰레기통도 계속해서 뒤질 것이다.

집으로 돌아온 로는 나를 차고로 데려갔다. 선반에는 그와 앨리스가 모아 놓은 음식들이 쌓여 있었다. 얼른 보아도 대략 20개의 사과와 12개의 오렌지, 양배추 4포기, 수박 한 통 등이 있었다. 로는 3리터의 우유와 여러 개의 샌드위치 조각들 그리고 초밥 몇 개와 많은 양의 주스가 들어 있는 냉장고도 보여 주었다.

"우유라고요?" "초밥은 몇 개나 있죠?" 나는 기자 정신이 발동하여 물었다.

"치즈는 발효식품이죠"라면서, "중국에서는 콩을 발효시켜 된장을 만들어요. 와인은 포도를 발효시켜 만들고요"라고, 로가 말했다.

"네-네"하며, 내가 장단을 맞췄다.

앨리스가 부엌 식탁에서 나에게 차 한 잔을 대접했다. 내가 식탁에 있던 숟가락 위에 젖은 티백을 올려놓았는데, 그것이 식탁 위로 흘러나갔다. 로는 그것을 자신이 스타벅스에서 가져왔던 냅킨으로 재빨리 훔쳐 내면서 "이것 보세요. 노인들이 괴짜일지 모르지만, 아주 유용하게 쓴답니다"라고 말했다.

나는 차를 마셨다. 그날 오후, 햇빛이 캐러멜처럼 달콤하게 느껴졌다.

로가 나에게 "어머니께서는 왜 이혼하시려는 거죠?"라고 물었다. 나는 내 의붓아버지가 약물 남용으로 인해 문제가 있다고 설명했다. 로가 "그렇군요, 어머니께서 어찌 할 수 없겠네요. 너무 늦은 감도 있고요"라면서, 어머니를 측은히 여겼다. 잠시 침묵을 지키던 그가 "주식 시장처럼, 최소한으로 손실을 줄이는 방법을 찾을 수밖에 없겠군요"라고 덧붙였다.

나는 계속해서 차를 마셨다. 로가 "산드라가 KPCC 라디오 방송에서 주간 해설을 하는데, 들어 볼래요?"라고 물었다. 내가 그러겠다고 했다. 방송 내용은 자신의 아버지가 쓰레기통을 뒤져 발견한 음식을 먹는 것을 좋아한다는 것이었다. 로는 방송이 흘러나오는 동안 눈을 감고 있었다. 나는 그의 그런 모습이 곤욕스러워서인지 아니면 휴식이나 집중을 하고 있다는 표시인지 알 수 없었다.

"적절한 선을 점점 더 넘어섰다." 산드라의 해설이 계속되었다. "카터 대통령 시절이었는데, 나는 쓰레기통을 뒤지는 일로 소름이 돋았다." 언젠가 산드라가 아버지와 함께 차를 타고 가다가 남서부의 매운 고추인 치폴레 참치 튀김을 포장지에 담아 쑤셔 놓았던 것을 본 후로는 한동안 그 근처에 가지 않았다고 했다. 그러나 점차 그녀는 유연해졌다고 설명했다. 지금 여러분의 호밀 빵은 꽤 괜찮은 상태인가요? 배가 제일 고플 때라고요? 왜 아니겠어요?

방송이 끝나자, 로는 감았던 눈을 떴다.

"무슨 생각을 하고 있었나요?"라고, 내가 물었다.

"아무것도 아니에요. 나는 부끄럽지 않아요. 그 애도 당신처럼 내 이야기를 쓰고 있잖아요. 그 애는 감사해야 하죠. 내가 그 애에게 많은 소재를 제공하고 있으니까요. 오히려 그 애에게 소재 제공 값을 받아야 하죠."

산드라가 「에일리언즈 인 아메리카」 연극 공연을 할 당시, 그녀의 아버지는 바닥에 닿을 듯한 길이의 고관대작 같은 파란색 새틴 예복을 입고 와서는 사진 플래시를 받으며 1등석의 맨 앞줄에 앉았다. (산드라 대사 : "하나님은 어떤 관심도 나에게 맞춰지는 것을 금한다.") 공연이 끝난 후, 로가 무대 위로 올라가 산드라의 동작을 흉내 내기 시작했다. 아직 극장을 빠져 나가지 못한 관객들이 그 모습을 보고 산드라에게는 주지 않았던 기립 박수를 그에게 보냈다.

"사람들은 아버지에게 삶의 모든 의문에 대해 질문을 했다. 그리고 그를 달라이 라마처럼 대했다." 「로스앤젤레스 타임스 매거진Los Angeles Times Magazine」과의 인터뷰에서 산드라는 그렇게 말했다. "어떻게 그가 항상 이처럼 민중의 영웅으로 이해되는지 내 동생과 나에게는 정말로 수수께끼 같다. 그는 엉터리 사기꾼이다. 하지만 내가 그를 사기꾼이라고 말할수록 사람들은 더욱더 그에게 간다. 그것이 정말 화가 난다."

~~~

로와 나는 주위를 산책하면서 또 몇 시간을 보냈다. 그는 자신과 앨리스가 태양 볕으로 빨래들을 말리고, 뒤뜰에는 빗물을 모으는 7, 8개의 큰 용기를 가지고 있다는 것에 은근히 자부심을 드러냈다.

로와 대화하다 보니 반복되는 후렴구가 있었는데, 그중의 하나가 나이가 들게 되면 남자는 소변을 보는 횟수가 점점 더 증가하게 된다는 것이었다. 로는 그 이유에 대해 자세히 설명했다. 내 방문의 목적이 거의 끝나갈 무렵, 로가 나에게 "오줌, 오줌"을 눠야 한다고 말하고는 뒤뜰로 뛰어가서 시원하게 소변을 봤다. 나는 그 모습을 지켜보기 위해 그쪽으로 걸어갔다.

"물을 많이도 저장하고 있군요"라고, 나도 그럴 때가 있다는 뜻으로 말했다.

"가끔은 내가 버스를 기다리고 있을 때, 오줌이 마려워 소변을 볼 때가 있어요."

"그럴 때는 공원 한쪽이나 숲을…… 찾지 않나요?"

"아니오, 그냥 보도에."
~~~

"알겠어요. 재미있군요."

"한 번은 경찰이 나를 보더니, 딱지를 끊었어요. 그래서 판사 앞에 끌려갔는데, 판사가 나이 든 사람이었어요."

"그래서…… 무슨 일이 일어났나요? 괜찮았나요?"

"벌금을 물리지 않았어요. 판사가 공감을 한 거죠."

그날 밤, 나는 노스 할리우드North Hollywood에서 저녁 식사를 하기로 하고 산드라를 만났다. 우리는 삶과 그녀의 작품과 아버지에 대해 이야기를 나누었다. 산드라는 지난 3년간 자신의 아버지가 급격히 나이 들고 있다는 것을 알게 되었다고 말했다. 어떤 경우에는 공공장소에서 의식을 잃어 911(우리나라의 119)을 부르는 일도 있었다고 했다.

산드라는 "아버지 심장이 뛰었다 멈췄다 했죠. 심장 박동수가 46에 불과할 때도 있었어요. 아버지는 도마뱀 같은 체질을 가지고 있는 셈이죠"라고 말했다. 그러다 보니 때때로 산드라는 어딘가의 벤치에서 잠을 자거나 또는 길가를 따라 비틀거리며 걷고 있는 아버지를 본 지인들한테서 연락을 받곤 한다고 했다. 아버지는 자식들에게 짐을 지우고 싶지 않다며 의료경보장치를 달아 주려는 자식들의 간청을 뿌리쳐 왔다고도 했다.

내가 산드라를 안 지도 벌써 13년이나 됐다. 산드라를 보면 주로 여동생 같다는 생각이 들지만, 가끔은 내 멘토 같은 느낌도 들기도 한다. 왜냐하면 그녀가 나보다 작가로서 훨씬 더 앞서 나가고 있기 때문이다. 그리고 내가 만일 그런 괴상한 행동을 하는 아버지 밑에서 자랐다면 나는 결코 산드라처럼 훌륭하게 성장하지 못했을 것이라는 생각을 늘 하고 있기 때문에 산드라에게 존경심을 표하지 않을 수 없었다.

불현듯 산드라가 했던 「로스앤젤레스 타임스 매거진」과의 인터뷰가 생각났다. 산드라는 이 인터뷰에서 아버지를 향한 혼란과 분노를 현실에서 어떻게 균형 잡아 왔는지를 설명했다. "어머니가 세상을 떠난 후, 나는 이런 감정을 겪었다. '하느님 맙소사, 이제 이분이 내게 남겨진 유일한 부모라니!' 좋든 나쁘든, 내 삶의 과거로 이어지는 유일한 연결통로인 셈이었다. 당신 주변에 아무리 많은 친구들이 있다고 하더라도, 그들은 결코 가족을 대체하지 못할 것이다. 당신이 그것을 이해할 때 자신을 더욱더 잘 이해하게 된다."

그러나 산드라와 이야기할수록, 나는 더 많은 것이 있다는 것을 알게 되었다.

"나이가 들수록, 아버지에 대해 더 많은 연민을 느끼게 되는 것 같아요"라면서, "그리고 나이가 들수록, 내 안에서 아버지의 성향을 더 많이 보게 돼요. 갈수록 1달러도 점점 더 소중히 여기게 되니 말이죠"라고, 산드라가 나에게 말했다. 이제 그녀는 두 딸이 다니는 학교에서 모금 활동을 할 때에도 다른 어머니들을 더 적극적으로 붙잡을 수 있게 되었다고 했다.

나는 산드라에게 아버지의 고령으로 인한 문제는 없는지를 물었다.

그녀는 문제될 게 없다고 말했다 — "헨리, 당신이 여든 살이 넘어서도 정기적으로 집 밖으로 외출을 한다면 나는 당신을 존경할 겁니다. 내 아버지는 87세에요. 아직까지도 바다에서 수영하고 싶으시거나 혹은 산책을 하고 싶으시면, 그렇게 하시죠."

"나는 그를 우주로 내보낼 수도 있어요"라고, 그녀가 덧붙였다.

다음 날 아침, 해변에서 수영과 운동을 하는 도중에 로와 합류했다. 전날 내가 이야기했던 일들이 다시 되풀이되었다 — 그는 스웨터를 뒤집어 입고 있었고, 우리는 쓰레기통에서 주운 바나나를 먹었다. 그는 잔디밭에 오줌을 누웠고, 해변 클럽의 모든 전등을 꺼 버렸으며, 몸에 딱 달라붙는 수영복을 입었다. 그리고 로는 갈증을 쉽게 느끼는 노인이다 보니 설사 더럽다 하더라도 바닷물을 마실 수 있다고 말했다.

탈의실에 옷을 넣어 둔 후, 그는 거울 쪽으로 가서 거기에 비친 자신을 바라보았다. 그러고는 "사람들이 나를 존경하는 건 아마도 이 머리 때문인 거 같아"라고 말하면서, 자신의 길고 숱 많은 머리털을 가볍게 두드리며 물을 뿌렸다.

그가 나를 쳐다보았다. 내가 웃었다. 그러자 그 역시 웃음을 보였다.

10

낙관주의가 당신을 만든다

람 다스Ram Das의 원래 이름은 리처드 알퍼트Richard Alpert로, 하버드대학 심리학자였다. 학생들에게 LSD(환각제)를 나눠 주었다는 이유로 하버드대학 교수직에서 해고된 다음에 내면의 평화를 찾아 인도로 떠났고, 이름을 바꾼 후 수백 만 명의 영적 아이콘이 되었다.

그것은 관점의 문제이다.

1997년 2월, 65세의 람 다스는 마린 컨트리 카운티에 있는 자신의 집 침대에 누워 있었다. 그는 『여전히 여기에 : 나이 듦의 포용, 변화,

그리고 죽음Still Here : Embracing Aging, Changing and Dying』을 마무리할 방법을 구상하고 있었다.

이 책은 한때 미국에서 불교 수행을 대중화하는 데 도움을 주었고, 영어권 세계에서 『닥터 스팍의 가이드Dr. Spock's guide』와 『킹 제임스 성경King James Bible』에 이어 세 번째로 베스트셀러에 올랐던 1971년의 그의 책 『지금 여기에Be Here Now』의 후속 작품이었다. 이 책의 편집자가 람 다스에게 이번 새 책은 입심이 있어 보인다고 말했다고 한다.

그때 전화벨이 울렸다. 그런데 람 다스가 침대에서 일어나 전화를 받으려는 순간, 갑자기 다리가 풀리면서 바닥으로 넘어졌다.

"그때가 아마도 내게 처음으로 뇌졸중이 발병했던 순간이었던 것 같다." 람 다스는 나중에서야 당시에 심각한 뇌출혈이 있었고, 생존 확률이 단지 10퍼센트에 불과했다는 사실을 알게 되었다.

"나는 그 당시에 어떤 생각도 하지 않았다 — '내가 죽어 가고 있다' '내가 지상을 떠나고 있다' — 아니, 이 모든 그 어떤 것도 아니었다. 내가 기억하고 있는 것은 오직 천장에 있는 파이프를 바라보고 있는 것뿐이었다. 그러다 갑자기 이 말이 떠올랐다. '여기에 내가 있다'. 그것은 내가 아직 여기에서 해야 할 일이 있다는 것을 보여 주는 증거였다."

뇌졸중의 결과로, 람 다스는 실어증을 앓았고, 반신불수 상태로 휠체어 신세를 졌으며, 24시간 내내 누군가의 간호에 의존할 수밖에 없게 되었다. 또 혼자서는 옷을 입지도, 음식을 먹지도, 소변을 볼 수도 없었다.

하지만 그는 뇌졸중을 자신의 구루guru(스승, 지도자)인 마하라지 Matharajji로부터 받은 '선물'로 받아들였다. 물론 마하라지의 후계자가 람 다스에게 보내 준 편지 — 마하라지는 결코 그런 벌을 내리지 않는다 — 를 받고는 약간 기분이 상하기는 했지만 말이다. 그러고는 자신의 관점을 바꿨다. '뇌졸중은 아주 좋은 것'이라는 일종의 낙관주의를 통해 람 다스는 그 지독한 병고의 지옥에서 벗어났던 것이다.

이런 낙관주의는 람 다스가 처음 뇌졸중이 발병했을 때뿐만 아니라 나중에 재차 뇌졸중이 발병했을 때에도 유머 감각을 잃지 않은 것에서 드러났다. 뇌졸중 발병 후 일주일이 지났을 때, 의사가 정신 기능 검사를 실시했다. 그가 람 다스 앞에서 펜을 쥐어 보이며 이것이 무엇이냐고 물었다. 람 다스는 "펜"이라고 말했다. 이번에는 의사가 손목시계를 가리키며 무엇이냐고 물었다. "시계"라고, 그는 대답했다. 그런 다음 의사가 그의 앞에서 자신의 넥타이를 쥐어 보이며 무엇이냐고 물었다. 람 다스는 "슈마테"(Shmatte, 헌 옷이나 해진 의류라는 뜻의 미국 속어)라고 답했다.

람 다스의 낙관주의는 단지 그의 유머 감각에 국한되지 않고 더 깊었다. 그는 내가 타고 다니는 휠체어에 대한 애정이 점점 커져 갔다(나는 그것을 '백조 같은 배'라고 부른다)"라고, 『여전히 여기에』에 썼다. 그리고 중국 황제와 인도 마하라자(maharajah, 대왕이나 군주)가 가마를 타고 다녔던 것을 언급하면서, 그는 "수레나 가마를 타는 것은 명예와 권력의 상징이다"라며 자신의 휠체어를 은유적으로 말하기도 했다.

더욱이 그는 실어증으로 인해 생긴 침묵이 가르침의 도구 역할을 하고 있다는 것을 알고 있었다 — 청각의 빈 공간과 마주치는 그 대화야말로 스승을 가장 기쁘게 하는 대화라는 것을 알고 있었다. 그들은 자신의 의문에 스스로 답한다.

"뇌졸중을 앓기 전의 내 삶은 투박하고 거칠었다. 나는 그게 삶이라고 생각했다"라고 했던 그가 "그러나 뇌졸중은 완전히 새로운 화신化身과도 같다. 이 질병을 통해 내가 한 번도 지녔다고 생각해 본 적도 없는 내 안의 자질들이 드러나고 있다"라고 말했다.

깨달음의 길에서, 우리는 자갈들과 마주칠 수 있다.

나는 비행기를 타고 하와이 마우이Maui 섬으로 날아갔다.

이틀 전, 람 다스에게 만나기로 한 약속을 다시 확인시키기 위해 이메일을 보냈지만 답장이 없었다. 약간 걱정이 되었다.

그날 파이아Paia라고 불리는 마을 근처의 해변을 따라 걷고 있었다. 수염이 덥수룩하고 점잖게 살아온 것으로 보이는 노인이 해변 가장자리의 돌 벽에 기대어 앉아 있었다. 나는 그 노인과 대화를 나누었다. 그는 데님denim(특히 청바지를 만드는 데 쓰이는 보통 푸른색의 질긴 면직물)으로 만든 허름한 조끼를 입고 있었다. 그 노인은 자신을 '세계 여행자'라고 소개했다.

나는 이 사람에게 람 다스에 대해 말해 주었다. 그의 핵심적인 생각은 "기본적으로 우리가 겪게 되는 수많은 고통은 나로 인한 것이다. 우리는 미래에 대해 너무 많은 염려와 걱정을 한다. 아니면 너무 과거에 집착하며 살고 있다"라는 것이라며, 마치 허브 차를 마시며 영적인 세미나라도 하는 듯 지적으로 말했다. 그러고는 "우리는 '현재에 집중해야 한다'라는 것"이라는 말을 덧붙였다.

"훌륭하네요"라고, 그가 말했다. 기름투성이인 그의 긴 머리가 햇빛을 받아 반짝거렸다.

"그렇죠"라고, 내가 맞장구를 쳤다. "그렇지만 또한 그는 '현재 이 순간조차도 시간이 존재하지 않는다'라고 말합니다. 그래서 우리가 만나기로 한 약속을 지킬지 조금 걱정입니다."

그가 미소를 지으며 "그 말은 미래에 대해 너무 많은 걱정을 하는 것처럼 들리네요"라고 말했다.

"아마도 그런 것 같네요. 하지만 무모하게도 이미 비행기 요금으로 1,100달러를 지출했거든요. 그리고 지금 여기Here Now에 오는 것이 쉽지만은 않다는 것을 알았습니다."

"그래요. 만약 그가 약속하고 안 나타난다면, 다음 그곳There Then에는 있겠죠."

나는 멋쩍은 미소를 지었다. 그러고는 바다가 물에 젖은 람 다스를, 아니면 이미 녹음한 그와의 인터뷰를 마법을 부려 토해 내기를 바라면서 눈부시게 빛나는 바다를 응시하였다.

그때 이런 생각이 들었다. '어쩌면 내가 멀리 뉴욕에서 람 다스를 만나러 온 것이 아니라 사실은 이 사람을 만나러 온 것이 아닐까?'

그의 얼굴을 바라보니, 그 표정이 "그럴 수, 그럴 수……"라고 대답하는 것 같았다.

"당신이야말로 나에게 지혜에 대해 뭔가 해 줄 말이 있을 것 같은데요?"라고, 내가 물었다.

"아니오."

"아, 정말 도움을 주지 않는군요."

그가 (유대어로 뭔가 말을 하며) 어깨를 으쓱했다.

약 6시간 후, 마을에 있는 펑키 풍의 레스토랑을 나서는 그 노인과 그의 여자 친구를 보았다. 나는 그 남자에게 달려갔다. 그가 약간 어지러움을 느끼는 것 같았다. 하지만 이내 밝은 표정을 지으면서, "안녕하세요, 지혜의 남자여!" 하며 내게 큰 소리로 인사했다. 그러고는 자신의 여자 친구에게 내가 정신적 깊이를 어떻게 헤아리려고 노력했는지에 대해 말했다고 했다.

"정말요?"라고, 나는 그 말의 진의를 의심하며 물었다.

"정말이에요"라면서, 그가 갑자기 자신의 배를 움켜쥐고는 "이 레스토랑에서는 식사하지 마세요"라고 현명한 솔로몬처럼 말했다.

람 다스는 해변에서 약 400미터 떨어진 마우이의 북부 해안에 살고 있었는데, 수영장과 넓은 뒤뜰이 있는 대형 목장 집이었다. 그는 여전히 내 이메일에 답장을 하지 않았지만, 그에게 전화하는 것보다 — 나는 정신적으로 온화한 그 사람을 다그치고 싶지 않았다 — 오히려 정해진 시간에 모습을 보이는 게 낫겠다는 생각이 들었다.

그 사람의 집 앞에 다다랐다. 집 안으로 들어서니 다른 예닐곱 쌍의 신발이 있었다. 거기에 내 샌들이 추가되었다. 지혜의 재떨이에서 잠시 시간을 보낸 다음, 약 4분 후에 거실 — 선지식의 아시아 남성들이 입는 화려한 옷들이 벽에 걸려 있었다 — 을 통과했다. 나는 마침 촬영을 마친 다큐멘터리 영화 제작진과 작별 인사를 했다. 그러고 나서 수영장이 내려다보이는 베란다에서 그와 함께 앉았다.

새들이 지저귀고, 바닷바람이 불었다.

람 다스는 머리를 좌우로 천천히 흔드는 버릇이 있었다. 그의 무성한 흰머리와 수염이 어울리면서 마치 솜털이 뒤덮인 올빼미와 같은 풍채가 드러났다. 그는 영화 촬영팀이 가져다준 한 통의 스위스 초콜릿에 손을 뻗어, 그것을 나에게 주었다. 나는 초콜릿을 받으며 "정말 맛있겠네요"라고 말했다.

"다 주는 것은 아니에요."

"네."

나는 초콜릿 하나를 뽑고 난 후, 휠체어 팔걸이에 다시 그 통을 두었다.

침묵이 흘렀다. 람 다스는 사람들이 침묵을 '내면의 고요함에 이르는 문'으로 활용한다고 자신의 책인 「여전히 여기에」에 썼다. 그러나 대화 도중의 침묵만으로 내가 그 문에 이르기에는 쉽지 않았다. 더군다나 그 문이 초콜릿으로 가득 차 있었기 때문이다.

"얼마나 마우이에 있었어요?"라고, 내가 물었다.

"2년이오. 왜 다른 곳으로 가야 하죠? 나는 더 이상 어디로 가지 않을 거라고 내 자신과 스스로 약속을 했어요." 그는 강연가 — 서류에 직업을 명시하기를 요구받을 때마다 그는 그렇게 쓴다 — 로서 비행기를 타는 것이 피곤해졌다고 말했다. "그것이 나에게는 인생을 더 쉽게 살게 해 주었어요. 그리고 내 동생이 이번 주에 죽었는데, 가족들은 장례에 대해 의논하고자 내가 그곳에 와 주기를 원했어요. 그렇지만 나는 그들에게 말했어요. '나는 비행기를 타지 않는다'고. 그리고 장례식이 쉽지는 않잖아요, 그렇지 않아요?"

"하지만 장례식에는 가실 거죠, 그렇죠?"

"아니오. 나는 내 동생과 …… 이야기하고 있어요"라고, 그가 말했다 — 그러면서 람 다스는 팔을 뻗어 하늘 높이 손짓했다.

"가족들한테서 엄청 화가 난 이메일과 전화를 받겠군요."

"그렇겠죠"라고, 그가 받아들였다.

람 다스는 대부분의 사람들이, 특히 나이가 더 들었을 때 되도록 현재에 충분하게 머무르려고 하지 않고 대신에 과거에 연연하거나 혹은 미래에 대해 걱정하느라고 너무 많은 시간을 소비한다고 생각

했다. 그는 우리를 에고의 의식(기억과 걱정에 시달리며 지내는 마음 상태)에서 영혼의 의식(고요하고 짐을 내려놓은 명상 상태)으로 옮겨 가도록 촉구한다.

이 영혼의 의식을 달성하기 위해, 그는 다양한 종류의 명상을 제안했다. 하나는 '하늘을 관찰하는 것', 즉 티베트 족첸Dzogchen — 티베트어로 '족'은 원만함이고 '첸'은 크다는 뜻으로, 족첸은 대원만大圓滿이다. 이는 한마디로 표현하면 '쉼'을 의미한다 — 에서 발견되는 수행이다. 그것은 등을 대고 드러누워 하늘을 올려다보는 것이다. 하늘이 당신의 의식이라고 느낄 정도로 그리고 흘러가는 구름이 당신의 마음과 몸이 느끼는 현상이라고 생각될 정도로 충분히 오랫동안 하늘을 쳐다본다. 냄새, 소리, 두려움, 욕망도 없으며 오직 텅 빈 인식만이 존재할 뿐이라는 것이다. "하늘은 흘러가는 구름에 관심을 두지 않는다. 그것은 그냥 구름이 흘러가듯이 열려 있다"라고, 그는 말했다.

나 또한 이 명상을 시도했던 적이 있었다. 그러나 모든 명상처럼 머리는 맑아졌지만, 몸이 약간 마비되는 느낌을 받았다. 그래서 내가 실천한 것은 걷기 명상이었다. 배 앞이나 등 뒤에 양손을 포개고 호흡에 집중을 하면서 아주, 아주 천천히 걷는 것이다. 이 명상은 내가 호흡하고 있음을 자각하고 있어야 한다고 말한다. 그런데 온몸에 힘이 들어

가는 바람에 엉덩이를 통해 숨을 쉬는 것과 같은 불행한 결과가 나타났다.

람 다스가 동생의 장례식에 가지 않았다는 것은 나에게는 그의 영적 단면의 가장 큰 힘과 가장 큰 약점을 모두 볼 수 있는 기회 같았다. 긍정적인 측면에서 죽음에 직면했을 때 자신의 능력과 영적 세계관에 의존할 수 있는 것은 이상에 대한 믿음과 헌신의 강력한 표시였다. 하지만 부정적인 측면에서 보자면 자신의 동생 장례식에 가지 않았다는 것은 그의 매정함을 드러내는 것이었다.

그래서 현관에서 람 다스에게 몇 가지 질문을 했다. “마음 챙김과 영혼의 자각은 어떻게 서로 창조적으로 작용하나요? 나는 작가로서 종종 글을 쓴다는 것이 부정적인 느낌이 들 때가 있어요 — 기본적으로는 시기심이겠지만 또한 경쟁심과 자기중심적일 때가 있거든요.”

그가 쓴웃음을 지으며 “내 영혼의 눈으로 본다면, 당신은 ‘나는 좋은 의사가 되지 못할 거야’라고 말하면서 두려워하는 의사 같아요”라고 말했다.

“네, 맞아요.”

“당신은 더 좋은 의사가 될 것입니다. 더 높은 단계의 의식 수준에서 세상을 볼 수 있어요. 의식의 더 높은 차원에서”라고, 그가 말했다.

“나의 시기심은 새로운 색깔을 가지게 될까요?”

"많은 색깔을 가지게 될 것입니다. 당신은 자신의 시기심을 알아차리고 있어요. 그러면 시기하는 마음을 내려놓게 되죠." 알아차린다는 것은 그것을 해소하기 위한 노력의 일환으로 자신의 고통에 대해 골똘히 집중해 가는 과정이다. 그래서 그것에 대해 더 알아차리려고 하는 만큼 더 현명하게 된다는 것이었다.

내 다음 질문을 예상한 람 다스는 계속해서 "지금도 글쓰기가 마음을 다치게 하나요? 아닐 겁니다. 이제 글을 쓰는 것이 전보다 즐거울 것이고, 부정적인 동기로 인해 글을 쓰는 일은 없을 것입니다. 물론 여전히 어떤 동기를 부여받지만 말이죠. 창조성은 한 곳에서 나옵니다. 오직 그 한 곳, 즉 직관이나 그 안에 있는 신성 같은 것이죠. 그것이 유일한 창조성의 원천입니다. '나는 창조적이다'라는 말은 헛소리입니다"라고 말했다.

"나는 당신이 '마리화나는 영혼의 자각을 가져다준다. 그리고 그것을 피우는 행위는 명상보다 훨씬 더 빠르다고 생각한다'라고 쓴 글을 관심 있게 읽었습니다. 영혼의 자각이 코코아 퍼프를 피우는 것과 어떤 관련이 있다고 말하는 건가요?"

긴 침묵.

마지막으로 그는 "마리화나는 약한 환각제라고 생각해요. 그것은 의식을 다루는 데 있어서 많은 유연성을 제공해요. 그리고 한 평면에서 다른 평면으로 — 에고에서 영혼으로 — 이동하는 것을 훨씬 더 쉽도록 도와주죠"라고 말했다. 그러나 그는 한 평면에서 다른 한 평면으로 이동하는 것은 마리화나 그 자체가 아니라, 오히려 자신의 자유의지라고 설명했다. 우리는 LSD에 대해서 좀 더 이야기했다. 람 다스는 지금 더 이상 이것을 사용하고 있지 않으며, 올더스 헉슬리Aldous Huxley(영국의 소설가 겸 비평가)의 아내가 남편의 임종 때 그에게 LSD를 주었다고 말했다.

"와우, 그것도 가야 할 아름다운 길들 중 하나인 것 같아요"라고, 내가 말했다.

"가야 할 아름다운 다른 길들도 많습니다."

"말씀해 주세요."

"음, 무엇보다", 지금까지의 밝은 표정이 갑자기 심각해지면서 "나는 그것을 알 만큼 깨달음을 얻지 못했어요"라고, 그가 말했다.

"그렇지만 당신은 무언가 달라요."

"그래요, 내가 남들과 다른 점이 있긴 해요. 나의 구루가 뭔가 깨우침을 주셨죠. 그리고 그 무언가는 죽음에 대하여 아주 친근한 태도를 갖게 해 준 거예요. 이것은 늙은 나이에도 두려움을 갖지 않는다는 것을 의미하죠."

람 다스는 죽음에 대한 두려움은 우리가 유물론자라는 사실로부터 일어나는 것이라고, 『여전히 여기에』에 썼다. 즉 우리는 우리가 보는 것만을 믿는다. 종교를 갖고 있는 사람들은 죽은 다음의 세상이 있다는 것을 믿지만, 그는 이것은 대단히 추상적이고 우리 지상의 존재에 직접적인 영향을 주지 않는다고 주장하였다.

그는 내 턱과 쇄골 사이의 중간 지점을 바라보았다. 그 순간, 갑자기 나는 사람들이 가끔씩 그의 침묵을 채운다는 말이 무엇을 의미하는지를 깨달았다. 나는 급하게 "지혜는 무한한 거죠?"라고 물어보았다.

"네, 지혜는 끝이 없어요"라고, 그가 고개를 끄덕였다. 그러면서 자신이 메뚜기처럼 보인다고 하더라도 놀리지 말라면서 이렇게 말했다. "일단 당신이 지혜를 얻게 되면, 시간과 공간의 포물선……, 한 번에 두 개의 장소에 있을 수 있습니다. 보스턴과 인도에서 무슨 일이 일어나고 있는지 알 수 있다는 뜻입니다. 나는 사다나sadhana 수행을 했기 때문에 — 신이나 거룩한 것에 직접 관여할 수 있다고 여겨지는, 탄트리즘tantrism에 기초한 요가의 일종 — 에고에 맞추려고 하기보다는 영혼에 맞추려고 합니다. 그것은 내가 보통 사람들과 다르게 관계를 하고, 죽음도 다르게 본다는 의미입니다."

람 다스는 죽어 가는 환자들을 위한 클리닉을 개발하는 데 도움을 주었다. 그는 실제로 한 간호사가 실행에 옮겼던 이야기를 들려주었다. 그 여자 간호사는 전이성 암을 가지고 있었는데, 수술을 받은 직후 문병 온 사람들에게 병원에 입원해 있는 자신을 보는 순간 어떤 느낌이 들었는지를 물었다. 그녀가 보드판에 그들의 답변을 썼다 — 불쌍한, 슬픔, "신께 화가 난다", 기타 등등. 그러나 그녀는 "당신은 내가 얼마나 외로운지 알겠죠? 모든 사람들이 내 상황에 바쁘게 반응할 뿐, 아무도 내 곁에 있어 준 사람은 없었어요"라고 결론 내렸다.

람 다스의 클리닉은 이러한 문제를 개선하기 위한 시도이다. 또한 그는 진통 중인 산모들과 죽어 가는 사람들을 위한 자가 치료 — 여기에 한때 LSD를 흡입했던 자신의 경험을 농담처럼 집어넣는다 — 를 지지하는 옹호자이다. 여기서 그는 출산하는 동안 진통을 조절하는 자가 치료가 허용된 여성들이 병원 의료진에 의해 약을 투여받은 사람들에 비해 약을 절반 정도만 사용하는 것으로 나타난 연구를 인용한다.

우리는 머나먼 바다를 보았다. 마우이는 부드러운 마법을 부리는 듯했다. 야자수가 흔들거리는 모습이 실크가 살랑거리는 것 같았다.

람 다스는 자신의 몸 한쪽이 마비되어 있음에도 인터뷰 내내 몸을 움직였다. 그는 제스처를 크게 하면서, 왼손으로 매력적인 호를 그리며 말하기를 좋아했다. 그가 왼팔과 왼쪽 발을 사용하여 휠체어를 앞으로 움직이며 현관 쪽으로 이동했다. 그러고는 잠시 동안 조용히 있으면서 온몸으로 휴식을 취했다.

잠시 뒤, 그가 나를 쳐다보면서 "뉴욕 어디에서 살아요?"라고 물었다.

"웨스트 빌리지. 찰스 앤드 블리커Charles and Bleecker에 살고 있습니다."

그는 약간 당황하듯 어색한 미소를 지으면서, "그곳은 내가 한때 남자를 낚으러 다녔던 곳이에요"라고 말했다.

그 말을 들은 나 역시 깜짝 놀랐다. 비록 최근 몇 년 동안 람 다스는 강연에서 가끔씩 청중들이 줄어들지도 모른다는 두려움에도 불구하고 자신의 동성애에 대해 언급하곤 했지만, 그의 책에서는 그 일에 대해서 쓰지 않았기 때문이다.

아무튼 나를 가장 놀라게 한 것은, 남자를 낚으러 다녔다는 그의 말이었다. 책을 읽고 알 수 있었던 것보다 훨씬 더 치열하게 자신의 영적 자각을 위해 노력했으리라는 생각이 들어 감탄을 하지 않을 수 없었다. 내 마음 어딘가에서 그의 동성애에 대한 말과 함께 초콜릿 통에 집착하는 그의 탐욕스러운 모습이 동시에 떠올랐다. 더불어 「여전히 여기에」에서 그가 뇌졸중이 발병했던 당시를 얼마나 많이 그리워하고 있는지를 말한 것도 떠올랐다. 그런 그가 더 깊은 마음 챙김을 얻기 위해 몇 년 동안 노력했다는 사실이 새삼스럽게 나를 감탄하게 만들었던 것이다. 식욕이 왕성한 한 남자의 초상화가 내게 각인되었다. 그것은 그가 아주 금욕적인 사람도, 정신없이 유혹에 빠지거나 세상의 재미만을 추구하는 사람도 아니었다는 증거였다. 그는 당신과 나와 똑같은 사람이었다.

동성애에 대한 우리의 대화가 어쩌다가 명성 있는 사람에게로 모아졌다. 람 다스는 자신이 존 레논John Lennon과 친구로 지냈다고 말했다. 내가 흥분해 존 레논에 대해 계속해서 질문들을 하자, 람 다스는 점점 말꼬리를 흐리며 흥미를 잃어 갔다.

"나는 권력과 명성을 넘어 내 인생에서 나를 이끄는 것들을 경험했습니다. 대부분의 사람들은 그 두 가지를 원하지요. 하지만 나는 이제 그것들을 원하지 않아요." 그가 말했다.

"언제부터 그랬나요?" 내가 물었다.

"영혼과 내 자신을 동일시하기 시작하면서부터 나는 늙은이들의 아이콘으로 떠올라 수많은 곳으로부터 많은 초대장을 받고 있습니다."

"람 다스 — 유명하고 나이가 지극한 그대를 초대합니다. 이렇게 말이죠?"

"나는 그들에게 말합니다. '나는 비행기를 타지 않습니다.' 나는……." 그는 작별의 인사를 하듯 손을 흔들며 말했다.

"명성이 문제가 된 적이 있나요?"

"한 번 있었어요. 내가 언젠가 마이애미비치Miami Beach에 있었는데, 어떤 여자들이 나를 알아보고는 내게로 다가와 내 옷의 단추를 잡아채기 시작했어요. 그들은 내 옷에서 단추를 풀어 주려고 했던 거죠."

이 말을 듣는 순간, 람 다스가 나로 하여금 자기와 함께 높은 정신세계에 도달하도록 권했으면 하는 마음이 간절하게 들었다. 이를 통해 나 또한 람 다스처럼 높은 정신세계에 도달했음을 내 모든 친구들에게 이야기했으면 했다.

그리고 갑자기 그동안 인터뷰했던 모든 지혜로운 사람들 가운데 람 다스야말로 나에게 딱 맞아 떨어진 유일한 사람이라는 것이 깨달아졌다. 그것은 기대와 희망을 낳았다. 그래서 그가 나에게 물 한 잔을 주었을 때, 과일 한 조각도 같이 주기를 간절히 원했다. 그것은 명상과 관련한 전통 때문이었는데, 만약 요가 수행자가 당신에게 과일 한 조각을 주면 당신이 바라는 그 어떤 소원도 이루어진다는 속설이 있었다.

"그래서 당신은 어떻게 했나요?"

“나는 그것들을 떨쳐 버렸어요. 많은 사람들은 유명한 사람 가까이에 있기를 좋아해요. 그러나 그것은 나를 지루하게 하죠. 물론 나도 유명한 사람들을 좋아하곤 했지요. 내 아버지 역시 그랬고요 — 그는 중요한 사람을 좋아했어요.”

그의 아버지인 조지 알퍼트George Alpert는 뉴욕 뉴헤이븐 앤 하트포드 철도회사 회장이었으며, 브랜다이스대학을 설립하는 데 많은 도움을 주었던 사람이었다.

람 다스는 계속해서 “그때 나도 명성을 쫓았어요. 그렇지만 그것은 싸구려에 불과해요”라고 말했다.

“명성이 긍정적인 것이 아니라는 건가요?”

“네, 그것은 아무것도 아닙니다.”

그가 이렇게 말할 때, 나는 그를 믿었다 — 즉 나는 그가 ‘명성은 아무것도 아니다’라고 한 말을 믿었다 — 그렇지만 그의 생각에 동의했다고는 말할 수 없다. 어느 정도의 칭찬은 많은 사람들에게 하나의 보상이고, 자극이고, 혜택이다. 물론 영화배우의 등급에 따른 명성이 종종 건설적이지 못하고 파괴적일 때도 있지만, 그러나 그것은 생각하기에 따라서 화려하게 보이는 사람들 중에 몇 퍼센트에 불과하다.

그렇죠?

그렇지 않으면, 나는 이해를 하지 못한 것이다. 장 콕토Jean Cocteau(프랑스의 시인 겸 소설가)가 "대중들이 당신에 대해 비판하는 것이 무엇이든, 배양하라. 그것은 당신에게 달려 있다"고 말했듯이 내가 너무 풋내기이기 때문에 얻지 못한 몇 가지 지혜들이 있지 않을까? 나는 실제로 장 콕토가 깨닫고 있던 것들을 이해하기 위한 노력의 일환으로, 지난 몇 년 동안에 걸쳐 나를 향했던 모든 비판들을 글로 써 본 적이 있었다. 나는 그 모든 것들에 주안점을 두고 고려하면서, '어쩌면 이것이 매력적인 연습이 될지도 모른다'고 생각했다. 30초 후에 나는 생각했다. 지금은 최악의 상태에서 벗어난 건가?

내가 이 지혜 프로젝트를 진행하면서 지금까지 만나서 이야기한 사람들 가운데, 람 다스처럼 오래도록 강렬한 인상을 남긴 사람은 없었다. 다른 사람들은 감정적인 반응만을 끌어냈다 — 나의 의붓아버지, 세츠코 니시, 앨시어 워싱턴Althea Washington이라는 당신이 이제 곧 만나게 될 여자. 또 다른 사람들은 쓸모 있는 에피소드만을 제공했다.

람 다스는 영적인 사람인 동시에 반문화적인 발상을 추구한 사람이었다. 이것이 오히려 나의 구미에 맞았다. 그래서 어쩌면 그의 명성이 나 영향력에 대해 내가 과장해서 생각하는지도 모르겠다. 그는 재미있는 동시에 자기 비하적인 농담을 즐겼다. 또한 장관을 이루는 아름다운 곳에 위치한 그의 집은 '명성'을 쫓지 말라는 말과는 일견 모순된 것처럼 보였다. 약물 중독에 빠졌던 과거(지금도 제한적으로 사용) 또한 매력적으로 다가왔다.

그러나 결국, 모든 것이 뇌졸중으로 귀결되었다. 나는 그가 이런 특별한 역경에 마주친 상황 속에서 보여 주었던 그의 회복력을 단순히 지나칠 수가 없었다. 그것은 나를 흥분시켰다. 그가 자신의 정상적인 다리를 움직여 휠체어를 앞으로 끄는 이미지는 오랫동안 내게서 떠나지 않는 것 중의 하나이다.

나는 또한 그가 호스피스와 함께 임종에 가까운 사람들에게 했던 일들에 감동했다. 람 다스를 만난 직후, 나는 미국 심리학회 전 회장이자, 내가 이전에 언급한 『지혜 : 그 성격, 기원 그리고 발전』이라는 책을 편집한 로버트 스턴버그Robert Sternberg 교수와 인터뷰를 한 적이 있었다.

나는 터프츠대학의 인문과학부 학장인 그의 연구실을 방문해, 나이가 드신 어른들의 지혜가 젊은 사람들의 지혜와 어떻게 다른지를 물었다. 그는 나에게 자신의 이론인 '지혜의 균형'에 대해 이야기해 주었다.

“그것은 공동의 선을 위해 인지 능력과 지식을 사용하는 것입니다. 그래서 나이 든 사람들의 장점 중 하나는 그들은 오랫동안 공동의 선이 작동하는 것들과 작동하지 않는 것들을 보아 왔기 때문에 공동의 선이 무엇인지에 대해 보다 나은 감각을 가지고 있다는 것입니다. 선이라고 보이는 것들도 더 자세히 바라보면 사실은 선이 아닐 수도 있습니다. 공동선은 아주 추상적인 개념이지만, 경험으로부터 배우는 어떤 것이라고 할 수 있습니다.”

균형 이론의 두 번째 부분은 사람 간의 대인 관계와 개인의 외적인 목표의 균형이다. 다시 말하면 — 나의 관심과 다른 사람의 관심, 그리고 더 큰 진리 사이의 균형이다. “젊었을 때에는 균형에서 벗어나려는 경향이 더 많습니다. 예를 들어 사람이 살아가는 데 직업을 얻는 것도 필요하고, 승진도 필요하다고 생각합니다. 그래서 아버지들은 가족을 돌보는 일에 소홀하게 됩니다. 그러다 보면 아이들을 돌보는 일은 전적으로 어머니의 몫이 되죠. 그런데 어머니가 일을 하지 않고 아이들을 돌보는 데 모든 시간을 보내게 되면, 어머니는 경력을 살리기는커녕 나락에 떨어지고 맙니다. 그제야 사람들은 ‘5년이나 10년이 지나면 인생의 균형을 이루게 될 거야’라는 말이 현실성이 없다는 것을 깨닫기 시작합니다. 그리고 사람들이 그렇게 말할 때도 말하기만 할 뿐,

행동으로 옮기지는 않습니다. 그래서 나이가 들면 물질이 아니라 시간이 소중하다는 것을 깨닫습니다."

균형 이론의 세 번째 요소는 장기적, 단기적인 이익의 균형을 이루는 것이다. "대부분의 사람들은 스무 살 때, 마흔 살이 되면 무슨 일이 일어날지 생각하지 않습니다. 내가 어렸을 때 했던 것들 중에 몇 가지를 되돌아보면, 내가 왜 그랬는지 믿기 어려운 아주 어리석은 짓들이 많이 있습니다. 우리는 장기적인 시각을 갖기가 어렵습니다. 왜냐하면 세상은 무한한 기회가 열려 있고, 모든 것이 다 잘될 거라고 생각하기 때문입니다. 하지만 나이가 들고 '고난의 학교'(the school of hard knocks, 생활 속에서, 특히 실의와 힘든 일을 통해서 얻어지는 체험을 교육의 하나로 간주하는 것)를 거치게 되면서, 그들은 살아가는 데 수업료를 치르게 된다는 사실을 알게 됩니다. 만약 먹는 것을 소홀히 하거나 혹은 지나치게 담배를 피우거나 술을 마신다면, 그들은 장기적인 것이 결코 추상적인 개념이 아니라는 것을 깨닫게 됩니다."

스턴버그 이론의 네 번째 요소는 문답식 사고이다 — 다른 사람의 관점을 이해하는 능력이다. "사람들은 나이가 들면서 다른 관점을 더 많이 접하게 되고, 어려운 일들이 어떻게 일어나는지를 알게 됩니다. 이라크 전쟁이 일어났을 때, 나는 이런 생각을 했습니다. 이것은 베트남 전쟁 때 이미 겪은 일이지 않은가? 다른 관점을 바라보는 능력이 증가하는 것입니다."

스턴버그는 사회적 지능과 지혜 사이의 차이가 전자는 이기적인 목적을 위해 이용될 수 있다고 했다. 나는 그 말을 상기시키며, "만약 내가 고용주에 대해 나쁘게 말한다면, 그들은 나를 다시는 고용하지 않을 것입니다. 이것을 아는 것도 일종의 지혜가 아닌가요?"라고 그에게 물었다.

"실질적인 지능은 나에게 영향을 미치는 것들에 대한 것입니다"라면서, "어느 면에서 생각해 보면, 내가 더 좋은 행동을 하면 그 결과로 고용이 연장되거나 승진을 하게 될 것입니다. 그러나 그것은 사회적 지능입니다. 지혜는 공동선에 더 큰 효과를 일으키는 그런 종류의 것들에 관한 것입니다. 그것은 당신에게, 다른 사람들에게, 그리고 제도에 영향을 미치게 됩니다. 지혜는 만약 내가 다른 사람에게 잘못 행동한다면, 그것은 나쁜 역할 모델을 만들게 된다는 그 이상인 것입니다."

나이 드신 어른들과 많은 시간을 보내기 전까지는 그들의 조바심과 경직성 탓에 육체적 통증과 고통을 표출한다고 생각했다. 특권 의식 또한 위장의 질병 때문에 생기는 심리적인 어떤 상태라고 생각했다. 그러나 그들이 서둘러 끝내려고 했던 일들이 나에게는 일어나지 않았다.

내가 에드워드 올비와 인터뷰를 하러 갔을 때, 이런 일이 벌어지지 않기를 바랐다.

11

지금, 지금 ……, 항상

에드워드 올비Edward Albee는 미국의 극작가이다. 최초의 단막극 「동물원 이야기The Zoo Story」가 독일과 오프 브로드웨이에서 성공을 거두면서 세상에 알려지기 시작했으며, 최초로 브로드웨이에서 공연된 장막극 「누가 버지니아 울프를 두려워하랴Who's Afraid of Virginia Woolf?」를 통해 현대 부부의 애정 문제를 파헤쳤다. 이는 전후 미국 연극의 최대 수확 중 하나로 손꼽히고 있다.

최근 몇 년 동안, 에드워드 올비는 자신의 희곡 거의 모든 대사에 지문을 포함시켰다. 예를 들어, 조각가 루이즈 네벨슨Louise Nevelson의 일대기를 그린 연극 작품 『입실자Occupant』에서, 제1막의 마지막 14개 대사 가운데 10개 대사에 지문을 붙였다 — '감동' '멈춤' '갑작스러운 생각' '애매한' '진짜, 천천히' '꽤 충격적' '퇴장 시작' 등이었다.

79세의 저자를 인터뷰하러 가는 날, 이러한 지문들이 떠올랐다.

나는 올비의 조교가 알려 줬던 주소를 찾아가 벨을 눌렀다. 정적이 흘렀다. 약 2분 정도 기다리고 나서 다시 벨을 눌렀다. 내가 서 있는 곳에서 약 5미터 정도 떨어진 건너편에서 불쑥 콧수염을 기른 잘생긴 올비가 나타나면서 — 베이지색 리넨 셔츠와 꽉 끼는 청바지를 입고 — "당신이 두 번이나 초인종을 누른 거요?"라고 물었다.

"네."

"내 말소리를 듣지 못했나요?"

"네, 못 들었어요"라면서, 나는 정적만 감돌았다고 말했다. 초조한 마음에 "미안합니다"라고 사과했고, 괜히 "여긴 차 소리가 정말 시끄럽군요"라고 덧붙였다.

"괜찮습니다."

괜찮다고요? 그의 표정이 나에게 확신을 주지 않았다. 어색함이 흐르는 가운데 엘리베이터를 탔다. 그리고 우리는 널찍하고 바람이 잘 통하는 그의 다락방으로 올라갔다. 많은 부족들의 가면과 조각들을 보면서 "마치 아프리카에 온 것 같군요"라고, 내가 흥분하며 말했다.

"또는 다른 많은 나라들"이라고, 올비가 내 말을 바로잡았다.

그가 나에게 앉으라고 했다. 나는 그에게 내가 지혜에 관한 책을 쓰고 있다는 것을 상기시켰다.

"음, 지혜를 정의하라……." 그는 초콜릿색 가죽 소파에 쭈그려 앉으며 "사전에서 정의한 것을 살펴본다는 것을 깜빡했네요. 지혜의 사전적 의미는 무엇이던가요?"라고 물었다.

"나는 내 나름의 정의를 가지고 있습니다"라고, 나 역시 앉으며 말했다.

"당신은 사전적 정의를 나보다 훨씬 더 잘 알 것입니다."

"사전적 정의를 찾아보았는데요"라고 말하면서, — 내 포트폴리오에 '준비가 미비함'을 추가해야 했다. — "근데 까먹었습니다"라고 얼버무렸다. 그러면서 "그것은 보편적인 지식과 관련이 있습니다"라고, 사전에 없는 말을 만들어 냈다.

"무엇이 '보편적인' 것인가요?"

"내가 정의하는 방식은 비전문가들도 이해할 수 있는 것이라는 의미입니다."

"비전문가들에 대한 정의는요?"

나는 그에게 '도~움' 요청을 바란다는 모습을 보였다.

그는 계속해서 "죄송하군요, 하지만 나는 우리가 무엇에 대해서 이야기하는지를 알아야 합니다"라고 말했다.

나는 올비의 정확한 성격을 미리 경고받은 것이었다. 2002년 「뉴요커」에 실린 올비의 연극 「염소, 혹은 누가 실비아인가?The Goat, or Who Is Sylvia?」의 프로듀서이자 재정 후원자인 다릴 로스Daryl Roth의 인터뷰에서, 올비는 자신의 이름을 잘못 말한 로스의 발음을 바로잡기까지 했다(그것은 월비AWL-bee가 아니라 올비AL-bee라고). 또한 나는 여러 경로를 통해 올비의 어려웠던 과거에 대해 많이 알고 있었다. 그래서 이런 까다로움이 어떻게든 현재의 질서정연하고 정확한 자신의 존재를 유지하기 위한 노력의 일환으로 발현된 것이 아닐까 하고 생각했다.

1928년에 태어난 올비는 어려서 자신의 친부모로부터 버림을 받았고, 이어 올비 보드빌 가문의 부유한 상속자들에게 입양되었다. 그곳에서 올비는 애지중지 보살핌을 받았다(그렇지만 사랑은 아니었다). 하지만 수업에 참석하지 않는 그의 습관 때문에, 올비는 여기저기를 전전하다가 초트Choate 기숙학교를 겨우 졸업했다. 그러나 1년 반 후에 트리니티대학에서 퇴학당했고, 얼마 뒤에는 부모님과 심하게 다퉜다 — 늦은 밤 집으로 돌아와서는 거실에 온통 토를 해 버렸다 — 그 일로 올비는 택시를 타고 집을 떠났고, 다시는 돌아오지 않았다.

그는 아버지의 장례식에도 가지 않았고, 그 후 17년 동안은 어머니도 만나지 않았다. 그러면서 올비는 1958년에 「동물원 이야기」로 연극계에 혜성처럼 등장했고, 1962년 「누가 버지니아 울프를 두려워하랴」로 더 큰 명성을 얻었다. 그리고 1967년 「미묘한 균형A Delicate Balance」과 1975년 「바다 풍경Seascape」으로 퓰리처상을 두 번이나 수상하였다. 하지만 그는 이후 15년 동안 브로드웨이에서 환영받지 못했다. 그는 자신을 입양한 어머니의 자전적 모습을 그린 「키 큰 세 명의 여자Three Tall Women」로 미몽에서 풀려났고, 그것으로 그는 세 번째 퓰리처상을 받았다. 그리고 뒤이어 2000년에 염소와 사건을 만들어 가는 한 남편의 이야기인 「염소, 혹은 누가 실비아인가?」를 내놓았다.

올비는 나에게 "지혜는 시각의 문제라고 생각해요"라고 말했다. 그러면서 그는 "어쩌면 우리가 걱정해야 할 것이 무엇이고, 걱정하지 말아야 할 것이 무엇인지 알아낼 수 있는 것이 지혜가 아닐까요?"라고 덧붙였다. "윌리엄 제임스William James(미국의 철학자 겸 심리학자)는

'지혜는 간과하는 것을 아는 것'이라고 말했더군요. 사람들은 형편을 걱정하고, 다음 날 아침 10시에 해야 할 일에 대해 생각하느라 잠을 설칩니다. 하지만 그것은 오히려 어리석은 일이에요. 그렇지 않나요? 그냥 잠자고 일어나 내일 아침에 걱정해도 될 텐데 말입니다. 더 중요한 것은 정신이 멀쩡한 상태에서 집중해 닥친 문제를 해결할 수도 있을 것이라는 점입니다."

나는 우리 삶의 필연적인 죽음에 대해 어떻게 정의를 내려야 할지 그와 이야기를 나누고 싶었다. 이는 올비가 관심을 갖고 있는, 아주 중요한 주제 중의 하나였다. 나중에 「동물원 이야기」에 나오는 극중 인물인 피터와 제리의 관계를 통해 이 문제를 다루게 되는데, 제리가 피터의 손에 넘겨준 칼에 자신이 찔리게 되면서, 그들의 공원에서의 만남이 정신적 외상을 초래하게 된다. 「누가 버지니아 울프를 두려워하랴」는 자신의 부모를 죽인 조지와 그의 아내 마사가 상상으로 가진 가상의 아들을 죽이는 이야기이다. 「키 큰 세 명의 여자」는 심각한 뇌졸중을 앓고 있는 92세의 여성이 자신보다 어린 두 명의 여자들과 서로 교감을 하는 이야기이다.

"「키 큰 세 명의 여자」에서, 그것은 아마도 '죽음을 받아들일 때 힘을 얻게 된다'는 것을 제시하고 있는 게 아닌가요?"

"나는 열다섯 살 때 죽음을 받아들였어요"라고, 그가 거리낌 없이 말했다. “내가 쓰려고 하는 오직 두 가지는 삶과 죽음이에요. 나는 죽음이 따로 있다고 생각하지 않아요. 나는 죽음에 대해서 다른 생각을 하지 않습니다. 오히려 그런 생각은 끔찍한 시간 낭비일 뿐이라고 생각하죠.”

“「키 큰 세 명의 여자」에 나오는 등장인물 중 하나가 아이들은 태어나는 순간부터 죽어 가고 있는 것을 인식해야 한다고 말하는데, 그것에 동의하세요?”

“그렇습니다. 나는 모든 것은 ‘임시 상태’와 ‘종착점’을 가지고 있다라고 인식하는 것만으로도 좋은 정신건강 상태를 유지할 수 있다고 생각합니다. 역설적으로 모든 것은 사라지고, 최종의 종착점은 허망하다는 인식을 가능한 한 하도록 하는 것이 중요하다는 것입니다. 자신을 보호하기 위해 안간힘을 쓰는 사람들과 나이가 들면서 사회적, 정치적 가치들이 변하는 사람들을 종종 보곤 하는데, 그들은 보면 항상 어리둥절할 따름입니다 — 그들은 더욱더 보수적으로 변해 간다. 편안함과 부를 축적하려는 욕망 때문이다 — 그것도 일종의 죽음입니다.”

“왜 그들에게 그런 일이 일어난다고 생각하세요?”

“두렵기 때문이죠. 누구도 이 세상을 떠나고 싶어 하지 않을 겁니다. 물론 너무 아파서 죽고 싶어 하는 사람들도 있지만요”라고, 그가 말했다. 그러면서 올비는 한숨을 지으며 "그것은 어떤 특정한 나이에 이를 때 생기는 안 좋은 일 중의 하나입니다. 당신의 주소록을 점검해 보세요"라고 덧붙였다.

1960년대와 1970년대에, 올비는 술버릇이 좋지 않기로 악명이 높았다. 그는 디너 파티에 참석한 동료들에게 뒤틀리고 모욕적인 언사를 퍼붓기도 했다. 한창 연극이 상연되고 있는 중간에 출연진에게 갑자기 모욕적인 말을 퍼부으면서 공연장을 박차고 나간 적도 있었다. 그런 그가 1971년 토론토대학에서 만난 화가이자 조각가인 조나단 토마스Jonathan Thomas의 도움으로 술과 담배를 끊었다. 2005년에 토마스가 암으로 죽을 때까지 올비는 그와 함께했다.

나는 올비에게 "금주가 당신을 어떻게 변화시켰나요?"라고 물었다.

"대부분의 내 친구들이 내가 생각했던 것보다 놀랍게도 지금 여기 가까이에 있다는 것을 깨닫게 되었어요."

"베일이 벗겨진 겁니까?"

"마치 보청기를 처음 꼈을 때 받은 느낌이라고 해야 할까요"라고, 그가 말했다. 그때까지 그가 오른쪽 귀에 베이지색 플라스틱 보청기를 끼고 있는 것을 알아채지 못했다. 그는 계속해서 "사람이 살면서 한도 끝도 없이 술을 마실 수 있는 것이 아니라 정해진 일정한 양이 있습니다. 그 양을 조금씩 평생 동안 마시는 사람도 있고, 또 우리 중 어떤 사람들은 5년 혹은 10년 동안 집중적으로 마시는 사람도 있죠."

"존 길구드John Gielgud(영국의 배우 겸 연출가)가 당신을 '처진 콧수염을 기른 무례한 해적'이라고 부른 적이 있습니다. 그리고 필립 로스 Philip Roth(미국 작가)는 당신이 말한 '끔찍한 팬지(pansy, 남자 동성애자를 가리키는 모욕적인 말)'라는 수사적인 표현을 비판한 적이 있습니다. 당신에 대해 좀먹는 일들을 이야기하는 사람과 가끔은 당신 자신이 좀먹는 사람이라는 사실 사이에는 어떤 연관이 있는 겁니까?"

"나를 모르는 사람들이 내 작품에 대해 비난할 때마다 항상 놀라게 됩니다. 비난들 대부분은 내가 감당하기 어려울 정도로 매우 치명적이죠. 모든 비난들이 다른 작가들을 지지한다기보다는 매우 개인적인 것으로 보입니다. 그것은 호기심일 뿐입니다. 나 역시 내가 옳지 않다고 생각하는 것들에 대해서 투덜거리곤 합니다. 그리고 나는 그래야 한다고 생각합니다. 하지만 그 대가를 지불하게 되죠. 나는 결코 존 길구드에게 무례하지 않았습니다. 물론 부끄러웠던 적도 있었고, 때로는 언짢은 기분을 말한 적도 있지만요. 하지만 필립 로스의 일은 변명의 여지가 없습니다."

올비의 어두웠던 경력을 파헤치고 있다는 것을 감안하면서, 나는 그가 브로드웨이에서 인기 없었던 시절에 대해 질문하기 좋은 기회라고 생각했다.

"나는 15년 동안 유행에 뒤처져 있었어요"라고, 그가 내 질문을 예상이라도 하듯이 말했다. 그러면서 그는 "「누가 버지니아 울프를 두려워하랴」를 쓰는 실수를 한 게 모든 것의 시작이었어요. 그것을 쓸 때 불행했다는 것이 아니라 — 이것은 나의 노후 연금이나 마찬가지입니다 — 모든 사람들이 내가 그 연극을 계속해서 다시 쓰기를 기대했어요. 「누가 버지니아 울프를 두려워하랴」의 속편, Ⅱ, Ⅲ, 그리고 Ⅳ를 계속해서 쓰기를 원했던 거죠. 그렇지만 나는 그들의 요구를 무시하고는 그 대신에 형이상학적 멜로드라마인 「작은 앨리스Tiny Alice」를 썼죠. 그것이 사람들을 화나게 했어요. 나는 오랫동안 일종의 자연주의 연극과 같은 작품 세계로 다시 돌아가지 못했어요. 나는 나름대로 실험을 하고 있었고, 또한 그 당시 나에 대한 비평 — 연극 비평을 포함한 모든 예술 비평 — 들에 대해 진저리를 내고 있었죠. 그리고 나는 그 비평에 대해 불만을 품고 투덜거리는 실수를 했고요. 비평가들이 그 일을 오랫동안 기억한 거죠"라고 말했다.

나는 이때가 그의 인생에서 가장 어려운 시기였는지를 물었다.

"글쎄요, 그때 나는 유럽뿐만 아니라 미국 전역에도 프로덕션을 가지고 있었습니다. 그리고 내 사업을 시작하면서 쓰고 가르치는 일을 꾸준히 하고 있었죠. 그래서 그 일로 우울해하거나 지루할 틈이 없었습니다. 그렇다고 당신이 기죽을 필요는 없어요."

"대부분의 작가들에게 좋은 시절도 20년쯤이라고들 말하지만, 당신은 40년이 넘은 것 같은데요."

"거의 50년에 가깝지요."

하지만, 누가 그걸 세고 있겠어요?

올비의 많은 연극들 속에 도사리고 있는 임박한 죽음들의 주제를 떠올리면서, 나는 그에게 자신의 죽음에 대해서 생각하는 시간을 가진 적이 있는지를 물었다. 그는 그렇지 않다고 말했다. "나는 사랑하는 토마스 조나단이 죽을 때까지 나이 드는 것에 대해 한 번도 생각해 본 적이 없었어요. 그와 35년을 함께했죠. 그가 2년 전에 세상을 떠나자, 그때 처음으로 상실감에 빠져 있는 내 자신을 발견했습니다."

"죄송해요."

"괜찮아요, 극복하고 있으니까. 그러나 만약 상실감에 빠지는 것을 두려워만 한다면, 누구도 그런 시간을 가질 수 없어요. 35년은 내게 대단한 시간이었어요. 물론 토마스가 암으로 투병했던 시간도 힘들었지만 말이죠."

몇 달 후, 올비는 「뉴욕 포스트」의 한 기자에게 "나는 조나단이 그랬던 것처럼 죽음에 대해서, 서서히 죽어 가는 것에 대해서 중요한 뭔가를 깨달았습니다. 내가 깨달은 것은 '결코 누군가가 죽어 가고 있다는 것을 잊지 말라'는 것입니다. 그것은 당신에 대한 것이 아닙니다. 그것은 항상 그들에 대한 것입니다. 그리고 나는 슬픔에 대해서도 뭔가를 깨달은 게 있는데, 슬픔은 결코 끝이 없다는 것입니다. 그것은 마치 세 번째 팔과 같습니다."

내가 올비의 작품에서 찾아낸 지혜는 두 가지이다. 하나는 사랑과 미움이 함께 공존한다는 것이다. 그는 터프한 사랑을 오싹하게 묘사하는 데 대가이다. 「염소」에서, 남편이 네 발 달린 동물과 연애를 하고 있다는 사실을 알게 된, 아내의 불타는 분노가 절정에 달한다. 메르세데스 룰Mercedes Ruehl과 빌 풀만Bill Pullman의 브로드웨이 프로덕

션이 이 작품을 연극으로 올렸는데, 그 아내의 마지막 장면 — 여기서 너무 많은 것을 누설하고 싶지는 않다 — 을 보는 15초 동안 나는 입을 다물지 못했다.

2001년 오프 브로드웨이에서 공연된 더욱더 추상적이고 미스테리한 연극인 「아기에 대한 연극The Play about the Baby」에서는 노부부가 젊은 부부의 신생아에게 강렬한 관심을 갖는다. 아기가 사라지게 되자, 노부부는 젊은 부부를 위협해서 아기의 존재를 부정하도록 한다. 그 노인은 심지어 젊은 아버지에게 "네가 우리에게 상처를 주기로 작심했구나"라면서 실제 아이는 아니지만 담요로 아기를 감싼 것처럼 보이는 꾸러미를 공중에 던지도록 위협한다. 그 노인은 비뚤어진 지시를 내리면서 이렇게 말한다. "만약 그대가 상처가 없다면, 살아 있다는 것을 어떻게 알 수 있겠는가?"

인간관계에서 서로 대립하는 양면성이라는 주제는 오랜 시간 동안 올비의 작품에 존재하고 있다고 말할 수 있다. 「누가 버지니아 울프를 두려워하랴」의 후반부를 보면, 그는 마사가 사랑하는 조지를 통해 진정한 사랑이 무엇인지에 대해 설명한다. "조지는 내가 자신을 욕해도 나를 이해해 주고, 내가 몰아 부쳐도 나를 웃게 해 줄 수 있는 사람이다. 내가 피가 나도록 물어뜯을 수 있는 사람이고, 나를 행복하게 만들어 줄 수 있는 사람이다. 그런데 나는 행복해지고 싶지가 않다. 아니,

나는 행복해지고 싶다."

그러나 올비의 최근 작품에서, 그 주제가 결실을 거두었다고 생각한다. 무엇보다 그는 심지어 노동자의 인권을 우선시하는 노동조합에서도 양립할 수 없는 불호환성이 존재하고 있음을 보여 준다. 파랑새에게는 검은 반점이 있다. 올비는 이러한 이중 감정은 일반적으로 암울한 결과를 초래한다고 말한다. 하지만 가끔 '무엇이 당신을 더 강하게 만드는가?'라는 고전적인 유행어처럼 만약 노동조합 내의 분쟁 쟁점들이 있는 경우라면, 그것들이 그 노동조합을 더 강하게 만드는 데 역할을 할 수 있다고 말한다.

또 다른 하나의 지혜는 올비의 삶과 작품 모두에 흐르고 있는 "주의를 기울이십시오"라는 말로 모아질 수 있다. 올비의 독수리 같은 눈이 자신의 경력에 결정적인 시기를 더하는 데 도움을 주었다 — 젊은 시절 그가 그리니치빌리지에 있는 게이 바를 방문했던 적이 있었는데, 화장실 거울에 비누로 휘갈겨 쓴 '누가 버지니아 울프를 두려워하랴' 라는 낙서를 보게 되었다. 그리고 몇 년 뒤 그것은 동명 작품의 모티브가 되었다.

한편 1953년에는 시인을 꿈꾸던 젊은 올비가 쏜톤 와일더에게 자신이 쓴 몇 개의 시를 보여 주었다. 그들은 뉴햄프셔에 있는 호숫가 벤치에 앉아 있었는데, 와일더가 시를 쓴 종이를 물 위에 하나하나 띄웠다. 멀리 떠내려가는 그 종이를 바라보면서 와일더는 올비에게 "혹시 극본을 써 볼 생각은 없는가?"라고 물었다. 올비는 이를 메모해 두었다.

그러나 나는 '주의를 기울여라'가 순수하게 문자 그대로의 의미라고는 생각하지 않는다. 1990년대 중반에 올비는 롱 아일랜드의 한 교사가 보낸 설문지를 작성한 적이 있었다. 자신의 인생에서 가장 행복했던 시간이 언제인지 묻는 항목에, 올비는 '지금, 항상'이라고 답했다. 그는 "그것이 인생을 후회하지 않는 유일한 방법입니다. 내 재능을 잃게 되거나, 아프고 가난하고 외로워지거나, 무시무시한 어떤 일이 일어나더라도, 나는 내 경험을 통해 체득한 여전히 재미있는 뭔가를 찾아내려고 할 겁니다"라고 설명했다.

올비의 가장 사적인 연극이라 할 수 있는 「키 큰 세 명의 여자」는 그들 모두가 가장 행복했을 때 혹은 행복하게 될 때를 이야기 나누는 것으로 끝을 맺고 있다. 가장 나이 어린 여자는 과거를 뒤돌아보면 바보 같은 느낌이 든다고 말한다. 그리고 그녀는 자신 최고의 날들은 '이제부터'라며 희망을 표현한다. 이어 가장 나이 든 여자 — 지금은 죽음을 눈앞에 두고 있다 — 가 "모든 것이 이루어졌을 때, 그때가 가장 행복하다"라고 말한다.

그러나 올비는 중간 나이의 여성이 셋 가운데 가장 지혜로운 여자라고 주장한다. 그녀는 자신의 환상을 포기했고, 가장 행복할 때는 과거도 아니고 미래도 아니라는 것을 알았기 때문이다. 그녀는 최고의 시기를 "지금, 지금…… 항상"이라고 말한다.

올비와 이야기를 나눈 후 2, 3개월이 지난 어느 날 밤, 나는 「누가 버지니아 울프를 두려워하랴」의 영화 상영에 앞서 올비가 직접 그 원작에 대해 소개한다는 말을 듣고 시내에 있는 영화관으로 갔다.

올비는 300명쯤 되는 관객 앞에서 할리우드의 거물 잭 워너Jack Warner(미국의 영화 제작자)가 베티 데이비스Bette Davis(미국 배우)와 제임스 메이슨James Mason(영국 배우)을 위해 연극 판권을 샀다고 말했다. 그러면서 그는 특히 연극 공연 초창기에 데이비스가 마사를 연기하고, 메이슨이 조지를 연기한 적이 있었기 때문에, 이것만으로도 훌륭한 영화가 탄생할 것이라고 덧붙였다.

그러나 할리우드 영화의 변덕이 항상 그렇듯이, 베티 데이비스와 제임스 메이슨이 각각 엘리자베스 테일러와 리차드 버튼Richard Burton(영국 배우)으로 바뀌었고, 거의 완벽한 대사로 구성된 올비의 희곡 또한 흥행을 보장한다는 '어니스트 리먼Ernest Lehman의 각본'

으로 각색되었다. 리먼은 시나리오 작가 겸 프로듀서였다. 즉 자신을 시나리오 작가로 고용한 프로듀서인 셈이었다. 그는 조지와 마사의 상상 속 아들을 지적장애아로 각색하여 다락방에서 진짜로 살고 있는 아들로 바꾸는 무지와 뻔뻔스러움을 지닌 프로듀서였다.

영화 버전은 술에 취한 커플이 길가 술집을 기웃거리는 것으로 시작한다. 그것은 약간 터무니없는 장면처럼 보였지만, 올비는 우리에게 이렇게 말했다. "두 문장을 제외하곤 모든 대사가 내가 쓴 그대로입니다. '길가 술집으로 가자!'라는 첫 번째 문장과 '이봐, 술집에서 나오게!'와 같은 문장은 내가 쓰지 않았습니다."

올비는 대체로 영화의 완성도에 만족한다고 말했다. 특히 "그들은 권리를 가지고 있고, 또 수영 장면으로 바꿀 수도 있었다"라는 것들을 고려할 때 대체로 잘되었다는 것이었다.

그러나 음악을 지나치게 사용한 것에 대해서는 영화의 문제점이라고 지적하였다. 이는 관객들로 하여금 어떤 방식으로든 억지로 무언가를 느끼게 하려는 의도라고 할 수 있는데, 이에 대해 올비는 "나는 그 장면을 보고 사람들이 연극에 음악을 삽입하는 것을 내버려 두지 않는다는 교훈을 얻었습니다"라고 말했다. 그러면서 그는 "희곡 작가로서 배운 것들 가운데 하나는 관객이 연극을 소유하고 있다는 것입니다. 음악으로는 그들을 속일 수 없습니다"라고 덧붙였다.

심지어 나는 올비로부터 약 50미터 떨어진 곳에 앉아 있었는데도, 영화 제작 과정에 대한 그의 몇 년 동안의 불만을 감지할 수 있었다. 하지만 그는 그것을 통제할 수 없었다. 세세한 것은 더 이상 그의 것이 아니었기 때문이다. 그날 저녁 올비가 했던 말 속에 다음과 같은 말이 영화에 대한 그의 감정을 가장 잘 나타냈다고 할 수 있을 것이다. "영화는 흑백이지만, 나는 연극을 컬러로 썼다."

12

삶의 끝에 이르면 어떤 기분이 들까?

윌리엄 버로스William Burroughs는 미국 소설가로, 제2차 세계대전 이후에 등장한 비트파 문학의 선구자로 평가받고 있다. 대표작으로는 마약 환자의 환각과 공포를 산문시풍으로 그려 낸 『벌거벗은 점심The Naked Lunch』이 있다.

우리는 빚지지 않기 위해 노력한다.

『마지막 말들 : 윌리엄 S. 버로스의 마지막 일기Last Words : The Final Journals of William S. Burroughs』는 문학적 무법자인 윌리엄 버

로스가 1996년 11월부터 죽기 전인 1997년까지 쓴 일기들을 모아 놓은 책이다. 이 일기들은 버로스의 고전적인 관심사를 담고 있는데 — 도덕, 인간의 어리석음, 미국의 마약 정책, 문학 — 이 글을 통해 드러나는 작가는 궁극적으로 우리가 예상하는 것보다 훨씬 더 다정하고 낙천적인 사람이다. 그렇지만 버로스는 계속해서 아편을 흡입하기 위해 헤로인을 판매한 적도 있는 아편 중독자였다. 그의 책은 (소년을 성적 대상으로 삼는) 남색자의 환상과 교살로 가득 차 있다. 또한 그는 멕시코시티에서 술 마시는 게임을 하다가 실수로 총을 쏘아 자신의 내연녀를 죽였다. 그리고 나중에는 캔버스에 페인트칠을 하려다가 산탄총을 사용해 그림을 그리는 전문가가 된다. 한마디로 요약하면, 버로스의 아이디어는 장황하게 이야기를 늘어놓거나 골프 이야기를 들먹이지 않더라도 재미가 있다는 것이다.

버로스는 자신이 가지고 있던 도덕적 고정관념을 이 일기의 후반에 드러난 사랑과 낙관주의를 통해 여지없이 깨뜨린다. 버로스가 로렌스 캔자스로 이사를 했을 때가 그의 나이 67세였다. 그리고 그곳에서 인생의 마지막 16년을 보냈다. 비록 관절염과 열공 탈장, 그리고 백내장을 앓으면서 창백하고 유령 같은 겉모습을 보이기도 했지만, 1991년 세 번의 관상 동맥 바이패스 수술을 받은 후로는 그의 건강도 개선되었다.

그는 캔자스로 이사하기 전까지는 고양이들을 좋아하지 않았다 — 사실은 고양이들에게 잔인했다. 그러나 낯선 동네에서 길을 잃을 때마다 고양이들의 따뜻한 보살핌을 받게 되었고, 이를 통해 그의 시한부 삶의 열병이 시작되었다. 버로스의 매니저이자 편집자인 제임스 그라워홀츠James Grauerholz는 "그는 살면서 가끔 (지금도) 세상을 떠난 많은 사람들을 생각하곤 했는데, 그에게 고양이들이 그들을 대신하는 것 같았다"라고 말했다. 1986년에는 버로스가 『여행 가방 속의 고양이The Cat Inside』를 출간했는데, 그 책에서 그는 고양이를 '국가의 천적'으로 추켜세웠다. 반면에 개에 대해서는 지저분한 똥을 먹는 변태 동물로 취급하였다. 그 책의 서문에는 '고양이들은 나를 무지에서 구했다'라고 기술되어 있다. 비록 그의 집이 온통 고양이 배설물로 인해 냄새를 풍기기 시작하자 — 1990년대 중반에 그가 기르는 새끼 고양들의 수가 최고에 달했다. 버로스는 생강, 플레처, 옥양목, 센슈, 그리고 스푸너의 주인이었다 — 메타돈methadone(헤로인 중독 치료에 쓰이는 약물) 복용 중독자는 그 어린 고양이 새끼들에게 온갖 언어적 학대를 쏟아 내기는 했지만 말이다. "이리 오너라, 이 창녀야. 개새끼야!"

이 일기들에서 주목할 만한 것은 고양이들이 버로스의 시한부 인생을 칠흑같이 새까만 것에서부터 밝은 흰색으로 이동시켰다는 것이다.

우리는 폭력과 공격성을 초래하는 다양한 경우들에 처한다. 자신의 마지막 일기를 통해 그는 우리에게 "내가 플레처와 러스키와 스푸너와 옥양목에게 느꼈던 것처럼 갈등을 해결할 수 있는 유일한 것은 사랑이다. 순수한 사랑이다"라는 것을 알려 준다.

버로스의 일기의 마지막 말은 이렇다.

> 사랑? 그게 뭔데?
>
> 가장 자연적인 진통제이다.
>
> 사랑.

삶의 끝에 이르면 어떤 기분이 들까? 그리고 그때에도 욕구라는 게 생길까? 대다수의 사람들은 위대한 시인과 예술가 들처럼 숭고한 정신세계를 가지고 있지 않다. 비록 이 땅에서의 마지막 날을 어떻게 맞이할 것인지에 대해 일반화하기는 어려운 감이 있지만, 많은 일화들을 종합해 보면 많은 사람들이 그 어느 때보다 진짜 자기 자신이 된다고 말한다. 이에 대해 심리학자이자 작가인 메리 파이퍼는 "삶의 끝에 이르면 사람들은 자신의 힘과 기량에 맞는 태도를 취한다"고 말했다.

죽음을 앞두고 지난날들을 되돌아볼 때, 작은 돌풍을 일으킬 수도 있다 — 후회가 표현될 수도 있고, 요구가 이루어질 수도 있으며, 의지가 바뀔 수도, 기억이 재연될 수도 있다. 그래서 이 땅에서 떠날 준비를 할 때, 사람들이 본질적으로 어떻게 행동하는지를 보는 것은 일반적으로 흥미로운 일이다. 「사형수들이 마지막으로 요청한 음식」이라는 다큐멘터리를 본 적이 있었는데, 죽음의 문턱에 선 사람이 저지방 샐러드 드레싱을 달라는 것을 보고는 큰 소리로 웃지 않을 수 없었다.

어떤 노인이 자신의 장례식에 대해 어떻게 이야기하는지를 보라. 95세의 대중선동가 스터즈 터클Studs Terkel은 「시카고 트리뷴Chicago Tribune」과의 인터뷰에서 자신의 유골을 아내 유골과 합쳐 시카고의 거리 광장(Bughouse Square, 정치 선동 연설과 복음 전도 따위를 하는 곳)에 뿌려 주기를 원한다고 말했다. "뉴베리 도서관 건너편에 위치한 그곳은 내가 오랫동안 인격의 형성기를 보냈던 곳이고, 온갖 미치광이들과 철학자들, 또한 지식인들과 급진주의자들 등을 제치고 말을 쏟아 냈던 곳이다." 그는 미소를 띠우며 "그곳에 우리를 뿌려 주십시오. 그것은 법에 대한 또 다른 나의 항거 방식입니다"라고 말했다.

1987년 「휴스턴 크로니Houston Chronicle」와의 인터뷰에서 자신의 장례식 때 남자가 관을 메는 것을 원하지 않는다고 말했던, 혈기왕성한 98세의 결혼하지 않은 처녀 마틸다 존스Mathilda Jones를 상기해 보는 건 어떤가. 그녀는 "살아 있을 때도 나를 초대하지 않았던 남자들이 내가 죽었다고 해서 나를 옮기려 하겠는가"라고 말했다.

사람들의 마지막 말 역시 자신의 결정체를 그대로 보여 준다. 가장 많이 하는 마지막 말은 "사랑해요"나 "고마워요"이다. 하지만 종종 자신의 개성을 한껏 드러내는 사람들도 있다. 『헤다 가블레르Hedda Gabler』와 『인형의 집A Doll's House』 같은 연극 작품을 통해 빅토리아 시대의 도덕성을 분개하도록 만드는 데 삶의 대부분을 보냈던 극작가 헨리크 입센Henrik Ibsen의 인습 타파는 자신의 임종에까지 이어졌다. 입센의 간호사가 입센더러 괜찮아 보인다고 말하자, 입센은 '그와 반대로'라고 논평하고는 바로 죽어 버렸다.

소크라테스는 어떤가. 그가 감옥에 갇혀, 자신을 죽게 할 독약을 막 마시려고 할 때였다 — 영혼의 불멸에 집착하거나, 자신을 또는 자기가 사랑하는 사람들에게 위로의 말을 해 주기를 유혹받았을지도 모르는 순간이었다. — 당신은 기억할 것이다. 소크라테스 — 그는 지혜의 본성을 체계적으로 탐구한 첫 번째 사람이고, 오라클의 공언("너 자신을 알라")을 시험해 보고는, 자신이 현명하지 않다는 것을 알았기 때문에 역설적으로 자신은 현명하다고 결론을 내렸던 사람이다 — 는 유언에서조차 우위를 차지해 버렸다. "기억하라, 이 논쟁에 있어서 나는 오직 내 자신을 설득시키기 위해 노력하고 있다는 것을. 그러나 영혼의 불멸이 입증된다면, 내가 얼마나 많은 것을 얻게 되는지를 보라. 그것이 사실이라면, 나는 단지 그것을 믿기만 하면 된다. 그러나 죽음 이후에 아무것도 존재하지 않는다면, 나의 무지는 나에게 아무런 해를 끼치지 못할 것이다. 이것이 내가 우리의 논쟁에 접근하는 마음 상태이다. 그대에게 요구하는 것은 소크라테스가 아니라 진리에 대해 생각하는 것이다."

다른 사람들의 마지막 말은 다음과 같다.

뉴욕 중앙 철도의 사장이었던 윌리엄 밴더빌트William H. Vanderbilt는 "나는 내 이웃보다 더한 종류의 진정한 만족이나 즐거움이 없었다"고 말했다.

베니토 무솔리니Benito Mussolini는 "내 가슴에 쏴!"라고 사형 집행관에게 말했다.

존 베리모어John Barrymore(미국 영화배우)는 "죽음이 두렵다고 하는 친구여, 그런 지극히 평범한 일이 나 베리모어에게 일어나는 것을 허락하지 않는다네"라고 말했다.

헨리 제임스Henry James(미국 소설가 겸 비평가)는 "그래, 마침내 여기 왔구먼"이라고 말했다.

제임스 서버James Thurber(미국 만화가)는 "축복이 있기를, 젠장"이라고 말했다.

임종이 가까워지자, 거트루드 스타인Gertrude Stein(미국 시인 겸 소설가)은 자신의 친구이자 매니저였던 알리스 토클라스Alice B. Toklas에게 "대답이 뭐야?"라고 물었다고 한다. 토클라스가 별 다른 반응이 없자, 그는 웃으면서 말했다. "이 경우, '질문이 뭐야?'로 해야 해."

플로 지그펠드Flo Ziegfeld(연극 프로듀서)는 "쇼가 잘 보이는 커튼! 빠른 음악! 조명! 피날레를 위한 준비! 대단해! 쇼가 아주 좋군! 쇼가 아주 좋아!"라고 말했다.

게리 길모어Gary Gilmore(미국의 흉악한 범죄자)는 "해 봅시다!"라고 총살 집행자에게 말했다.

안나 파블로바Anna Pavlova(러시아의 발레리라)는 "내 백조 의상을 준비해 줘"라고 말했다.

사담 후세인Saddam Hussein은 "신은 오직 알라뿐이다. 무함마드는 신의 메신저이다"라고 말했다.

바넘P.T. Barnum(흥행업자)은 "메이슨 스퀘어 가든의 오늘 수입은 어땠나요?"라고 말했다.

인디안 추장인 크로우풋Crowfoot은 "잠시 동안 나는 당신에게서 사라질 것이다. 나는 말할 수 없다. 우리는 어디에서 와서, 우리는 어디로 가는지를. 인생이란 무엇인가? 그것은 밤에 날아다니는 반딧불이의 번쩍임이다. 그것은 겨울에 숨을 내쉬는 버팔로의 호흡이다. 그것은 석양 무렵에 잠시 풀에 머물렀다 사라지는 그림자이다"라고 말했다.

부처는 "소멸은 모든 만물에 내재되어 있다"라고 말했다.

조안 크로포드Joan Crawford(미국의 영화배우)는 자신의 가정부가 기도하는 모습을 보면서 "젠장…… 신에게 나를 도와 달라고 기도하기만 해 봐!"라고 말했다.

사람들이 주목하는 것은 마지막 숨이 헐떡거릴 때 내뱉는 독특한 말들이다. 이렇게 인용한 글들에서 말한 사람의 이름을 제거하더라도, 우리는 여전히 누구의 말인지 알 수 있다. 싸구려 호텔에서 고달픈 생활을 하며 "벽지가 가든지 아니면 내가 가든지"라고 떠들던 오스카 와일드Oscar Wilde의 이미지는 거의 자기 패러디이다.

그것은 정확한 말이다. 이렇게 말하는 나를 오스카는 용서할 것이다.

이처럼 삶의 마지막에는 "사랑해요"와 같은 일반적인 말뿐 아니라

"여기 내가 일생 동안 축적한 승리와 재난을 극적인 높은 구제에 던져 버려"라는 수수께끼 같은 선문답도 있다. 이런 유형들을 일반화할 수 있을까?

이런 의문들을 찾기 위해 나는 『어떻게 죽을 것인가』의 저자이며, 예일대학 교수인 셔윈 룰랜드에게 전화를 해 "중환자실에서 치료를 받거나 죽음에 임박한 사람들이 무엇에 대해서 생각하는지를 일반화하는 것이 가능할까요?"라고 물었다.

"그것은 상당히 어려운 질문입니다. 그것에 대해 어떤 체계적인 방법으로 다루어진 적이 없기 때문이죠"라면서, "그러나 나는 우리가 어떤 상황에서도 두려움의 역할을 과소평가해서는 안 된다고 생각합니다. 그 두려움에 대해서 우리가 많은 이야기를 나눈 적이 별로 없습니다."라고, 그가 나에게 말했다.

"죽음의 두려움?"

"죽음의 두려움. 비존재의 두려움. 비존재라는 이 개념, 즉 '세상은 지속되지만, 나는 거기에 없을 것이다'라는 현상에 직면하게 되는 두려움입니다. 그래서 비록 세상은 그들 없이도 물리적으로 지속되겠지만, 그들로 하여금 사회적 혹은 개인적인 유산을 남겨 놓았다고 안심시키는 것이 중요합니다. 그들은 가치 있는 무언가를 남겨 왔습니다. 그중의 한 가지가 사랑입니다."

“『어떻게 죽을 것인가』에 당신이 ‘중증 질병의 치료에서 희망이 무엇인지 재정의되어져야 한다’라고 쓴 것이 바로 이것을 의미하는 것인가요?”

“그렇습니다. 의과 대학을 다닐 때, 나는 환자가 결코 희망을 잃지 않도록 해야 한다고 배웠습니다. 그렇지만 일반적으로 환자의 생존 가능성이 없을 때, 당신이라면 희망을 어떻게 정의할 건가요? 나는 항상 바클라브 하벨Václav Havel(체코의 대통령)의 정의를 좋아하는데, 그는 희망에 대해 ‘무언가가 실현되는 것이 아니라, 무언가를 이해하게 되는 것’이라고 말했습니다. 죽음이 가까운 사람이나 혹은 죽음을 직면해야 하는 사람에게 이해가 된다는 것은 무엇일까요? 그것 중 하나는 일종의 약속입니다. 우리가 결코 그를 떠나지 않을 거라는 약속입니다. 그가 무슨 일을 겪든 끝까지 우리가 함께할 거라는 거지요. 다른 하나는 그들의 삶이 자신과 가까운 사람들과 또 우리에게 얼마나 많은 의미가 있는지 알게 하는 것입니다. 또한 어떻게든 그들의 고통을 악화시키지 않을 거라고 안심시켜야 합니다. 그러나 가장 중요한 것은, 우리가 불멸이라고 칭하는 것 — 그들이 어떻게 우리의 삶을 변화시켜 왔는지. 그들과의 관계 덕분에 어떤 지혜를 어떻게 성취해 왔는지 — 에 대한 희망입니다.”

우리가 죽음에 다다른 경험을 했던 사람들, 즉 죽었다가 다시 살아 돌아온 사람들에게 무엇을 배울 수 있을까? 꿈과 마찬가지로, 많은 사람들이 자신의 죽음에 대한 경험을 기억하지 못하지만, 약 25~30퍼센트의 사람들은 자신의 죽음에 대해 기억한다고 한다.

1976년부터 임사 체험(Near-death experiences, NDEs)을 연구해 왔던 코네티컷대학의 심리학 교수인 케네스 링Kenneth Ring은 죽음에 가까이 이르렀다 벗어난 세 명 가운데 한 명은 선험적 경험을 한 것이라고 말한다. 이러한 경험은 일정한 패턴을 보이고 있는데, "상상할 수 있는 것보다 훨씬 더 깊은 평화로움과 행복감을 맛보는 듯한 이미지와 감각을 체험한다"라고, 링은 「뉴욕 타임스」와의 인터뷰를 통해 밝혔다. 그러면서 그는 "그것은 마치 한쪽에서 떨어져서 혹은 하늘의 구경꾼이 되어 아래를 내려다보는 느낌"이라고 했다.

이러한 느낌 — 러너스 하이(runner's high, 격렬한 운동 후에 맛보는 황홀감이나 행복감)에서 입증되었듯이 중추 신경계가 통증을 줄이도록 작용하는 엔도르핀과 호르몬의 생성에 의해 촉발된 듯한 — 들은 강렬하다. 켄터키대학의 신경 생리학자인 케빈 넬슨Kevin Nelson은 2007년 「AARP」 잡지와의 인터뷰에서 "임사 체험은 렘REM 수면

(Rapid eye movement sleep, 깨어 있는 것에 가까운 얕은 수면)과 뇌의 각성 시스템과 관련이 깊다"라고 말했다. 그는 임사 체험을 하는 사람들은 '다른 뇌로의 전환'을 하게 되는데, 이는 수면과 깨어있음이 혼합되어 있는 상태이며, 이런 상태가 죽음의 트라우마를 마치 꿈을 꾸는 듯한 상태로 바꾸어, 죽어 가는 충격을 감소시키게 된다는 것이다. 임사 체험을 한 사람들은 다들 황금빛으로 목욕을 하고 있는 기분이라고들 말한다. 그러면서 어두운 터널을 통해 육체에서 분리되는 느낌, 자신이 신성하다는 느낌이 들게 하는 어떤 힘의 원천과 접촉하고 있다는 느낌, 노란색 꽃밭 위에 떠 있는 느낌, 먼저 세상을 떠났던 사랑하는 사람들을 만나 그들과 함께 즐겁게 '친목회'를 하는 듯한 느낌, 그리고 현실 세계로 돌아가는 것에 대한 슬픔 등을 경험한다고 했다.

이제 낯선 것은 이러한 경험을 한 사람들이 다시 지상으로 돌아왔을 때 일어나는 변화들이다. 링은 "그 사람들은 삶의 감상자가 된다"라고 하면서, "그들은 더 이상 성공이나 명예, 또는 재산에 대해 신경쓰지 않는다"라고 말한다. 실제로 임사 체험 후, 물질적인 삶을 더 줄이고, 직업을 바꿔 간호사나 사회 복지사, 자원 봉사자가 되는 삶을 선택한 사람들의 사례들에 대한 많은 기록들이 있다. 그리고 많은 사람들이 죽음에 대한 두려움에서 벗어난 것으로 알려져 있다.

그러나 나에게는 임사 체험에 대한 연구가 일정 부분 허튼소리로 들린다. 나는 800만 명이나 되는 미국인들이 임사 체험을 했다는 연구 결과 한 가지만으로도 이를 믿기가 힘들다. 내가 이런 사람들 중에 단 한 사람도 만나 본 적이 없다는 사실을 감안하면 말이다. 그러나 이러한 연구 결과 중 일부는 다소 과장되었다 하더라도 — 이에 비해 영국의 철학자이며 유명한 무신론자인 알프레드 에이어Sir Alfred J. Ayer가 1988년에 임사 체험을 하고 난 후, 그는 "죽음이 나의 끝이 될 것이라는, 그리고 그렇게 되기를 계속해서 바라왔음에도 불구하고 이 체험은 죽음이 끝이라는 그런 나의 확신을 약화시켰다"고 말했다 — 그들이 묘사하고 있는 대의와 변화를 주목하는 것은 흥미로운 일이다. 그것은 밝은 빛에 둘러싸이고, 노란 꽃밭 위에 있는 기분을 경험한 사람들뿐만 아니라 심지어 어두운 경험을 한 사람들의 경우에서도 공통적으로 우리가 발견하게 되는 하나의 변화이다.

시인이자 레즈비언인 메이 사튼May Sarton의 일기는 나이 든 사람들에 관한 책을 쓸 때 참고자료로 많이 활용되는데, 예컨대 이런 것들이다. 그녀는 60세에 '내 인생의 기쁨은 나이와는 아무런 상관이 없다. 그것들은 변하지 않는다. 그것들은 꽃, 아침의 빛, 음악, 시, 침묵, 오색방울새의 쏘다님이다'라고 썼다. 그러나 그녀가 뇌졸중으로 쓰러져 심각하게 노화가 진행된 70세 때에는 '나이 든 사람의 마음에서 나오는 어떤 진실한 울음소리는 그것을 듣는 사람들에게 너무나도 많은 혼란과 불안감을 주고 있다는 것을 깨우치고 있다. 왜냐하면 지금의 내가 내리막길에 서 있는 사람들을 돕는 데 있어 할 수 있는 일이 아무것도 없다는 것을 알았기 때문이다'라고 썼다.

소설가이며 비평가인 수잔 손탁의 논쟁과 뻣뻣한 지성주의는 엄청난 자신감과 완벽함의 산물인데, 그런 그녀가 2004년 71세 때 자신을 죽음으로 몰아가는 골수이형성증후군과 씨름을 하면서 아들에게 "이 시간은 내 인생에서 처음으로, 내가 특별한 존재라는 느낌이 들지 않게 하는구나"라고 말했다고 한다.

또한 T.S. 엘리엇은 「4개의 사중주」에서 "우리가 얻기를 바랄 수 있는 유일한 지혜는 겸손이다. 겸손은 끝이 없다"라고 말했다.

나로 하여금 죽음에 대해 생각하는 방식을 변화시킨 책이 있다. 그것은 T.S. 엘리엇도, 엘리자베스 퀴블로 로스도, 윌리엄 버로스도 아니다. 물론 그 어떤 시인이나 작가도 아니다. 그것은 『잠자는 미녀 Sleeping Beauty』라는 사후의 모습을 찍은 사진들을 나열한 책이다. 이 사진들은 1843년부터 1925년 사이에 죽은 미국인들을 흑백 사진으로 찍은 것들이었다.

이 책에 나오는 유령처럼 창백한 사람들 가운데 몇몇은 어린아이가 아닌데도 나들이옷을 입고 있는 것이 있다. 또한 대부분의 사진들 속 인물들은 눈을 감고 있지만, 때때로 눈을 크게 뜬 것도 있다. 이렇게 뜬 눈들은 피로와 당혹함도 보여 주지만, 감동을 주는 경외심이 넘쳐 나는 것도 있다. 가끔 그 사후의 사진들이 평생에 찍은 유일한 사진이기도 했다.

시체 촬영은 19세기와 20세기 초의 미국에서는 일반적인 관행이었다. 많은 노력과 자부심이 사진 속에 들어 있는데, 이것을 집에 걸기도 하고, 친척에게 보내기도 하고, 때로는 로켓(locket, 사진 등을 넣어 목걸이에 다는 작은 갑)이나 포켓용 거울에 붙여 몸에 지니기도 했다.

이 책을 처음 발견했을 때, 관광객이 풍경의 매력에 빠져 멍하니 바라보듯이 그 책을 한참 동안이나 살펴보았다. 사진 속의 절반은 관 속에 담긴 모습이었다. 처음 책장을 넘기면서 본 많은 사진들의 관에는 십자가 표시가 있었는데, 일부 장식함은 단순하고 아늑해 보였지만 반면에 어떤 것은 거창하고 기죽을 정도로 화려한 것도 있었다. 나는 '책을 들고 의자에 앉아 있는 사람'이라는 제목이 적힌 번호판 28의 사진을 기억하고 있다. 그 사진은 흐릿한 흑백 사진이었지만 다른 사진들과는 전혀 다르게 옷을 입고 있었고, 제목이 말해 주듯이 모델이 누워 있지 않고 앉아 있었다. 그 모델은 이상하게도 피개 교합(overbite, 아랫니보다 윗니가 훨씬 튀어나온 상태)이었다 — 어린 뱀파이어보다 더 튀어나와 있었다. 나는 그 사진을 바라보면서 아마도 그가 죽을 때 자신도 모르게 자기 아랫입술을 깨물지 않았을까 상상해 보았다. 돌이켜 보면, 내 이러한 반응은 꽤 특이한 것처럼 보였다 — 이런 사진들을 보는 것은 단지 새로운 것을 경험해 보려는 내 노력의 일환일 뿐이었다.

책장을 더 넘기자, 어찌나 으스스하던지 오싹한 느낌이 들었다. 이번에는 어른들의 시체 가운데 아기처럼 보이는 것에 관심이 생겼다. 또한 번호판 66 '살해된 파슨스 가족'이라는 제목의 사진에서 묻어나는 생생한 공포와 두려움에 왠지 끌렸다. 어머니, 아버지, 세 명의 어린 아이들 모두가 머리에 상처가 나 있었고, 침대에 드러누워 있었다. 그리고 이상하게 나란히 놓여 있는 번호판 38의 '찰리-소년과 그의 장난감들'과 번호판 55의 '어린이와 그의 흔들 목마'에도 왠지 관심이 끌렸다. 죽은 어린아이 옆에 각각 장난감과 흔들 목마가 놓여 있었는데, 즐겁게 목마를 타거나 장난감을 가지고 놀았을 아이들 모습이 잠시 나를 사로잡았다.

그 책을 책장에 꽂았다가 다시 볼 생각으로 책장에서 끄집어내었지만, 곧바로 다시 꽂아 두었다. 오싹한 생각이 스치고 지나갔기 때문이다. 사진 이미지 자체들이 오싹하거나, 그 이미지를 보고 싶어 하는 내가 오싹하거나 둘 중의 하나였다. 어느 것인지는 확실치 않았다.

그 후 친구들을 만났을 때 그들에게 그 책에 대해 말했고, 심지어는 그들에게 그 책을 보여 주기도 했다. 그들의 반응 — 오, 오싹한데 — 은 반사적으로 나왔다. 그들은 마치 일종의 섬뜩한 과학 프로젝트를 보고 있다는 반응이었다. "아니, 아니 너희들은 이해하지 못해, 이 사진들은……"이라고 말하고 싶은 유혹을 받았다.

하지만 나는 말을 하지 않았다. 정확히 '역사적'이라고 할 것까지는 없지만, 그 이미지가 갖고 있는 본능적인 호소력을 느끼지 못하고 바라보는 자의 입장이 현저하게 서로 상반되어 분리되어 있음을 암시한 것일 게다. 그리고 그들은 단순히 '재미있다'거나 혹은 '특별하지 않다'고만 생각했다.

몇 개월 동안, 그 책에 손을 대지 않고 있다가 다시 그 사진들을 보기 시작했다. 그러다가 '탈수로 죽은 아기, 세 개의 포즈'라는 제목이 붙은 번호판 47의 세 장 사진을 보면서 눈을 멈출 수밖에 없었다. 이 사진들에 등장하는 아이는 상록수 가지 하나를 들고 있는 수척한 유아로 보였다. 그 몸이 아주 작지만 않았다면, 이 해골 같은 아이는 한

살이 아니라 백 살쯤 되어 보였다. 아기는 눈을 뜬 채 멍한 상태로 그 구슬 같은 눈으로 중간 거리쯤 응시하고 있었다. 이 사진들은 엄청나게 충격적이지만, 겸손한 항복의 태도를 보여 주려는 의도인 것 같았다. 나는 두 번이나 이 사진들을 쳐다보며, 내 몸이 마비되고 떨림이 일어나는 느낌이 들었다. 내게 이런 반응이 나타났다는 것은 이 사진들이 시간을 초월하고 있다는 의미라는 것을 깨달았다. 내가 이 사진들을 보는 것은 1885년도 아니고 2008년도 아니다.

만약 지금 여기에서 벗어나 영원에 이르는 문으로 데려다주는 것이 위대한 예술 작품들의 은밀한 임무라면, 이 사진들은 위대한 예술 작품의 범주에 들 수 있다. 그것은 사람이나 혹은 단어들이 연상시킬 수 있는 것보다 더 큰 무언가를 갖고 있다. 그것은 죽음에 있어서, 그 끝이 끝없음을 보여 주고 있는 것이다. 조각가인 자크 립시츠Jacques Lipchitz가 "예술은 죽음에 대항하는 작업이다. 그것은 죽음에 대한 거부이다"라고 말한 적이 있다. 그리고 이 사진들이 정확히 그것을 보여 주고 있다. 이들의 죽음은 죽음을 부인하고 있다. 이러한 이미지에 대해 가르쳐 주는 오직 하나의 단어가 있다. 아름답다.

나는 지금 17년생 고양이와 함께 살고 있다. 고양이와 남자 친구인 그레그는 내가 지혜 프로젝트를 시작하기 1년 전에 내 아파트로 이사를 왔다. 이 꼴사나운 샴고양이는 바닥에 낮은 자세로 사람의 머리카락을 만지작거리는 머리의 조련사였다. 그 고양이는 사람 머리에 오른쪽 발을 뻗는 것을 좋아했는데, 내가 몸을 굽혀 그를 꽉 움켜잡기라면 하면 혀를 움직여 머리에 왕관을 만들어 냈다. 그러고는 그의 작고 까칠까칠한 혀를 놀려 대면서 광을 냈다. 당신의 얼굴에 매우 부드럽게 매니큐어를 칠해 준다고 생각하면 된다. 만약 내가 조금이라도 몸을 움직이려고 하면, 샴고양이 핫 로드 역시 자신의 발톱으로 두피를 더 단단히 움켜잡았다 — 피가 나는 경우도 있었다.

그러고는 방 안에 있는 사람도 들을 수 있을 정도로 진공청소기 같은 소리를 내면서 열광적으로 미친 듯이 머리를 만들었다. 그러나 핫 로드는 이런 행동을 자기가 하고 싶을 때만 했다. 그레그는 핫 로드의 행동에 대해 다음과 같이 적었다.

보통 고양이들은 누군가 자신을 위협하면 조심하고 경계하고 방어적인 자세를 취한다. 하지만 핫 로드는 고양이들의 이런 상투적인 행동을 하지 않는다. 간혹 내가 책이나 15킬로그램 정도 되는 세탁물을 낑낑거리며 집 안으로 비틀거리면서 들어갈 때가 있는데, 그런 경우 핫 로드는 자신의 머리를 내 손바닥 위에 두려고 한다(다른 고양이는 도망가기에 바쁘다). 자신을 귀엽게 쓰다듬어 줄 것이라 예상하고, 그렇게 행동하는 것이다(물론 내가 지금껏 그렇게 해 왔다). 그러고 나서 편안히 잠을 잔다.

이 고양이가 예전에는 이러지 않았다. 하지만 같은 고양이 친구인 에드Ed가 죽은 이후 그는 자신이 좋아하는 단추만 가지고 놀기 시작했다. 항상 눈치를 보는 고양이로 바뀌어 버린 것이었다.

핫 로드는 한배에서 태어난 새끼들 중 제일 작고 약한 녀석이었다. 가엾은 표정을 짓고 있으면 그를 귀여워하지 않을 수 없었다. 태어난 지 9개월이 지나서는 맨발의 뒤꿈치를 공격하고, 신발 끈과 슈퍼볼을 쫓아다녔다. 그리고 2~3년이 지나 다 자랐을 때에는 뚱뚱해진 몸집을 어찌할 수 없을 정도가 되었다. 하지만 핫 로드는 무력해진 자신의 몸에 대해 만족해하는 것 같았다. 만약 자신의 머리에 비둘기가 자리를 잡고 앉아 있더라도, 그는 비둘기가 날아갈 때까지 참을성 있게 기다렸을 것이다. 다른 고양이가 새나 다람쥐, 벌레, 낯선 사람들 등의 움직임을 열심히 추격하는 급박한 상황에서도 핫 로드는 이를 서로가 긴급히 필요한 애정을 주고받는 것으로 해석했다. 제정신이 아닐 정도로 덤벼 대는 경우는 내 옆에 있기를 원할 때 외에는 없었다. 일부 동물행태학자들의 의견에 따르면, 먹이를 주기 때문에 내 옆에 바싹 붙어 있으려고 한다고 말할지도 모른다. 그러나 그것만으로는 그의 행동을 설명하지 못할 것이다. 왜냐하면 핫 로드는 코앞에 음식이 있어도 그것과 상관없이 그의 크고 부드러운 몸을 나에게 비벼 대며 내 머리 주위를 감싸는 것을 좋아하기 때문이다.

물론 머리를 다듬는 서비스 조련사로서 핫 로드의 충동적인 행동은 그가 나이가 들어 자신의 몸집이 불어나고 둥글납작하게 흐트러짐에 따라 점차 사그라져 갔다. 지난 몇 년 동안, 이 녀석 — 한때 가장 살이 많이 쪘을 때는 10킬로그램에 달했다 — 은 가지, 삼베 자루, 고슴도치, 해기스(Haggis, 양 또는 송아지의 내장이 포함된 푸딩의 일종), 자바 더 헛(Jabba the Hutt, 영화 「스타워즈」에 등장하는 괴물), 반지의 제왕의 나무 수염, 부처, 파키스탄 배달원, 로르샤흐 검사의 반점, 폐색전선의 날씨, 참치 등으로 다양하게 비유되었다.

나는 냉담한 와스프WASP(앵글로색슨계 백인 신교도)이지만, 핫 로드의 애정에는 맥을 못 췄다. 나는 보채고 우는 물고기가 되었다. 내가 다른 나라로 여행을 가더라도 호텔 객실의 침대에 누워 베개를 핫 로드와 같은 모양으로 접어서는 그것을 새벽까지 쥐고 잤다.

나는 이제껏 핫 로드처럼 완전히 기쁨을 표현하는 다른 생명체를 만나 본 적이 없었다. 핫 로드의 뺨을 어루만지면, 그는 눈의 초점을 잃고 어안이 벙벙한 듯 입을 살짝 벌렸다. 또 그의 오른쪽 뒷다리 발이 네 개의 발 중에서 가장 짧았는데, 그 발은 항상 5밀리미터 정도가 떠다녔다. 마치 그 모습은 애인에게 퇴짜를 맞고 나서 발걸음을 떼는 모습과 비슷했다. 그리고 그는 머리를 천천히 한쪽으로 비스듬히 한 다음에 예스맨처럼 천천히 끄덕였다. 그런가 하면 애니메이션 만화영화에 나오는 뻐꾸기가 머리를 돌리듯이 거의 비슷하게 그의 머리로 원을 그리곤 했다. 그리고 핫 로드는 자신의 다리로 그 뚱뚱한 몸을 지탱하기 위해 무척이나 안간힘을 썼다. 결국에는 침대 위로 부드럽게 쿵하며 떨어졌지만. 그러고 나서 앉아서는 아무 일도 없었던 것처럼 눈을 깜빡깜빡하며 나를 바라보았다.

물론 핫 로드가 좋아하는 것에는 정도의 차이가 있었다. 앞발 두 개로 서 있을 때, 내가 자신의 뺨을 어루만져 주는 것을 특히 좋아했다.

그레그가 이렇게 말했다. "본능에도 지혜가 존재할까? 아무도 핫 로드를 생각하는 동물이라고 말하지 않을 거야. 그렇지만 그에게는 다른 고양이들이 일반적으로 가지고 있는 교활함이 없어. 어쩌면 핫 로드는 정말로 스스로를 인식하고 있는 건지도 몰라. 물론 이 말에는 논쟁의 여지가 있지만 말이야. 그렇지만 확실히 말할 수 있는 건, 핫 로드가 지혜를 깨달은 영혼이라는 거야. 두려움의 부재와 지금 이 순간에서 기쁨을 찾는 능력이 그 누구보다 탁월하니까 말이야. 그가 그것을 알고 있든 모르고 있든 상관없이 핫 로드는 나의 영적 스승이었어."

선승들이 자주 하는 말이 있다. "나는 먹을 때는 먹고, 걸을 때는 걷고, 잘 때는 잔다." 몇 년 전 뉴욕 마운트 트렘퍼에 있는 한 수도원에서 대중들이 공개적으로 칩거하며 수행한 적이 있었다. 그때 이론적 논쟁에 지친 한 방문객이 약간 빈정대며 "그렇다면 나에게 말해 주십시오. 섹스에 대한 선禪의 입장은 무엇인지?"라고 물었고, 이에 수도원 원장은 한순간도 주저하지 않고 "섹스를 할 때는 그냥 섹스를 하세요"라고 답변했다. 핫 로드의 경우에도 한 번에 한 가지만 추구하였다. 물론 이런 행동은 대부분의 동물들이 보이는 일반적인 모습이다.

그들이 머리를 핥는 것을 하지 못하도록 막지 마라. 그렇지 않으면 유혈 사태로 끝을 맺을지도 모른다.

핫 로드는 수요일에 먹는 것을 중단했다. 2개월 내내 그는 이틀에 한 번꼴로 토했다. 왼쪽 눈에서는 분비물이 흘렀는데, 마치 천천히 떨어지는 눈물방울처럼 보였다. 또한 숨을 쌕쌕 몰아쉬었고, 술에 취한 듯 비틀거리며 걸었다. 영락없이 코를 훌쩍이는 공룡의 모습이었다. 그레그가 핫 로드를 수의사에게 보여 주자, 수의사는 그레그에게 여러 개의 주사기와 식염수를 주었다. 하루에 두 번 핫 로드에게 주사를 놓아 주어야 한다는 의미였다.

핫 로드의 상태가 악화되면서, 아파트는 점점 정지된 느낌이었다. 머리의 조련사가 간판을 내린 것이었다. 그것은 섬뜩할 정도로 고요했다. 토요일이 되자, 핫 로드는 너무 허약해져서 걸을 때 휘청거렸다. 그러다가 의자 틈에 다리가 끼어 꼼짝 못하게 되었다. 그레그가 그를 들어 올려 바닥에 내려놓자, 핫 로드는 다리에 뼈가 없는 것처럼 그대로 주저앉았다. “이 모습을 차라리 안 봤으면 좋았을 텐데…….” 그레그가 말했다. “시간이 약일지도 몰라.” 내가 조심스럽게 대꾸했다.

그레그가 수의사와 오후 2시에 약속을 했다. 그날 밤 우리는 오랫동안 기다렸던 내 친구 로리와의 저녁 식사 약속이 있었다. 그레그와 나는 나흘 동안 초상집에 있는 것처럼 지냈기 때문에 — 그레그는 아침부터 눈물을 흘렸고, 거실의 스테레오에서는 '이발사의 현을 위한 아다지오Barber's Adagio for Strings'가 울려 퍼지고 있었다 — 사회적 상호 작용이 우울함을 날리는 계기가 될지도 모른다고 생각했다. 적어도 나에게도.

하지만 그레그는 로리네 집에 가고 싶어 하지 않았다. 그래서 나는 그레그에게 "로리한테 전화해서 핫 로드 상태에 대해 말하고, 나만이라도 들르려고 한다고 말해 보는 건 어떨까?" 하고 물었다. 그레그가 동의했다. 이렇게 행동하는 내가 이기적인지 궁금했다. 그래서 전날 밤에 나는 어머니와 전화 통화하면서 어머니라면 이런 상황에서 어떻게 할 거냐고 물어보았는데, 그녀는 당연히 저녁 식사에 참석할 것이라고 했다.

내가 밖으로 나가서, 백합과 완두콩 수프 두 캔을 샀다. 백합을 꽃병에 꽂고 우리는 말없이 수프를 먹었다. "갑자기 조지 칼린George Carlin(미국 코미디언이자 영화배우)이 했던 대사가 생각 나. '강아지를 사는 순간, 비극을 사고 있다'" 그레그가 마침내 말문을 열었다.

우리는 부모가 아이들에게 죽음에 대해 알려 주기 위한 방편으로 애완동물을 사 주는 것에 대해 이야기를 나눴다. 당연히 애완동물을 통해 위로를 받거나 선입견 없는 사랑을 주는 것도 맞다. 그러나 더 크게 보면, 우리 잠재의식 속에 애완동물을 키운다는 것은 그들을 통해 삶의 순환성을 보여 주고자 하는 것일 수도 있다. 사랑하는 누군가가 죽어 가는 것을 지켜보는 것 — 말을 할 수도 없고, 심지어는 인생의 가장 심오한 미적 경험이라 할 수 있는 먹을 것을 먹지도 못하는 것 — 을 통해 나 자신의 죽음도 자연스런 현상으로 받아들이게 함으로써 죽음에 대한 불안을 완화시키는 작용을 할 수도 있는 것이다.

아니면 정말로 누군가가 내 머리를 엄청나게 핥아 줘서 그 머리가 헝클어지는 것을 좋아하는지도 모른다.

수의사는 50대 초반의 날씬하고 친절한 여성이었다. 그녀와 그레그와 나는 동물병원의 작은 수술실에 서 있었다. 형광등 불빛이 환자의 은빛 초콜릿색 쭉 뻗은 밋밋한 털에 약간의 푸른색 윤기가 나도록 했다. 수의사가 핫 로드에게 신경안정제를 주사한 다음, 5분 정도 지나 카테테르(catheter, 체내에 삽입하여 소변 등을 뽑아내는 도관)를 가지고 돌아왔다. "이것은 바르비투르(barbiturate, 진정제나 최면제로 쓰이는 약)예요"라면서, "그를 마취해 놓고, 뭘 과다 복용한 것인지 알려 드릴게요"라고, 그녀가 말했다.

그레그와 나는 말없이 머리를 끄덕였다. 과다 복용이라, 이상했다. 그 수의사가 환자를 어루만지면서 말했다. "이제는 숨 쉬는 것마저도 정말 힘들어하네요. 이제는 결정해 주셔야 해요."

나는 두 번이나 부정을 했지만, 결국 죽음을 허락했다. 그녀가 핫 로드의 정맥을 찾아내기 위해 한쪽 다리의 털을 잘라 냈다. "아주 잘생겼구나." 그녀가 속삭이듯 말했다.

"아주 멋진 고양이죠." 그레그가 말했다. 수의사는 고개를 끄덕이며, "핫 로드라, 정말 멋진 이름이네요"라고 말했다. 나는 핫 로드를 쳐다봤다가 그레그에게 고개를 돌렸다. 우리 두 사람이 뉴욕 시립 아파트에서 함께 살아온 나날들을 떠올렸다.

잠시 후 수의사는 우리가 핫 로드와 함께 원하는 만큼 충분히 시간을 보내도 좋다고 했다. 나는 사진을 찍어도 좋은지 물었고, 그녀는 괜찮다고 말했다. 사진을 찍은 후, 핫 로드에게 작별의 키스를 했다. 그레그가 혼자서 핫 로드와 함께 있기를 원한다는 것을 알고, 나는 로비로 걸어 나왔다. 접수 담당자가 애완동물을 잃는 것이 게이들에게는 정말, 정말 어려운 일이라고 말하는 듯이 관대하고 의미 있게 나를 바라보았다. 그레그와 나는 집까지 걸어갔다. 핫 로드의 빈 진녹색 플라스틱 휴대용 사료통이 그레그의 팔에서 지갑처럼 매달려 왔다 갔다 했다.

애완동물이 빨리 죽는 것을 대자연의 탓으로 돌릴 수도 있다. 그래서 인간은 자연의 질서에 끼어들어 죽음으로 몰아넣을 수 있는 포식자들과 질병들을 대부분 제거해 왔다. 그리고 우리는 그런 식으로 여러 짐승들을 길들여 왔다. 하지만 그렇게 함으로써 인간에게는 노화의 가능성이 대두되었다. — 아픈 뼈와 시력 감퇴와 황반 변성과 가벼운 메스꺼움과 몸 각 부분들이 쇠퇴하는 기회 말이다.

노화는 문명의 산물이다. 그것은 우리 스스로가 자기 무덤을 판 셈이다. 우리는 어떻게 미래를 만들 것인가? 건축과 시와 의학 같은 인공적인 문명을 만들어 가듯이 그것을 육성하고 성장시킬 것인가, 아니면 범죄와 알코올 중독과 문맹을 대하듯이 그것을 대부분 무시할 것인가? 우리가 어떤 길을 선택하든, '죽음을 모면한' 것에서 감사하고 더 좋은 방향으로 이끌어 갈 자양물과 정신적 연료가 남아 있다. 왜냐하면 우리는 매일 그렇게 살고 있기 때문이다.

13

기차가 그 선로를 달리는 한, 나도 내 길을 걸어갈 것이다

앨시어 워싱턴Althea Washington은 은퇴 교사로, 2005년 허리케인 카트리나Katrina로 인해 남편과 집을 모두 잃었다.

역경은 지혜를 시험하는 바탕이다.

허리케인 카트리나로 남편과 집을 잃은 75세의 은퇴 교사 앨시어 워싱턴에게 물어보라.

앨시어와 버트Bert는 뉴올리언스의 조용한 주거 지역인 폰차트레인Pontchartrain 공원 근처 단독주택에서 세 아이를 키웠다. 교감으로 은퇴한 버트는 자신이 근무했던 고등학교의 스포츠 팀에서 심판을 보기도 했다. 앨시어 말에 따르면, "그것이 그의 일이었다"고 할 정도였다. 그리고 버트는 동네 아이들이 그네와 미끄럼틀 등을 타며 놀기 위해 자신의 집에 오는 것을 좋아했다.

그러나 2005년 초 버트에게 심각한 뇌졸중이 찾아왔고, 앨시어는 집에서 20분 정도 떨어진 교외 요양원에 그를 보내야만 했다. 허리케인 카트리나가 불기 시작하자, 앨시어는 인공호흡기에 의존하는 버트를 안전한 곳으로 피신시켜야 할지 궁금해서 요양원에 연락을 취했다. 그러나 요양원에서는 걱정하지 말고 뉴올리언스를 떠나 아들네에 가 있으라고 했고, 그녀는 그렇게 했다.

폭풍이 한번 휩쓸고 지나가자, 그것의 끔찍한 폐해가 드러났다. 앨시어는 침착함을 잃지 않고, 먼저 요양원에 전화를 했다. 그러나 버트가 세상을 떠난 뒤였다. 앨시어는 엄청난 충격을 받고는 무너져 내렸다.

앨시어는 카트리나의 일부 피해자들이 휴스턴의 가장자리에 위치한 작은 마을인 선 시티Sun City로 이사하고 있다는 소식을 들었다. 그곳에는 노인 복합 아파트가 있었는데, 페마(FEMA, 미국 연방재난관리청)의 재정 지원으로 앨시어 역시 선 시티에 정착했다. 얼마 후, 그녀는 집을 점검하도록 아들을 뉴올리언스로 보냈다. 무사하리라 생각했던 그녀의 예상은 빗나갔다. 3미터 높이의 홍수가 덮쳐 집은 곰팡이가 득실거리는 박물관으로 변해 버렸던 것이다. 앨시어와 버트의 모든 재산이 파괴되었다.

그리고 이 불행은 설상가상으로 마지막 일격을 가했다. 앨시어의 보험에는 '허리케인 등 강풍으로 인해 일어난 재해에는 적용이 안 된다'는 조항이 있었다. 돈 한 푼이 없었다.

앨시어에게 전화로 연락해 내 프로젝트에 대해 설명하면서 만나 이야기를 나누고 싶다고 했다. 하지만 그녀는 "앨포드 씨, 나는 그저 힘없는 한 영혼에 불과해요. 그래서 정말로 사람들에게 들려줄 만한 이야기도, 지혜도 없어요"라고 말했다. 이 말에 나는 그녀가 내 프로젝트를 잘못 받아들이고 있는 것 같다는 생각이 든다고 말했다. 우리는 이야기를 계속했다. 그녀는 "우리의 삶의 방식은 그 이상도 그 이하도 아니고 앞으로도 그럴 거예요"라고 말했다.

나는 그녀가 사는 아파트 단지에 대해서 물었다. 앨시어는 "선 시티는 약 150명의 사람들에게는 고향이나 마찬가지예요. 그들 중 대부분이 허리케인 카트리나와 리타Rita로 재해를 입은 피난민들이

거든요"라고 말했다. 뉴올리언스 노인 분과 위원회에 따르면, 8만 5,000명 정도 되는 노인들 중 채 절반이 안 되는 인원만이 다시 돌아왔다고 했다. 앨시어의 월 임대료 650달러는 페마에서 지불하는데, 구내에서 실시하고 있는 그룹 상담에 참여해야 한다는 조건이었다. 그녀는 상담에 대해 "그것은 우리에게 울분을 터뜨릴 수 있는 기회를 줘요. 하지만 일부는 눈물을 보이지 않기 위해 상담을 피하는 사람도 있답니다. 나 역시 울지 않으려고 노력해요. 살짝 눈물이 담길 뿐이죠"라고 말했다. 그러면서 그녀는 "옷가게를 지나가다가 안에 걸린 예쁜 정장들을 보면서 나도 모르게 이런 생각을 한 적이 있었어요. '이런 옷들은 필요 없어. 옷장에는 이미 좋은 옷들이 가득 차 있잖아.' 그런 다음 이제 옷장조차도 없다는 것을 깨달았죠"라고 덧붙였다.

마음이 아팠다. 나는 대재앙이야말로 사람의 믿음을 시험하는 가장 큰 시험 중의 하나라는 생각이 들었다. 그녀는 남편을 선 시티에서 약 25분 정도 떨어진 곳에 묻었다고 말했다.

"나는 낯선 땅에 남편을 묻어야 했어요. 홍수 때문에 뉴올리언스에 그를 묻을 수가 없었거든요. 그것이 오히려 우리를 하나로 묶고 있어요. 남편을 찾는 것은 잠깐이면 되었지만, 이곳으로 그를 옮기는 데는 한 달이나 걸렸습니다. 지난한 과정이었어요. 그것은 나에게서 많은 것을 빼앗아 갔습니다. 그렇지만 '버트가 물에 잠겨 있지는 않았잖아'라고 스스로에게 말했습니다. 적어도 남편은 알아보지 못할 상태로 내 앞에 나타나지는 않았어요. 그리고 마지막으로 남편을 면회 갔을 때, 그는 내가 걱정하고 있다는 것을 알았습니다. 그것이 내가 계속 살아갈 수 있게 하고 있어요."

나는 무언가를 말하려고 했지만 그럴 수가 없었다. 말하려고 했던 것이 사소한 것에 불과하다는 생각이 들었기 때문이다. 나에게 자신에 대한 모든 것을 말해 줄 만큼 그녀가 나를 신뢰한다는 것에 고마움을 느꼈다.

한 차례 한숨을 내쉰 앨시어는 침묵을 깨고서 "방 하나짜리 아파트지만, 편안하고 안락해요. 가까이에서 기차가 지나가긴 하지만, 나는 전혀 신경 쓰지 않아요. 기차 소리가 들리나요, 앨포드 씨?"라고 말했다. 전화선을 통해 기차 소리를 들을 수 있었다. "기차가 그 선로를 달리는 한, 나도 내 선로를 달릴 거예요"라고, 그녀가 말했다.

앨시어의 아파트는 고속도로 한쪽에 새롭게 단장한 파스텔 색깔의 건물들이 들어선 곳에 위치해 있었다. 그곳은 버드와이저 공장에서는

1킬로미터, 그리고 휴스턴 시내에서는 15분 정도 떨어져 있었다. 그곳을 둘러싸고 있는 철책 울타리에는 기한이 이미 지나 버린 '그랜드 오프닝'이란 광고 현수막이 매달려 있었다. 기차선로를 찾아보았지만, 보이지 않았다.

인공 호수 앞에 차를 주차했을 때, 건물 앞에 앨시어처럼 보이는 한 여자가 서 있는 것을 보고는 깜짝 놀랐다. 그녀는 미소를 짓고 있었고, 수놓은 흰색 면 블라우스를 입고 있었다.

"워싱턴 부인?"이라고, 내가 물었다.

"앨시어라고 불러 주세요. 안아 봐도 될까요?"라고, 그녀가 인사를 했다.

앨시어의 부드러운 은백색 머리의 후광이 왕관처럼 보였다. 또한 그녀의 환한 미소가 동네 전체를 밝혀 주는 것 같았다. 건강한 그녀의 몸놀림은 자신감이 넘치고 우아했다.

우리가 아파트로 걸어가는 동안, 그녀는 나에게 단지의 휑하니 크고 특징 없는 휴게실을 보여 주었다. 그곳에는 대부분 흑인 노인들이 있었는데, 삼삼오오 웅크리고 앉아 이야기를 나누고 있었다.

앨시어의 아파트는 아늑하고, 부엌 식탁과 TV가 두드러져 보였다. 우리는 자리에 앉아 담소를 나누었다. 나는 그녀가 루이지애나 순회 설교자의 손녀이며, 멋지고 따뜻함을 지니고 있는, 그리고 수정같이 맑고 노래하는 듯한 목소리를 가지고 있음을 알게 되었다. 또한 최근에 일흔다섯 번째 생일을 맞이했다는 것도 알게 되었다.

"조용히 보냈어요."

내가 탄산음료와 닭 한 접시 둘 다를 사양하자 컵에 물 한 잔을 따라 주면서 생일 축하에 대해서 말했다. "좋았어요. 약간은 외로웠지만. 딸에게 다녀왔죠. 그러나 고요할 때, 인생에서 사색할 시간이 생기는 법입니다. 그냥 의자에 앉아, '괜찮다. 정말 괜찮다'라고 말하는 것으로 만족할 뿐이에요."

우리는 걷기 시작했고, 앨시어가 수시로 한 토막씩 짧게 노래를 불렀다. 우리는 약 1시간을 함께 보냈는데, 그런 식으로 그녀는 이미 4곡의 노래를 불렀다. 대부분 영가(靈歌, 미국 흑인들이 부르는 일종의 종교적인 노래)를 노래했다.

"목소리가 정말 아름답군요"라고, 내가 그녀에게 말했다.

"내가 요즘 들어 비브라토가 너무 심해지고 목소리가 잘 나오지 않는 경우가 많은데, 이것은 내 호흡에 약간 문제가 있다는 것을 의미해요."

앨시어가 뉴올리언스에 있는 교회 성가대에서 노래한 것을 알고, 나는 그녀에게 여기에서도 성가대 활동을 하는지를 물었다. 그녀는 아니라고 말했다가, 이곳에 정착한 이후 한 번 했다고 정정했다. 그러면서 그녀는 "월마트로 가는 길에 위치한 교회에 잠깐 들른 적이 있었는데, 교회 안에 있는 사람들의 뒷모습이 모두 백발이라서 깜짝 놀랐어요!"라고 덧붙였다.

앨시어가 잠시 자리에 앉아 파이프 연주를 듣고 있을 때, 옆자리에 앉아 있던 여자들 중 한 명이 새로운 방문자의 팔을 잡고서 강대상 위로 걸어 올라갔다고 했다. 성가대에 끌어들이기 위함이었다.

"하지만 당신은 이곳 성가대에서는 활동하고 싶어 하지 않았군요?" 라고, 내가 물었다.

"그래요, 내가 다시 뉴올리언스로 돌아갈 수 없다는 것을 스스로 인정하고 싶지 않았기 때문이에요. 뉴올리언스 성가대원 중 일부는 멀리 이사를 갔고, 또 일부는 세상을 떠났어요. 결코 다시는 같은 구성원들이 모일 수는 없을 거예요. 그래서 나는 이제 교회의 성가대석이 아닌 장의자에서 노래를 불러요."

뉴올리언스로 돌아갈 계획을 세우고 있는지에 대해 물었지만, 그녀는 아직 결정하지 못했다고 말했다. 그러고는 자신의 두 아들 중 하나가 어릴 적에 사고를 당했는데, 그 이후로 줄곧 둘째 아들이 주립 병원

에서 지낸다고 덧붙였다. 그녀는 "내가 집에 가고 싶은 유일한 이유는 그 작은 아들 때문이에요. 언젠가 그는 가정의 일원으로 돌아올 거거든요. 아들이 집으로 돌아왔을 때, 문 앞에서 내가 아닌 다른 낯선 사람을 만나는 것을 원치 않아요"라고 말했다.

그녀는 여기 선 시티에서 자신을 위한 남은 인생을 보낼 계획을 세웠다고 말했다. 그녀는 "신이 빨리 데려가지 않는 한, 난 여기서 죽고 싶지는 않아요. 그러나 알 수 없는 일이죠. 우리가 무너질 수밖에 없는 건물에 임시로 거주하고 있다는 것을 알고 있어요. 그래서 나는 때때로 밤에 이상한 느낌이 들 때 — 에너지가 떨어질 때 — 는 맨 위의 자물쇠를 잠그지 않아요."

나는 자물쇠를 바라보면서, 앨시어가 그것을 풀어 놓는 것을 상상했다.

앨시어에게 시련을 겪고 있을 때 자신을 찾으려는 사람들에게 뭔가 해 줄 조언이 있는지를 물었다. 그녀는 "그러기 위해서는 계속해서 내 자신에게 힘을 주어야 합니다. 그것이 신이 아닐지라도, 믿는 것이 무엇이든 그것을 버리지 말라는 것이에요. 당신을 안으로 향하도록 움직이게 하는 그것이 무엇이고, 당신을 지탱하게 하는 것은 무엇인가요? 당신은 그것에 대해 깊이 생각해 본 적이 있나요? 그것이 당신의 가족이든, 당신의 이웃이든. 당신이 집으로 돌아가 혼자 있을 때, 힘을 북돋워 주는 말을 스스로에게 해 보세요 — 우리 중 일부는 그것을 기도라고 말한다. 일부는 그것을 명상이라고 하고, 또 일부는 자기 동기라고 말한다. 당신이 그것을 무엇이라고 말하든, 그것을 찾아라 — 그래서 그것이 당신을 북돋게 하세요. '나는 할 수 있다. 나는 할 수 있다. 나를 믿는다. 그 일이 이루어질 것이다'."

앨시어가 말이 너무 길어져서 미안하다고 했지만, 나는 그녀에게 계속 이야기하기를 원한다고 말했다.

그녀는 "나는 이미 당신을 위해 기도를 해 왔어요. 나는 유명한 사람은 아니지만, 당신이 만족하게 해 달라고 기도했어요. 나는 아무것도 몰라요. 그리고 나는 아무것도 할 수 없어요. 어떤 위대한 일을 성취하거나 도달하지도 못했죠. 나는 가르치는 일을 하는 사람도 아니고, 사무실도 없어요. 또 나는 박사 학위도 없어요. 단지 학사 학위만을 가지고 있을 뿐이죠. 내가 당신을 내 인생으로 끌어들이기에는 이처럼 부족한 점이 많아요. 이름도, 나이도 알려지지 않았죠. 하지만 나는 당신을 배려 있는 신사로 환영해요. 당신이 전화했을 때 당신의 목소리를 듣고, 나는 강요가 아니라 요청받고 있다는 생각을 했어요. 그래서 이렇게 기도했어요. '오, 주님, 이것이 누군가에게 도움이 될 수 있기를!'"이라고 말했다.

엘시어가 나를 눈물 흘리게 하고 있다는 것을 보이고 싶지 않아 바닥을 쳐다보면서, 간신히 친절하게 시간을 내줘서 감사하다고 인사했다. 그녀는 '도로 가에 앉아 있는 사람'이 되고 싶지 않다며, 그녀가 기억하고 있는 사무엘 월터 포스Samuel Walter Foss가 쓴 「도로 가의 집」이라는 시를 들려주었다.

도로 가의 내 집에서 살리라

남자들의 경주가 펼쳐지는 곳

그들은 좋기도 하고, 나쁘기도 하고, 약하기도 하고,

그들은 강하고, 현명하고, 어리석기도 하다 — 내가 그러듯이

그럼 왜 나는 경멸의 자리에 앉아 있어야 하나

혹은 왜 냉소적인 티를 내야 하나?

도로 가의 내 집에서 살리라

그리고 한 남자의 친구가 되리라.

그녀와 별로 공통점이 없는데도, 예일대학 교수 해롤드 블룸과의 대화가 생각지도 않게 갑자기 떠올랐다. 나는 앨시어에게 그녀가 마음으로 알고 있는 시와 노래 들에서 무엇을 얻고 있는지를 물었다. 그녀는 "「스틸 어웨이Steal Away」 같은 노래에서요? 그것은 정신과 의사의 의자에서 나를 일어서게 해요"라고 말했다. 그런 다음 그녀는 설명

을 덧붙였다. “그것들은 무엇에 붙들려 있든 그것으로부터 벗어나게 해 줍니다. 내게 ‘그 약을 먹지 않아도 돼’라고 말해 주죠. 또 ‘나는 그런 약들로 내 머릿속의 생각을 채우지 않을 거야’라고 말해 줍니다. 그런데 지금 만약 다른 것들이 나를 통제하고 있는 상태라면, 나는 선택의 여지가 없을 거예요. 그러나 나는 사람이 나쁜 느낌이 들 때마다 약을 먹을 필요는 없다고 생각해요. 그것을 다른 방식으로 풀 수가 있거든요. 누구도 약으로는 스트레스를 풀지 못합니다. 그러나 만약 약을 먹는다면 — 그 약효가 사라지면, 그다음에는 어떻게 할 건가? 또 그다음은? — 의사는 또 다른 처방을 할 것입니다. 그가 그렇게 하지 않으면 돈을 벌지 못하니까요. 그리고 약을 만든 사람들, 그들 역시 돈을 벌 필요가 있으니까요.”

빚을 지지 않는 방법은 자신에게 미안하다는 감정을 갖지 않는 것이라고 그녀는 말했다.

“동정하는 것은 자유예요”라면서, “그러나 그것들은 당신에게 감정이란 비용을 치르게 합니다”라고, 그녀가 말했다.

내가 원래 한두 시간 이야기 나눌 것을 제안했음에도 불구하고, 우

리는 3시간 30분 동안이나 이야기를 나누었다. 3시간 정도 지났을 때 ―「인빅터스Invictus」라는 전쟁 가사의 시를 읊고, 얼마 되지 않아 「스틸 어웨이」 노래를 흥얼거리기 전 ― 앨시어는 일어나 텔레비전이 있는 쪽으로 걸어가 그 위에 놓인 가로 50센티미터, 세로 30센티미터 정도 크기의 남편의 컬러 사진을 집어 들었다. 그녀는 그것을 부엌 식탁에 갖다 놓았다.

세련된 복장을 한 멋쟁이 버트는 사진 속에서 모자를 쓰고 있었다. 따뜻함을 지닌 순수한 사람이라는 게 느껴졌다.

"여전히 외로운 길이에요"라면서, 앨시어는 사진에 말을 걸듯이 "내 손을 잡아 줄 사람이 아무도 없네요. 하지만 나는 그래야만 한다고 생각해요. 여전히 당신에 대한 슬픔으로 젖어 있기 때문에"라고 말했다.

그녀는 사진 속 그에게 미소를 지으며, 사진에 묻은 보푸라기를 떼어 냈다.

앨시어는 "전원이 나갔기 때문에, 연락할 수가 없었어요"라면서, 사진 속의 남편에게 "우리는 당신을 기다렸어요. 그렇지만 나는 당신의 수의를 사야만 했죠. 그래도 당신을 좋은 곳에 모셔 놨으니 괜찮아요"라고 말했다.

그다음 날 6시간 동안이나 차를 몰고 뉴올리언스로 갔다. 그리고 다음 날 아침, 앨시어의 집을 찾기 위해 그녀가 준 약도를 참고하며 폰차트레인 공원으로 다시 차를 몰았다.

폰차트레인 공원에는 '지금까지 남부에서 이루어진 가장 크고, 가장 고급스러운 흑인 거주 개발지 중의 하나이다'라고 씐 광고 문구가 있었다. 그곳에는 골프장이 있었고, 녹음이 우거져 있었으며, 특히 앞뒤가 탁 트인 전망을 볼 수 있어서 매력적이었다.

넓은 터에는 재조립하기 위해 각 집에서 내놓은 물건들이 점령하고 있었는데, 마치 무역 전시회장을 방불케 했다. 그곳의 많은 주택 소유자들은 잔디밭에 설치한 트레일러에서 살고 있었다. 트레일러를 통해 몇몇 사람들이 나를 쳐다봤는데, 마치 우주선에서 버려진 것 같은 느낌이 들었다.

앨시어네 집은 연한 파란색의 알루미늄 창틀이 많은 집이었다. 모든 문은 합판으로 대체되었다. 그리고 차고의 지붕 일부가 주저앉아 있었는데, 땅콩을 뒤지는 코끼리 코 같았다. 나는 차에서 내려 집 주변을 살펴보았다. 핸드폰을 조수석의 사물함 박스에 넣어 두었는데, 앨시어에게 전화하면 흥미를 가질 것 같았다. 그래서 차에서 핸드폰을 가지고 와 그녀에게 전화를 했다.

"안녕하세요, 앨시어. 헨리입니다."

"어디세요?"

"당신 집 앞에 서 있어요."

"아이고, 깜짝이야! 신발을 신어야겠네!"

나는 "네?"라고 말하고, 잠시 기다렸다. 그리고 좀 더 기다렸다. 그리고 또 조금 더.

오, 맙소사, 서서히 생각이 떠올랐다. 그녀는 내가 휴스턴이라고 생각하는구나.

나는 몇 분을 더 기다렸다가 전화를 끊었다. 그러고는 다시 그녀에게 전화를 했다.

전화를 받은 앨시어가 한참을 웃었다. 그녀는 흰 색 차가 보이길래 틀림없이 내가 거기에 있을 거라고 생각하고는 그쪽으로 걸어갔다고 말했다.

나는 죄송하다고 사과를 했다.

"아이고, 얼마나 민망하던지!"라고, 그녀가 말했다.

"아닙니다, 제가 민망하네요. 정말 미안해요."

앨시어가 아무 일 아니니 잊으라고 말했다.

나는 "당신이 '신발을 신어야겠네요'라고 말했을 때, 왠지 이상하다고 생각했어요"라고 말했다.

우리는 약 4분 동안이나 내내 웃었다.

휴스턴으로 돌아온 다음 날 아침, 나는 그곳에서 마지막으로 같이 하기로 한 점심 식사 약속을 확인하고자 앨시어에게 전화를 했다. 그러나 전화를 받은 앨시어의 목소리가 우울하게 들렸다. 그녀는 전날 밤에 쌓인 스트레스를 털어놓는, 딸의 속상해하는 전화를 받았다고 설명했다.

"작은 비명이라도 지르고 싶지만, TV 볼륨을 최대한 크게 높일 수도 없는 노릇이에요"라고, 앨시어가 말했다.

그래서 나는 오늘은 만나기에 좋은 날이 아닌 것 같다고 했다. 이 말에 그녀는 이렇게 대꾸했다. "가끔은 떠나고 싶을 때가 있어요. 그럴 때는 어떤 약속도 잡지 않아요. 내가 떠나야만 할 때도 있고, 사람들이 나에게 화를 내도록 내버려 두어야 할 때도 있죠. 내가 당신을 번거롭게 한 것은 있지만, 이런 기회를 갖게 돼서 너무 행복해요. 그것이 새로운 친구를 사귀는 축복 중 하나겠죠."

결국 나는 앨시어를 만나지 않았다. 그래서 공항으로 가기 전에 몇 시간 정도 여유가 생겼다. 나는 호텔 방에서 라디오를 켜고 짐을 꾸렸다. 그러고 나서 종이 위에 뭔가를 끄적거렸고 또 잡지 기사를 읽었다. 그러다가 전화기가 놓인 자리 바로 아래 서랍장을 들여다보니 그 안에 성경이 있었다. 성경의 전도서를 펼쳐 읽기 시작했다. 읽다 보니 이보다 더 아이러니한 구절을 고를 수는 없을 거라는 생각이 들었다. — 전도서는 무언가를 붙잡으려는 노력의 헛됨이 주제다. '헛되고 헛되며 헛되고 헛되니 모든 것이 헛되도다'.

그러면서 왠지 지혜를 찾기 위해 지난 몇 달 동안 사람들을 만나고, 도서관을 들락날락한 것이 바람을 움켜쥐려고 했던 어리석은 행동이 아니었는지 의구심이 들었다.

"당신의 손이 하는 것이 무엇이든, 전력을 다하라. 왜냐하면 당신이 들어가는 무덤에는 일도, 계책도, 지식도, 지혜도 없기 때문이다."(그래니 D)

"나는 자신의 일에서 크게 기뻐하는 사람보다 더 나은 것은 아무것도 없다는 것을 깨달았다. 왜냐하면 그것이 그 사람의 유산이기 때문

이다. 누가 그로 하여금 자신에게 일어날 일들을 보게 할 수 있겠는가?"(실비아 마일즈)

"어리석은 사람의 노래를 듣는 것보다 지혜의 책망이 훨씬 낫다."(샬롯 프로잔)

"지혜의 우수성은 지혜가 있는 사람들에게 삶을 준다는 것이다."(해롤드 블룸)

"비록 사람의 고통이 아무리 크게 증가하더라도 문제를 다룰 시간과 판단력은 있다."(에드워드 올비)

"사람의 지혜는 그의 얼굴을 빛나게 한다."(람 다스)

"모든 일은 누구에게나 똑같이 온다. 하나의 사건은 의인이나 악인에게도 발생한다. 선인처럼 맑고 깨끗한 사람과 때 묻은 사람에게, 희생하는 사람과 희생하지 않는 사람에게도 발생한다."(앨시어 워싱턴)

'이런 특별한 순간에 이런 특별한 책을 읽고 있는 것이 운명이 아닐까?' 하는 이상한 생각이 들었다.

비록 지혜를 찾는 것이 행복한 삶의 일부라고 주장하지만, 지혜에 어떤 의미를 붙이는 탐구가 불가능하기 때문에 또한 헛된 것이다. 모든 사람, 즉 현명하거나 어리석은 사람 모두 똑같이 결국에는 죽는다. 모든 것은 헛되고 바람을 붙잡는 것이다.

그래서 이 모든 무의미함에 직면할 때, 우리는 어떤 태도를 취해야 할까? "먹고, 마시고, 즐거워하라." 그것이 지금 내가 할 수 있는 것이다.

약 한 달 후, 나는 앨시어에게 생필품 꾸러미를 보냈다. 그녀는 나와의 대화 도중에 두 번이나 "내게는 치즈가 잘 맞아요"라고 말한 적이 있었다. 그래서 나는 그녀에게 온라인 식료품점에서 주문한 네 개의 모둠 치즈를 보냈던 것이다.

그녀가 나에게 감사 전화를 했을 때, 우리는 잠시 이야기를 나눴다. 나는 그녀의 조용한 힘을 다시 한 번 느꼈다. 그녀의 상황은 변함이 없었다. 여전히 뉴올리언스로 돌아갈 수 있을지조차도 확실하지 않았다. 또한 그녀는 아직도 문 상단 자물쇠를 잠그지 않고 있었다.

그러나 그녀는 자신의 미래에 대해 전반적으로 낙관적이었다. 그녀는 굳은 신념을 가지고 누구도 하기 힘든 도전적인 일들을 하고 있었다. 카트리나로 피해를 입은 다른 사람들과 긴밀하게 접촉하면서, 그들에게 자양분과 용기를 주고 있는 것 같았다. 소크라테스는 "만약 여기에 한 무더기의 '불행'이 있고 모든 사람이 그 몫을 가져가야 한다면, 대부분의 사람들은 자신의 것만을 취한 것을 다행으로 여길 것이다"라고 말한 적이 있다.

전화로 대화를 하는 동안, 전화선을 통해 기차가 지나가는 소리를 다시 들었다. 나는 (기차가 여전히 선로를 달리듯이) 그 궤도에 머물고 있다는 것을 그 어느 때보다 더 잘 느낄 수 있었다.

에필로그

"지금 난 정말 행복해"

이 글을 쓸 때, 나의 의붓아버지 윌은 여전히 산책을 하거나 혹은 낮잠을 자고 있다고 말해야 한다.

내가 그와 자주 이야기한 것은 아니지만 이야기를 해 보면, 그가 점차 자신의 일상생활에서 어머니와의 헤어짐을 승화시키고 있는 것에 감동을 받고 있다. 이것은 쉽지 않은 일이다.

최근에 그와 전화 통화를 하고 난 후, 예전에 윌이 나에게 했던 말이 떠올랐다. 첫 책인 『뉴요커The New Yorker』를 출간한 일은 아마도 내 인생에서 가장 큰 사건이었다. 나는 일곱 번 거절을 당했지만, 결국에는 해냈다.

항상 내 일을 지지해 주는 윌은 무척 기뻐했다. 나에게 축하한다고 하면서, 그러나 “네가 게이인 것을 하느님께 감사한다”라고 말했다.

“무슨 말이에요?” 나는 깜짝 놀라며 물었다. 30년 이상 나는 윌을 알았다. 하지만 그 오랜 시간 동안 윌에게 결코 내 성적 지향이 그렇다는 것을 인정한 적은 없었다. 그리고 그것과 그 책과는 아무런 상관이 없었다.

그는 “대학을 졸업하고 나서 내가 하고 싶었던 두 가지 일이 있었단다. 뉴요커에 대해서 글을 쓰고, 가정을 갖는 것이었어. 둘 중에 나는 후자를 선택했다. 그러면서도 항상 ‘만약 다른 길을 선택했다면 무슨 일이 일어났을까’ 하고 나의 인생의 나머지에 대해 궁금해했어”라고 설명했다.

하지만 윌이 했던 말은 나에게는 약간 허황된 이야기거나 혹은 이기적으로 다가왔다. 가족도 있고, 글을 쓴 경력도 있는 진짜 게이를 말하는 것이 아니었다. 아무튼 가족이 있으면서도 글을 쓰는 사람들은 아주 많다. 당신이 선택하고 어울려 지내고 싶은 생식기 — 물론 포르노 산업은 제외 — 가 당신의 예술적 또는 전문적인 길을 미리 결정하지는 않는다.

하지만 나는 지금은 윌이 뭔가 다른 것을 의미했다고 생각하고 싶다. 그가 정말로 말하고 싶었던 것은 아마도 내가 어려운 일을 해낸 것을 하느님께 감사한다는 뜻이라 생각하고 싶다.

나는 — 심지어 허세를 부린다든가 또는 자기 연출이라는 소리로 들릴 수 있다고 하더라도 — 어쩌면 그가 "속세에서 사는 것은 어려운 일이다. 그리고 속세를 떠나 사는 것 또한 어려운 일이다"라는 부처의 말을 인용했다고 생각하고 싶다. 또는 그것은 랄프 왈도 에머슨이 "세상에서는 세상의 견해를 좇아 사는 것이 쉬운 일이다. 고독 속에서는 자신의 견해를 좇아 사는 것이 쉬운 일이다. 그러나 위대한 사람은 군중 속에서도 고독의 달콤함을 완벽하게 유지하는 사람이다"라고 말한 의미와 같은 것이라고 생각하고 싶다.

나는 월과 부처와 에머슨의 말을 가슴에 담았다. 이는 내가 그 말을 들을 자격이 있다거나, 실천하기 시작했다고 생각하기 때문이 아니다. 아니, 내가 그것을 인정하기에는 너무 욕망이 크고, 에머슨의 달콤함을 얻기에는 너무 내 방식을 고수하고 있다. 나는 이 말들을 은유적으로 늘 가까이 두려고 했다. 내가 나이가 들수록 이에 대한 필요성을 알고 있다. 하지만 깨닫기는 결코 쉽지 않다.

그래도 하나는 분명히 알 수 있다. 축축하고 어스름한 11월의 어느 날, 내가 깨달은 것이 있다. 만약 나의 시대에 나이 드신 세대들로부터 추출할 수 있는 단 하나의 지혜라도 있다면, 노인들의 도랑에서 자극 받았던 단 하나의 행위라도 있다면, 그것이 이것이라는 것을 알 수 있다. 즉 당신의 어머니가 대중 독자들을 위해 자신의 이혼 이야기를 써도 내버려 둘 만큼 좋은 분이라면, 당신은 그에 대한 보답으로 어머니에게 좋은 일을 해야 한다는 것이다.

그래서 나는 1월 초의 가혹한 추위를 피해 나흘간 팜비치의 매력적인 브레이커즈Breakers에 어머니를 데려가기로 결정했다. 나는 호텔 예약 외에는 여행을 위한 다른 어떤 계획도 세우지 않았다. 활화산 구경도 가지 않을 것이고, 결혼한 척하지도 않을 것이고, 턱이 뻣뻣해진 유령처럼 풀장 주변의 소프라노 출연진들을 뒤쫓아 가지도 않을 것이다. 우리는 단지 오랜 시간 머물면서 정서적으로 혼란스러웠던 한 해를 떠나보내고, 바람이 잔잔한 해변에서 휴식을 취할 것이다.

그러나 1월이 다가오자, 내가 생각했던 대로 여행할 수가 없었다. 비행기가 나쁜 날씨로 인해 1시간이나 지연되었고, 플로리다의 날씨는 겨울 날씨처럼 을씨년스럽게 추웠다. 날씨가 너무 추워 수영하기에 불가능한 풀장을 바라보기만 하고 호텔 주변을 산책해야만 했다. 맹렬한 바람이 어머니의 외투를 벗겨 낼 정도로 불어 댔다. 저녁 식사 때는 어머니의 앞니 하나가 부러졌고, 그것을 순간접착제로 붙이지 못하도록 어머니를 설득해야 했다. 또한 어머니가 방에서 흡연하는 것을 다른 손님들이 알게 되자, 호텔 관리자가 경고 메시지를 남겼다.

다행히 어머니는 프라테시Pratesi 상점에서 당신이 좋아하는 이불 커버를 발견했다. 청록색 면에 전체 수가 놓아지고 테두리는 물결 모양이 덧대어 있었는데, 면수가 우리 뇌의 모세혈관을 터뜨릴 정도로 위협적이었다. 그러나 점원이 "1,300달러"라고 말하자, 어머니의 표정이 어두워졌고, 우리는 빈손으로 허둥지둥 서둘러 나와야만 했다.

그날 밤 TV를 보면서 어머니에게 오랫동안 내 이별에 관해 말한 적이 없었는데, 어머니 이혼에 관련한 이야기를 책에 쓰고 있다고 생각하니 이상한 느낌이 든다고 말했다.

"그 이야기를 듣고 싶구나." 어머니가 TV를 끄면서 말했다.

우리가 8년째 되는 해, 전 애인과 내가 섹스를 중단하고 있음을 깨닫고, 사랑에 빠지지만 않는다면 다른 사람들을 서로 찾아보기로 결정했다. 이 선택은 당연히 우리를 파국으로 이끌었다. 그리고 얽히고설킨 복잡한 관계가 있었고, 공교롭게도 전 애인들 이름이 둘 다 리카도Ricardo였으며, 둘 다 나를 찼다. 나는 이런 리카디(Ricardi, 팜비치의 별칭)와 마주하기를 바랐을 뿐, 그 이상은 마음이 없었다. 그리고 나는 라틴 아메리카의 대사와 결혼하고 싶지 않았다.

오랫동안 어머니에게 이 이야기를 털어놓는 것이 편할 것 같다는 생각을 해 왔다. 그리고 안겨 우는 것을 떠올렸다. 혹은 나의 불행을 감싸주며 술 한잔하는 것을 상상했다.

하지만 어머니는 단지 머리를 끄덕였고, 미안하다고만 했다.

이별에 대한 이야기를 하고 나니 감정이 울컥했다. 나는 호텔 내의 술집으로 내려가서 진토닉을 사 들고 다시 방으로 돌아왔다. 어머니 앞에서 혼자 술을 마시는 것은 이번이 처음이었다.

우리는 다시 이야기를 했다. 이번에는 어머니가 "나는 내 자신이 두 번이나 이혼을 했다는 게 믿을 수 없다. 사람들은 아마도 나를 까다로운 사람이라고 생각할 게야"라고 말했다.

나는 여러 번 결혼한 사람에게 탓을 돌리는 것은 아니라고 반박했다. 나는 다섯 번 결혼했다는 사람의 말을 들었을 때, 그가 까다로운 것이 아니라 순진해서라고 생각했다. "두 번째 결혼은 경험을 통한 희망의 승리"라고, 사무엘 존슨이 말한 적이 있다. 그래서 다섯 번째 결혼은 희망에 가벼운 치매의 승리라고 해야 할 것이다.

어머니가 "내가 나쁜 남자에게 끌린다는 게 문제야. 지금에서야 그것을 깨달았어"라고 말했다.

사람들은 진정한 사랑에 대해서 이야기한다. 그러면서 종종 "나는 그 사람과 함께 나이 들도록 살고 싶다"라는 문구를 들먹인다. 그러나 나이 든 사람들의 지혜는 이와 상충될 수 있다 — 어쩌면 그것은 당신이 실수했다는 것을 스스로가 완전히 깨닫게 되기 전까지이다. 즉 당신이 오래도록 나이 들면서 함께할 사람을 잘못 골랐다고 깨달은 순간까지이지, 그 이후 나이가 들어서까지는 아니다.

다음 날, 우리는 날씨와 우울한 기분을 극복할 필요가 있다고 의견일치를 보았다. 우리는 작지만 주로 미국과 유럽의 19세기와 20세기 훌륭한 그림들을 소장하고 있는 노턴 미술관Norton Museum of Art을 가기 위해 웨스트 팜비치West Palm Beach로 향했다. 우리는 박물관 카페에서 점심을 먹고 작품을 감상하기로 했다.

주차장에 차를 세우고 걸어가면서 나이 드신 노인 한 쌍이 차 쪽으로 걸어가는 것을 보게 되었다. 그들은 소리가 들리지 않을 만큼 멀리 있었다. 어머니가 "저기 저 사람이 남자니, 아니면 여자니?"라고, 나에게 물었다.

나 역시 확실하지 않다고 말했다. 그런 다음 "여태까지 성은 남성,

여성, 그리고 포크송 가수가 있다고 생각해 왔는데, 나이 든 사람들과 많은 시간을 보내면서 느낀 건데, 여기에 노인을 추가해야 할 것 같아요"라고 덧붙였다.

"나도 저 사람처럼 보이니?"라고, 어머니가 물었다. 어머니가 양팔을 끼고는 마치 전시하듯 자신의 가슴을 불룩하게 내밀었다.

"아니오, 어머니는 100퍼센트 여자예요." 카페를 발견하자, 식욕이 돋았다. 음식은 맛있었고, 사람들 구경은 더 좋았다.

어머니가 다시 이혼에 대한 내 생각을 물었다. 나는 호의적으로 "어머니는 어머니가 하셔야 할 일을 한 것뿐이에요"라고 말했다. 그러면서 "어머니는 어떻게 생각하세요?"라고 되물었다.

어머니는 "구명정에 올라탄 것 같다"라고, 나를 보며 수줍게 말했다.

우리는 윌의 사회적 고립에 대해 조금 더 이야기를 나누었다. 몇 달 후, 어머니가 그를 크로스다일Croasdaile에 초대할 거라고 말했다.

"재미있겠네요"라고, 내가 말했다.

어머니가 "그 사람한테 뭔가 희망을 주고 싶구나. 우리가 다시 함께 한다는 희망이 아니라 — 그는 그런 일이 일어나지 않으리라는 것을 알고 있다. 그러나 그는 인생에서 뭔가 기대하는 것이 필요해"라고 설명했다.

점심 식사 후, 박물관의 피카소와 블라맹크Vlaminck의 경이로운 작품들을 마저 둘러보았다.

우리는 약간 예술에 취한 상태에서 여전히 날씨가 검푸른 밖으로 나섰다. 그리고 어머니가 호텔 안내원에게 들었던 파이오니어 리넨Pioneer Linens 가게 앞에서 멈추고 싶다고 말했다. 나는 들어가지 않겠다고 했다. 나는 어머니를 그곳에 떨궈 주고, 혼자서 공원을 산책했다. 6분 후, 나는 어머니와 가게에서 만났다. 그녀는 이미 이불 커버를 손에 들고 계산대에 서 있었다. 그러면서 그것을 나에게 보여 주었다. 프라테시 제품의 아름다운 청록색이 아니었다. 또한 그 면수는 감거나 비비고 싶은 마음을 일으키지 않았다. 그리고 그 테두리는 처음 나에게 보여 주었던 것과 달랐다. 그러나 그녀는 기쁨에 넘쳐 있었다.

"와우, 처음에는 박물관, 그리고 지금은 이거라니!"라고, 그녀가 꾸러미를 주워 담으면서 어린 초등학생처럼 혈관을 통해 엔도르핀이 흐르는 듯한 흥분을 느끼면서 나에게 말했다.

우리는 그 가게의 문을 열고, 1월의 축축하고 매섭고 으스스함 속으로 걸어 나왔다. 어머니가 말했다. "지금 난 정말 행복해."

지혜를 찾아서

초판 1쇄 인쇄 2017년 1월 5일
초판 1쇄 발행 2017년 1월 10일

지은이 헨리 앨포드
옮긴이 유중

펴낸이 김연홍
펴낸곳 디오네

출판등록 2004년 3월 18일 제313-2004-00071호
주소 서울시 마포구 성미산로 187 아라크네빌딩 5층(연남동)
전화 02-334-3887 팩스 02-334-2068

ISBN 979-11-5774-541-8 03840

※ 잘못된 책은 바꾸어 드립니다.
※ 값은 뒤표지에 있습니다.

디오네는 아라크네 출판사의 문학·인문 분야 브랜드입니다.